DEUTSCHLAND, WIE ICH ES

感受德意志

(1982-1991)

杨武能　著

四川文艺出版社

图书在版编目（CIP）数据

感受德意志 / 杨武能著. — 2版. — 成都：四川
文艺出版社, 2019.3
ISBN 978-7-5411-5252-8

Ⅰ. ①感… Ⅱ. ①杨… Ⅲ. ①散文集－中国－当代
Ⅳ. ①I267

中国版本图书馆CIP数据核字（2019）第026601号

GANSHOU DEYIZHI

感受德意志

（1982—1991）

杨武能　著

责任编辑　奉学勤
封面设计　叶　茂
版式设计　史小燕
责任校对　汪　平

出版发行　四川文艺出版社（成都市槐树街2号）
网　　址　www.scwys.com
电　　话　028-86259285（发行部）　028-86259303（编辑部）
传　　真　028-86259306

邮购地址　成都市槐树街2号四川文艺出版社邮购部　610031
印　　刷　三河市华东印刷有限公司
成品尺寸　146mm×210mm　　　开　本　32开
印　　张　10.75　　　　　　　　字　数　240千
版　　次　2019年3月第二版　　　印　次　2019年3月第一次印刷
书　　号　ISBN 978-7-5411-5252-8
定　　价　48.00元

目录

自序：偶然结下了不解之缘　i

_第一辑　震撼与苏醒

飞向精神家园　3

一见倾心海德堡　8

美茵茨散记　30

法兰克福印象　39

乐圣故里行

——波恩初记　44

莱茵情思　50

慕尼黑鳞爪　63

_第二辑　孤寂与静观

悠悠涅卡河　73

海德堡的日常生活　87

难忘他乡故人　104

不一般的洪堡 125

__第三辑 守望与思索

衣食住行在德国 137

鲁尔区内看环保 155

五彩缤纷 风景独好 165

"大富豪"
—— 漫话联邦德国的文物保护 183

跳蚤市场好 195

古堡夜会 205

一年四季忙过节 215

魏玛忆旅 229

在魏玛"走"《亲和力》 254

__第四辑 回眸与前瞻

"前线城市"柏林 263

凭吊古战场 278

十年回眸话得失 293

新柏林 新世纪 新崛起 300

德意志精神和德国人 314

（自序）

偶然结下了不解之缘

　　人生免不了遭遇种种偶然。仔细琢磨起来，常常正是这些连做梦也想不到的偶然，构成了我们的生活，决定了我们的一生。

　　没想到初中毕业的一纸体检结果，突然结束了我少年时代当一名水电工程师的美梦；没想到牢不可破的中苏友谊，竟然在1957年破裂，让正巧读完俄语专业二年级的我不得不另谋出路；没想到在当时由教育部统一下达的转学计划中，偶然有两个到南京大学学德语的名额；没想到这两个按高考成绩分配的紧俏指标，这下您猜对了，其中之一正巧轮到我！

　　不，也不正巧：我原本还可以、也决定上北京外贸学院，只是由于"反右"初期表现不积极，被认定为缺乏政治觉悟，最终丧失了"涉外"的资格，才勉强然而也幸运地，获准进入了南京大学外文系的德国语言文学专业。

　　从此，出身在山城重庆一个普通工人家庭的我，便十二万分偶然地，与那个远在万里之外名叫德意志的伟大国家和伟大民族，结下了终生不解之缘。Deutsch——德意志，Germanistik——日耳曼的语言、文学和文化，随即慢慢进入我的生活，占据我的头脑和身体，渗入我的血液，成了我渺小然而多变、多彩的生命的基本色素之一：从上大学到当研究生再到当教授、博导，从教书到做文学翻译、研究工作乃至行政工作，从重庆而南京而重庆而北京而成都，天南海北，国内国外，四十多年了啊，我生命的一个个驿站，无不醒目地打着德意志的印记。

也许由于我有较好的俄语基础吧，那被著名的《论德国人》一书的作者 Gordon A. Craig 称作"可怕的语言"的德语，在我看来似乎并不可怕。大学三年级，我便开始翻译和发表德语文学作品；从改革开放以后的 1982 年开始，我几乎每两年就去一次德国，至今加起来已经十好几次。可是，尽管如此，我仍然不敢说自己真正了解德国和德国人，真正能解开了人们常说的"德意志之谜"。对此，我确实既感无奈，又觉苦恼，不但愧对寄厚望于我的中国读者和德国朋友，也愧对自己的师长，愧对不断给予自己慷慨资助的如洪堡基金会等德国机构，特别是愧对自己只有一次的宝贵生命。

这严重的遗憾和愧疚，主要产生于本人研究的课题局限于德国古典文学尤其是歌德，因而视野狭隘，对一些其他方面的问题要么视而不见，要么漠不关心，懒于思索。

为了尽量帮助大家了解德国和德国人的实况，我记叙力求真实，既不为自己也不为"爱者"讳——毋庸讳言，我热爱德意志，视它为自己的第二故乡甚至精神家园。

但是，一切的主观努力，仍然不免遭受本文一开头说的"偶然"的限制，也就难以取得完全理想的结果。还有，写的既是个人的感受，就必定带有主观性和局限性，何况我们所面对的，又是一个伟大然而充满矛盾的国家和民族，一个人们长期以来力求索解却劳而无功的"德意志之谜"呢！

"不如意事常八九"，人生就是这样，聪明的办法不外乎善于抓住那差强人意的一部分。当然，我要做最大的努力，给读者多一点满意。

一首作于 1988 年的德语诗，我把它翻译出来抄在下面。它很好地反映了我对那个叫德意志的异国复杂、矛盾的感情，反映了我与它难分难舍的关系——

一只眼带着笑　In einem Auge Lächeln

一只眼含着泪　In dem anderen Tränen

我又告别了你，告别了　Habe ich dich——schönes

德意志美丽的土地　Deutschland verlassen

回到渴念已久的家　Endlich bei den Meinen

多么幸福　亲人团聚　Wie glücklich! Doch

却不知平静的心湖　Weiß ich nicht warum

何时又漾起涟漪　Mein Herz wieder leidet

春来了　我问她　Der Frühling kommt, frage ich:

可曾吻绿了莱茵河岸　Hast Du des Rheins Ufer grün geküßt?

秋来了　我问她　Der Herbst kommt, frage ich:

可替海岱山换上了彩衣　Hast Du den Heidelberg bunt gekleidet?

德意志　我想念你　想念你　Deutschland, ich sehne mich nach dir

忠贞的枞树　婆娑的菩提　Nach deiner schattigen Linde,

3

treuen Tanne

可每当我来到你身旁　Doch jedesmal bei dir sehne ich mich

却更加眷念生养我的土地　Nach meinem Heimatland noch viel mehr

一只眼带着泪　In einem Auge Tränen

一只眼含着笑　In dem anderen Lächeln

可我只有一颗心啊　Ach，ich habe nur ein Herz

怎能同时装下　Wie kann es aber fassen

两片土地　两种相思　Zwei Länder － zwei Sehnsüchte？

　　这首诗写于我第四次旅居德国归来后不久，但我对德意志的感受，却得从 1982 年第一次踏上它的土地讲起，因为最初的感受最为深刻，简直可以说刻骨铭心。

2000 年 5 月　成都

2003年版《杨武能译文集》

杨武能有关歌德的著译

2001 年出席德国国家功勋奖章授奖招待会

2013 年荣获国际歌德研究领域最高奖——歌德金质奖章

第一辑

| 震撼与苏醒 |

飞向精神家园

1982年5月30日晚，北京西郊通往首都机场的柏油路旁，昏暗的路灯下伫立着一个西装革履的小个子男人。他身边放着只齐腰高的大旅行包。只见他焦急地张望着，等待着，失望地目送着一辆辆接送旅客的大车小车从眼前飞驰而过。20时许，终于等到一辆从城里驶来的老上海牌轿车。又经过一番折腾，才总算连人带行李塞进了车里。不用问，此人便是当时从社科院在西八间房的工棚式简易宿舍里走出来，第一次准备出访德国的我。

重新启动的老上海向前开了四五分钟，我才定下神来打量同车的乘客：前排的司机旁边独自坐着身材壮硕的冯至先生，我在社科院研究生院攻读硕士时的导师，现任社科院外国文学研究所的所长，也是这次出访德国的中国日耳曼学者代表团团长；眼下我们能坐上这辆社科院的公车，多半还是托他老人家的福。后排除了我还有社科院外文所的同事高中甫，北大德语专业五七年毕业生，算是我老资格的学长；还有一位是冯至老师的女婿，专程来护送和照顾他岳父的，虽说有老人家的两个弟子随行全然无此必要，却体现了女儿女婿的一片孝心。

于是，加上司机载着五条汉子外带三个人远行的行李，也真难为了咱们国产的老上海！

所幸如此满实满载的一车准时抵达首都机场，证明德国人的Schlecht fahren ist besser als gut laufen!（乘车再孬也比跑路好！）这句俗谚千真万确。初出国门的我跟在有经验的长者背后，紧张

飞向"精神家园"的出发地——北京西八间房社科院新职工宿舍

然而顺利地办完了颇不简单的登机和出关手续，终于坐在了波音747宽大、舒适的客舱里。

随后是大约16个小时的飞行，中间仅在中东阿拉伯联合酋长国的首都阿布扎比停留了一个小时加油。

最初的紧张、兴奋过去后，剩下的只是漫漫长途的寂寥和疲惫。晦暝的光线中，渐渐进入似睡犹醒的朦胧状态，盈耳的发动机轰响减弱了，消失了，从很遥远的地方飘来了时而杂乱时而清晰的语声：Deutsch（德语）... Wir lernen Deutsch（我们学德语）... Tante Marta kommt nach Moskau（玛尔塔婶婶去莫斯科）... Wir studieren Deutsch（我们学德语）... Deutsch（德语）... Deutsch（德语）... Deutsch（德语）...

波音747以超音速飞往万里之外的德意志联邦共和国，我的梦魂却回到了25年前在南京大学初学德语的课堂上。

Deutsch这个词，大约出现在公元8世纪，先只是指东法兰克帝国居民使用的古德语，后来才演变为对使用这种语言的人以及这些人所居住的地区的称谓。不知哪位杰出的前辈把它译成了"德意志"这三个汉字，而没有严格按照发音译作"多伊奇"或者相近的什么什么，不但使它的含义变得异常地丰富起来，而且还在相当程度上反映出这个民族的特点和个性，引起人们无数的联想。

从 1957 年开始，我与 Deutsch，与德语，与德语文学和德国文化及其有关的一切，打了整整 25 年的交道，为它忍受了无尽的寂寞、困苦，也从它那里获得了巨大的鼓舞、欢乐，但却不清楚那个以它为母语的民族究竟是怎样的一些男女，那片孕育了德意志文化的土地究竟是怎样一个样子。都怪自己的出身在极左路线下突然有了"问题"，在长长的二十多年中能接触到的德国人屈指可数，并因得不到政治信任而完全丧失了出外进修的权利——对此我深感愤懑！多亏一位伟人倡导改革开放，才终于使我有了机会飞赴万里之外的德国，飞赴几十年来一直吸引着我的精神家园，前往为纪念歌德逝世而举行"歌德与中国·中国与歌德"国际学术讨论会的海德堡。

不过，在歌德逝世 150 周年的 1982 年，德意志还意味着两个因意识形态和政治制度不同而水火不容的国家。我们呢，这次去的是被称作西德的德意志联邦共和国，即在《科隆上尉》和《献给检察官的玫瑰花》等民主德国影片中描写的那个腐朽、反动的资本主义国家。在那儿，会不会真是隐蔽的法西斯分子满街跑，四周弥漫着军国主义的复仇气氛呢？或者情形并非如此，至少没有这么严重？

到底会怎样，实在想不清楚。

不清楚的不只是联邦德国，就连整个德国和德意志民族，在我也只有从书本和电影等文艺作品里得来的印象，一个既浮泛又矛盾的印象。一方面，我崇仰、向往那个曾经诞生和哺育出歌德和席勒，康德和黑格尔，莫扎特和贝多芬，马克思和恩格斯，以及爱因斯坦等世界伟人的民族；另一方面，又对那片曾两度成为世界大战的策源地，并且孵化出了希特勒这样的怪胎和恶魔的国度，心存厌恶和恐惧。我见得最多的德国人的形象，不是歌德、贝多芬，不是马克思、爱因斯坦，而是一些个斜伸出右臂，口里高呼 Heil Hitler!（希特勒万岁）的纳粹法西斯党徒。给我留下最直观、最深刻印象的德国事物，不是贝多芬的交响乐和瓦格纳的戏剧，不是科隆大教堂和梅赛德斯·奔驰，而是在闪电战中横冲直撞的坦克，为实行种族灭绝而发明和修建的集中营。尽管由于职业的关系，德意志成了我除生养自己的祖国以外关系最紧密的土地，成了我的主要精神寄托和精神家园，可是在此之前，我对于德意志的感受可以讲十分肤浅，对它的感情相当复杂。

我们即将见到的"精神家园"，到底会是什么样子呢？

熬过了亚欧时差造成的漫漫长夜。5 月 31 日早上，中国民航的班机终于平稳降落在法兰克福国际机场。耳畔传来其实蛮悦耳的 Deutsch（德语），而并非如俄国语言学家罗莫洛索夫讲的只适合与敌人吵架的语言，和我们曾经在一部部反法西斯电影里听得烂熟了的 Heil Hitler 和 Feuer（开火）之类号叫相比，似乎完全来自另一个世界。随后我们见到的人和事，所经历的一切一切，都让我们相信，真的已经换了人间。

入境边检意想不到的简单、顺畅，推着行李来到接客厅门口，看见华裔德籍的夏瑞春教授和一位德国同行已经面带笑容，等候在那里。

不久，我们社科院一行三人加上北京大学的范大灿教授，已分别上了两位会议操办者驾驶的小车，风驰电掣在早就闻名的高速公路上了。

车行约莫一个小时，前边出现了一道公路桥——以联邦德国第一任总统的名字命名的特奥多尔·豪斯大桥，我身旁的齐格飞博士便指着车行方向左侧一片绿色远山说：

"那片就是Schloß（皇宫），海德堡到啦！"

顺着他手指的方向从桥上望去，只见绿水青山上雄踞着一大片红色的遗址废墟，山下江边躺卧着一座有许多尖塔的城市。在明丽的秋阳中，它像童话里似的玲珑、古老，和平、宁静而又神秘。

一见倾心海德堡

思念、向往、渴慕了二十多年以后我终于如愿以偿，投入了德国——我那精神家园的怀抱。真是幸运啊，海德堡这座美丽的小城成了我初次还家的第一站，成了我那个家园的化身。初次和第一往往都会留下格外深刻的印象，海德堡于我更是如此……

难忘那第一天

海德堡一看便知是座历史悠久的古城。我们下榻的"金蔷薇"旅馆紧邻着老城的主要步行街"正街"。旅馆规模很小，更不豪华，却古色古香，舒适、幽雅、宁静，与整个城市的情调，还有我们这些人的身份，正好相称。

至今记忆犹新的是它挂在入口正面墙上作为装饰的古老马具，诸如马鞍、辔头什么什么的；还有就是摆在楼梯口墙边的一部擦鞋机。这两件东西原本不起眼，却表现了旅店主人经营理念的两个重要方面：一是珍视历史传统；二是尽量方便旅客。

我们一行虽说都顶着教授头衔，真资格的教授加博士，却只有冯至先生一位。他这个博士还是早在半个世纪之前拿的呢，而且授予他学位的，正好是这次邀请我们来访的东道主海德堡大学。我们其他人只是按照当时的国情，经过特许在开会期间暂时使用教授的名义，免得在国外同行面前显得低人一等罢了。

实际上，我们四人地位异常悬殊：冯至先生是闻名海内外的

美如幽梦的海德堡

诗人、学者和作家，范、高两位系他在 50 年代毕业的北大弟子和
资深学者，我作为冯先生刚毕业一年的硕士研究生，辈分无疑是
最低的了。

辈分最低理所当然地住得最高，我分配到的是阁楼上的一个
小房间。但在当时，刚从西八间房走出来的我已很满足，根本不
觉房内没有盥洗和方便设施有什么不便，更不曾留意其他的教授
住得怎样。

稍事梳洗，便下楼与其他人会合，在冯先生房里见到了我在
南京大学的叶逢植先生，以及上海外语学院的余匡复等来看望冯
先生的学友。叶是我在南大的恩师和忘年挚友，当时正在慕尼黑
大学教汉语，作为出席会议的正式代表也住在旅馆中。余是冯先
生的北大弟子，和范、高两位乃同班同学，当时正在海德堡大学
做访问学者。彼此关系可以讲都非同寻常，且又久别重逢于异国
他乡，自然是亲热又高兴。

那年头儿，我们四个出国人员竟谁也没有带相机。好在叶先生没忘记用他的民主德国机子 Praktika——我们国内音译为"百佳"，意译大概可以叫"实用"——为大伙儿在"金蔷薇"旅馆的门口留了一张影。

午饭后，跟着夏瑞春教授上街。只见他一边当向导，一边不时用一台当时还挺稀奇的摄像机对准我们，当然特别是对准冯先生。这使我平生第一次有了当贵宾的感觉，既飘飘然又有些不自在，特别是走到了"正街"以后。

时值盛夏，只见满街的短打扮，又恰好猛刮"露肩风"，袒肩裸背的时髦女郎不在少数。唯有我们四个中国人周周正正、严严实实的一身西装，扎眼不说，一会儿便已汗流浃背。可惊可喜的是竟没有任何人注意我们！不由想到当时国内还常见的围观"老外"的场面，心中暗暗感到羞愧。

人们——多半是旅游者——悠闲自得地在"正街"上溜达着，作为唯一代步工具的古式马车嘚嘚嘚嘚地从身旁慢悠悠走过，我的心情也放松下来，开始观察街道两旁保存完好的历史建筑。在这条宽不过两丈的古老长街上，一代又一代地真不知走过了多少教师学生，文人墨客。他们中不但有德国浪漫派的代表人物勃伦塔诺和阿尔尼姆，不但有存在主义哲学家海德格尔和雅斯贝尔斯，还有多位获得诺贝尔奖的教授和科学家，还有曾在此学习的大批外国学子，如我的大诗人和大学问家冯至和徐梵澄先生等。

对了，歌德也曾来此访问朋友和会见情人呢！想到这儿，我已感到有些陶醉。

不知不觉已来到海德堡大学汉学系所在的塞米纳尔街(Seminarstraße)。在布置简朴典雅的系主任办公室里，我们礼节性地拜访了大名鼎鼎的君特·德博教授。德博教授是研究我国宋代文学和美学的专家，也谙熟歌德、席勒与中国文学和文化的关系。为纪念歌德逝世 150 周年，他和夏瑞春教授一道发起举行"歌德与中国·中国与歌德"国际学术研讨会，出席会议就是我们一行这次访问的主要任务。

告别德博教授出来，又浏览一会儿市容，天便渐渐晚了。在夏瑞春带领下七弯八拐地穿过几条小街和胡同，突然钻进一个古老的门洞，拾级下到一间光线幽暗的地下室，定睛看去才恍然大悟，原来已身在一家德国人习惯称为 Lokal 也就是酒馆或者饭店里。

尚在惊疑之中，却见已迎着冯先生走过来一位头发灰白、笑容满面的德国绅士，热情地对他表示问候和欢迎，也与我们一一握手。

这位身材修长的绅士并非随随便便什么人，而是联邦德国前驻华特命全权大使魏克特博士。大使先生本身也是位有成就的文学家，在北京时已与冯至先生结下深厚的友谊，因此专程从波恩赶来会见冯先生，顺便出席"歌德与中国·中国与歌德"国际学术讨论会的开幕式。他选这样一家在德国人看来富有情调的高雅餐馆为冯先生接风洗尘，我们几个学生也沾了光。在我初次旅德的二十来天里，跟我自四十岁起的后半生一样，我从自己这位恩师处受惠沾光真是不少啊。

席间吃了些什么，讲了些什么，别说现在，恐怕就连当晚也想不起来。然而却异常清楚地记得那餐桌上轻轻摇曳的烛光，餐桌旁压低嗓音交谈的客人，还有穿着雪白的衬衫、打着领结、动作敏捷却文质彬彬的年轻侍者。德国人的饮食文化——这个词当时也许还没发明——看来与我们很不相同，似乎大快朵颐尚在其次，更看重的倒是个气氛，是个情调。

回到旅馆已经很晚，躺在"金蔷薇"的席梦思上却久久不能入梦。不只因为时差，一天的经历拥塞在脑子里，不断地挤撞、撩拨睡神经，叫它怎么也平静不下来。

大概是子夜时分，蓦地传来轻轻的敲门声，以为是在做梦，便随它敲去。

谁知敲门声没有停止，而是越来越响了。凝神听去，果真有人在门外，不禁心里一怵，汗毛也竖了起来。须知这是在我们想象中什么都可能发生的资本主义世界啊！未必第一个晚上，就让我碰着了么？

敲门声更急迫了。

"Wer ist da?!"我终于鼓起勇气用德语问。

"我，老夏!"怪哉，门外竟响起亲切的重庆口音！

虚惊一场。原来是一位连夜赶来开会的德国男教授带了个女研究生，会议组织者夏瑞春只得委屈委屈，把楼下的房间临时让出来给后者住，自己则半夜三更跑来敲我的门，据说是唯有我的阁楼里空着一张床可以让他凑合过夜。其实，恐怕还有一个原因，就是我这个小字辈他最方便打扰。这在我原本也没有什么，可叹的只是他对我摆起自己的老龙门阵来没有个完，什么重庆著名的国泰电影院即现在的和平电影院是他家开的啊，什么他的父亲投资拍摄了电影《一江春水向东流》啊，还有他的父亲夏云瑚和父亲的朋友阳翰笙什么什么的，没完没了，没了没完……

不知啥时候，我沉重的鼾声终于打断了他。

然而，踏上德意志大地第一天的见闻经历，已深深铭刻在我的记忆里。

权充"初生之犊"

初夏的海德堡，阳光灿烂，繁花似锦。

1982年6月1日上午，在海德堡大学建筑风格古老、典雅的礼堂里气氛庄严而热烈。来自联邦德国、中国、美国、加拿大、奥地利等国家以及中国香港等地区的学者济济一堂，此外尚有专程从波恩赶来的我国驻联邦德国大使馆的代表，联邦德国前驻中国大使魏克特先生，联邦德国文化、新闻和出版界的人士，中国的进修生和留学生，以及从其他城市乃至瑞士远道来的热心听众共二百余人，一同参加一个盛大而不寻常的学术会议——"歌德与中国·中国与歌德"国际学术讨论会的开幕式。

九时许，随着弦乐四重奏的袅袅乐声在古色古香的礼堂中回荡开来，讨论会正式拉开了序幕。身着黑色礼服的四人小乐队刚放下琴弓，余音尚未消散，海德堡大学的校长劳夫斯教授已走上讲台致欢迎辞，接着德博教授和冯至教授也讲了话。他们强调国际学术文化交流的意义、称颂中德友谊的礼节性讲话结束后，一直坐在讲台前的小乐队又演奏了一支轻松愉快的曲子。乐曲演奏完，才由美国斯坦福大学的卡特琳娜·摩姆逊教授做题为《歌德与中国的相互关系》的长篇演说，也就是本次讨论会的主题报告。最后，又是在徐缓悠扬的弦乐声中，结束了这个实在、简短而又高雅的开幕式。

为便于下午开会，午餐都是与会者一块儿吃的。餐后稍事休息，便开始了圆桌会议式的讨论。正式与会者不过二十来人，会议室不很大，却来了不少的旁听者。须知，讨论会以一位德国大诗人与中国的关系为中心议题，便促成了日耳曼学家与汉学家、歌德研究者与比较文学家之间超国界和超学科的交流，这在中德文化交流史上实乃破天荒的一次，类似的情况在国际学术界也不多见，难怪会引起人们的极大兴趣和普遍关注。

整个讨论会历时四天，与会者共提出十五篇论文，每篇论文在宣读后都进行了自由而热烈的讨论。根据内容，所有论文大致可分为三类：第一类是有关歌德受中国文化影响的传统题目的进一步探讨，如德博的《歌德在海德堡读〈好逑传〉》，美国加利福尼亚大学教授李玛丽的《歌德〈中德四季晨昏杂咏〉研究》；第二类是以歌德为对象的平行比较研究，如冯至的《杜甫与歌德》，香港大学教授泰特洛的《歌德、布莱特和中国的大同主义》；第三类是关于歌德及其作品在中国的介绍、接受和影响的研究，篇数最多，也更加引起与会者的兴趣。因为就第一类题目，即关于歌德受中国文化的影响的研究，德中两国的学者如比德曼和陈铨等等，已分别于19世纪末和20世纪二三十年代写出过不少文章乃至专著；卡特琳娜·摩姆逊教授在开幕式上的长篇演说，实际上就是对这方面成果的系统总结。

但是反过来，关于歌德在中国的影响的研究，却属于一个新领域的开拓。近几年来，各国学者已开始重视并致力于这方面的工作，在海德堡的聚会便使他们得以交换心得体会，公布研究成果。从讨论会的情况看，在这一新领域取得显著成绩的多为中青年学者，其中特别是年轻一代的汉学家；他们中像奥地利的安柏丽对《维特》在中国的影响的研究，联邦德国的高佩儒博士对于《放下你的鞭子》来源的研究，顾彬博士对于郁达夫小说《沉沦》的思想倾向的研究等，都引人注目。

以中国社会科学院外国文学研究所的冯至教授为首，我国共有六位德国文学研究者（包括已在德国的叶逢植等）应邀参加讨论会，并提出论文七篇，内容也主要为歌德在中国的影响研究。使外国同行深为惊讶的是，我国竟有这么多的歌德研究者，歌德的文艺理论以及作品在中国这么受重视，歌德以至整个德语文学的作品译成中文的这么丰富（在我们自己看来其实还做得很不够）。对此，德国有关人士不止一次地向我们表示他们感到惭愧，说相比之下，德国人对中国文学的了解和介绍实在是太少了。

写到这儿，不能不说明这恐怕是中国的所谓日耳曼学者，也即从事德语和德国文学等研究和教学的人，第一次大队人马出国参加学术活动。这件事在1982年之所以能够成功，除了中国的国门又终于让邓小平给打开，还适逢其会地赶上了德国最伟大的诗人歌德逝世150周年。正由于后面这个原因，德博和夏瑞春这两位德中文化交流的有心人才从梯森基金会申请到资助，能包下与会者特别是中国"代表团"的全部费用；不然以我们当年的经济情况，绝不可能成行或者至少是来不了这么多人。从这个意义上讲，我们特别是我本人能参加这次从各方面来看都极为新鲜的学术活动，就应该感谢邓小平他老人家，感谢德国大文豪歌德，感谢德博教授和夏瑞春教授。

是啊，回想起来，在此之前尽管我也教了和翻译、研究了20年德语和德国文学，不说没有机会——不，应该说没有自由和权利！——出国开会，连国内像样的学术活动也没参加过一次。这次为什么时来运转了呢？除了上面讲的客观原因，除了要感谢上面列举的那几位，还要感谢带领我研究歌德的冯至老师，还"多亏得有位好心人"——诚如海涅在一首诗里所写的——"给了我关照、提携/……/我永世不会把他忘记！/只可惜我不能吻吻他，/因为此人就是我自己。"

不是我自己40岁还抛妻别女，破釜沉舟，放弃了已到手的讲师头衔和待遇，到北京当冯先生的研究生；不是我自己早早地瞄准了1982年的"歌德年"，在按常规研究歌德之余自发地搞起了他在中国的接受和影响研究，从北京图书馆柏林寺库藏的故纸堆里挖出来了不少东西，赶在"歌德年"到来前率先在《人民日报》《读书》《社会科学战线》以及德文《中国建设》等报刊上发表一系列文章，引起了国内外的注意，又一定会轮到我来开会么？

正因为我无意间为海德堡的这次讨论会做了一两年也算充分的准备吧，所以在用德语发言和讨论时才能应对自如，表现积极，不但华裔德籍的夏瑞春先生称赞我"为中国争了光"，《德中论坛》和其他德国报纸也将我誉为中国研究歌德的"后起之秀"。

"争了光"也罢，"后起之秀"也罢，通通都只是相对而言，都只是别人主观的看法，够虚无缥缈的了，而且此一时矣彼一时矣；更加重要的是自己得到的具体收获，是自己经受的实际锻炼。拿我来说，就在如何更加细致深入地进行比较文学研究，如何更充分占有和利用材料，如何把接受美学和文艺社会学的理论运用于研究等等问题上，从方法论的角度向国外同行学到了许多东西，收获确实是不小。

至于讲锻炼，那更是再大不过了，不，简直应该讲经受了一次严峻的考验。不只是考验我完全在国内学成的德语，考验我才进行三四年因而根底浅薄的歌德研究，还考验了从未见过世面的土包子应付挑战的胆量和能力。

举个例子。在发言和讨论中，不只要与多数资深的外国同行交换意见，还得回应来自旁听席上的种种问题。绝大多数的提问都是礼貌而友善的，但也有一位来自法兰克福的台湾地区留学生屡屡提出一些与会议主题无关的问题，诸如中国大陆缺少创作自由呀，鲁迅如何如何呀，弄得会议的主持者和与会者都很尴尬。

面对这样的中国"内部矛盾"，外国同行不好开口，我的老师和学长们似乎也不便或不屑与那么个愣头青争论，气氛本来友好热烈的会议于是多次出现冷场。年轻气盛的我实在忍不住，便站出来驳斥他，请他别忘了这次国际讨论会的议题是什么，别把无关的政治争议扯进来，"Denn Literatur ist Literatur! Politik ist Politik!"（因为政治是政治！文学是文学！）我最后斩钉截铁地道。

恐怕谁也没有想到，我这初生牛犊似的莽撞冒失，竟收到了迅速、显著也是我本人始料未及的效果：那位台湾学生不但没再继续干扰讨论，而且在会间喝咖啡休息时主动上来跟我握手，做自我介绍，并为他在会上的表现开脱说，他的发言并非针对大陆来的我们，而是有意捣德国人的乱。过了两年，从国内一位在法兰克福留学的学友处得知，这位陈姓台湾同胞是个在德国混了多年的学生油子，不过在提到在海德堡认识的杨教授时却不无好感。而且不仅是他，其他外国同行似乎也对敢讲话的杨产生了不坏的印象，更愿意来与我交谈切磋了。从这件事得到一个经验：在国际交往中其实过分谦让并不好，该讲的话就是要讲，该表现时就是得表现。所谓 chinesische Bescheidenheit（中国式的谦虚）在国际交往中常常并无好的效果，特别是在学术问题上，最好别做谦谦君子。

但是，与此同时，让我更加意想不到的是，与上述效果刚好相反，我的"政治是政治！文学是文学！"的说法事后却受到了一位学长的批评。没准儿当时他脑子里还充斥着"文学必须为政治服务"之类的信条，因而真的认为我那完全是离经叛道之论吧。我不服气，当场以国外的实际需要为自己辩护。

他大概没想到我这小字辈会如此狂傲倔强，从此就对我变得客气起来了，但心中肯定已留下一个大疙瘩。现在想来真有点后悔，怪自己太缺乏涵养和韬晦功夫，本来唯唯应诺两声就可化解的事，却偏偏那么较真，无端地与人结下了芥蒂，日后难免遭到暗算。幸运的是当时在场的冯先生一言未发。不知是老人家对他初出茅庐的弟子的表现暗暗怀着赞赏呢，还是本身也讨厌在国外仍死抱文学必须服务政治的教条。

那一年我已经 44 岁，不想仍扮演了一次不怕虎的初生牛犊，原因固然主要在自己天生的火暴脾气，但也由于初次到国外参加学术活动，神经真是一直处于高度的亢奋状态。后来冷静想想，既觉得可笑，也感到可喜。喜的是尽管受了多年的压抑，其实自己的心态还没有老。

"文士阁"的王太太

前述围绕着台湾的陈先生以及文学与政治的关系的争论，只是会议的一个小插曲。除了他，旁听席上还有一位台湾同胞，一位身材瘦小的中年女士。她始终静静地坐在那儿听发言和讨论，一开始完全没有引起我们注意。直到第二天上午会间休息，她才主动过来自我介绍，说她也是中国人，姓王，来自台湾，现在海德堡开一家名叫"文士阁"的中餐馆。她说能见到冯至先生等祖国大陆来的学者非常高兴，可不可以让她略尽地主之谊，在自己的小店里招待我们便餐一次，如蒙应允，她和她的先生将感到不胜荣幸。她还讲，我们生活如果有什么不便，请不客气地提出来，她一定帮忙解决。

真是血浓于水，盛情难却！当晚我们如约去王太太——海德堡的中国人都这么称呼她——在正街上的餐馆里，吃了一顿丰盛的晚餐，见到了她的丈夫赫斯先生，一位挺帅气的标准德国男子。饭后，王太太又满足我们的愿望，送了一个电开水壶和一筒茶叶到我们的"金蔷薇"宾馆来，解决了冯先生的饮水问题。那年月，包括冯至这样的大作家、大学者、大教授，在口袋里连买矿泉水喝的钱也没有。

请记住"文士阁"的这位王太太，她和她的丈夫将来还会给我更大的帮助。

还得简单介绍几位与会的外国同行，因为他们在德国乃至世界的汉学界和日耳曼学界都绝非等闲之辈。

在开幕式上做主题报告的卡特琳娜·摩姆逊教授，她的著作如《歌德与〈一千零一夜〉》《克莱斯特与歌德的斗争》等等，在日耳曼学界和比较文学界很有影响，长期执教于世界著名的美国斯坦福大学，兼任着国际日耳曼语言与文学协会（IVG）和国际歌德协会的主席团委员。我与她在会下有短暂的交谈，就是在她的热情鼓励和帮助下，我才通过申请，成为 IVG 的"第一个中国会员"——会长阿尔布勒希特·勋讷教授在致信祝贺时如是说。我感谢摩姆逊教授，至今与她还偶有联系。

来自慕尼黑大学东亚学院的鲍吾刚教授不但是出席会议最有声望的汉学家，而且可以讲是当时德国汉学界的泰斗。他曾任富有传统的海德堡大学和慕尼黑大学汉学系的系主任多年，可谓著作等身，论著、编著、译著样样丰富。单单他主持编纂，穷十年之功而得以最后完成的四大卷、数千页中国日耳曼学文献索引，就是对学术研究和中德文化交流的一个重大贡献。他为人谦和，为支持我继续进行"歌德与中国"的研究，给我寄来了一本本参考书和复印资料。十分不幸的是，1996 年 1 月 19 日，鲍吾刚教授突发心脏病去世了，德国、欧洲乃至中国学术界深感惋惜。我个人则永远地铭记着他对我的帮助。

同样与会的顾彬博士属于鲍吾刚的学生一辈，当时还在等候教授的位子。我和他挺谈得来，很快便成了朋友。第二年他在北大进修，曾应我的邀请进城来一块儿在东单聊天和吃小吃。由于他超常地勤奋，五年后就成了研究中国近现代文学，特别是鲁迅、王蒙等作家的一大权威人士。现在他担任着波恩大学汉学系系主任的要职，经常是一副疲惫不堪的模样，然而事业正如日中天。

还有高佩儒博士后来当了香港歌德学院的副院长，不只在我六年后访港时热情款待，还以她辖下的图书馆地方不够为借口，把有关歌德的百余部藏书一股脑儿给我寄到了重庆，说它们这下才真正适得其所。

香港大学来的泰特洛教授系爱尔兰人，在国际比较文学界也颇有影响。遗憾的是，波鸿大学的马汉茂教授和布拉迪斯拉法大学的高利克教授虽应邀却未能出席；前者在德国和欧洲汉学界当时正声名鹊起，后者则堪称海外研究歌德在中国的接受问题的一位先驱。

还有负责会务的齐格飞博士，在海德堡算得上是一位热心于德中友好和学术交流的知名人物，会议期间曾热情邀请全体中国学者去他家的小花园吃 Grill 也即烧烤。从他以及夏瑞春教授的言谈中感觉得出来，两人似乎在对我们的接待安排方面有不同意见。这位当年被人不怎么瞧得起的"小助教"，如今成了路德维希港大学新兴汉学系的主任，在培养当代中国经济研究和实用型人才方面备受关注。

我没有谈讨论会的发起者和主持者德博教授和夏瑞春教授，因为关于他们两位，要谈的实在太多。总的来看，海德堡的讨论会在他们的主持下开得十分成功，使各国学者有机会以各自独立发掘的材料相互印证，相互补充，交换研究的心得和成果，共同把"歌德与中国"这一过去重视不够的领域的研究推向了一个新的水平。

海德堡的讨论会为今后类似的国际学术交流积累了经验，奠定了基础。在6月4日下午的闭幕会上，各国学者一致同意：今后每两年举行一次同样的讨论会，下一次的会定名为"席勒与中国·中国与席勒"，开会的地点将争取在中国的南京大学，并委托叶逢植教授尽早与他任职的这所名牌大学联系。

令人惋惜的是，我的母校南大白白放过了送上门来的国际交流机会，结果几经周折，坏事对我竟变成大好事：1985年4月，"席勒与中国·中国与席勒"国际学术讨论会终于在中国举行，但地点不是南京而是重庆；我和我任副院长的小小四川外语学院竟当上了大会的东道主——中国外语界第一个大型国际学术研讨会的东道主。

对我来说，海德堡的讨论会更是重要，使我平生第一次与为数不少的德国教授、博士即知识精英有了接触。通过这尽管短暂的接触，我初步改变了以前对德国人的印象。他们不但一个个富有学识，待人彬彬有礼，对来自贫穷的社会主义中国的我们包括区区这样的无名小卒，都毫无倨傲表现，而是在尊重的同时还乐于给予帮助。是他们，让我想起了在上大学时读过的歌德《神性》一诗的开头一节：

愿人类高贵、善良，

乐于助人！

因为只有这

使他区别于

我们知道的

所有生灵。

是啊，作为万物之灵长的人，就应该如此。但在德国，是不是所有人都已吸取历史教训，能谨记谨遵自己这位先哲的教导呢？我初次旅德根本来不及考虑，也无从回答。

人间欢乐在海德堡

感谢主人精心地挑选开会日期，使我们开会的日子正好在海德堡最美的季节——春末夏初。真是天天阳光明媚，处处鲜花盛开。在开会的前后和中间的间隙，我们没少抓紧时间观光游览，不仅有机会参观已成为海德堡标志的古宫废墟，流连水中天鹅游弋、岸上芳草似毡的涅卡河畔，还越过桥头耸峙着一对尖塔、两旁石栏上排列着雕像的老桥，攀登蜿蜒曲折的"蛇径"到达河对岸山腰上的哲人之路，在那儿一边漫步，一边鸟瞰历史悠久的文化名都的胜景，兴天地人生之感叹。在游览的过程中，我则第一次实实在在地面对德意志的历史和文化，对它们有了真切而强烈的感受。

记得是经在此已经住了相当时间的学友余匡复提醒，我们特别留意了躺在河岸草坪上享受日光浴的人们，发现其中确有不少他背着冯先生悄悄告诉我们的所谓 oben ohne，也即上身完全裸露的女士。只见她们旁若无人地仰卧在那儿，尽情地沐浴着清新的空气，温暖的日照，百分之百地怡然自得，倒是我们这些去开眼界的人心怀鬼胎，颇感别扭和不好意思。

特别是讨论会结束的 6 月 4 日，正逢着海德堡一年一度的秋节。白天，打扮得五彩缤纷的小城里人流如织，几条主要街道两旁摆满了各式各样的摊档，有的卖现做现烧的小吃，有的出售各式各样旅游纪念品和手工艺品；还有些小孩子凑热闹学着大人练摊儿，也坐在地上卖自己读过的图画书和玩儿厌了的玩具之类。几处比较宽阔的场地上搭着舞台，要么在电声乐队伴奏下演唱流行摇滚，通过大喇叭扩散出来的音响震耳欲聋，叫我们经过"文化革命"锻炼的耳朵也难以消受；要么由铜管乐队吹奏圆舞曲和民间曲调，进行一些轻松活泼乃至滑稽逗笑的表演。还有一片开阔地突然冒出来一座帐篷城。一个个方顶的帐篷底下，要么是印度商贩在卖异国风味浓郁的各色香料，要么是穿戴古朴的手工业者在制作种种传统生活用品，诸如车木勺、吹玻璃、编藤筐什么什么的。全都那样一丝不苟，毫无一点做作表演的痕迹，让我不得不把一开始认为他们是由普通市民所装扮的想法打消掉。

一整天，古老的海德堡真个是乐声盈耳，笑语喧腾，各种赏心悦目的表演令人目不暇接。在国内已经久违这种民众欢乐场景的我们，只有惊讶、艳羡的份儿，其憨傻的样子我想无异于初进大观园的刘姥姥。

"精彩的还在后头呢！"熟悉海德堡情况的夏瑞春说。于是大伙儿抓紧时间吃晚饭。

傍晚，一行人漫步来到涅卡河畔，发现草地上已经坐满躺满了人。天已转凉，带露的茂草上大多铺着毯子；一张毯子上要么是共享天伦的一家，要么是三五相好的同窗或朋友，其中也不乏亚洲人和非洲人。有的边吃喝边交谈，有的正忙着架设相机和摄像机，所有人似乎都期待着一个难得一遇的时刻的到来。

夜色渐渐浓了，涅卡河上往来的游船已华灯闪亮，同时从船上飘来节奏强烈却也悦耳的乐声。从小就喜爱音乐、只恨没当上音乐家的我，不由得循声望去：天哪，满船的人正翩翩起舞！而且跳的是当时在中国还遭人侧目的迪斯科，而且都跳得那么忘情，那么潇洒！特别是其中一艘船上有个黑皮肤的女子，舞姿身段舒展优雅得简直叫我傻了眼，入了迷，丢了魂儿！

随着那女子舞动摇摆的节奏、韵律，我的魂魄也摇荡飞翔起来，真恨不得一个箭步跳到那船上，让整个身心都融汇到那音乐和欢乐的狂流里去！

只可惜不能够哟，因为我是个中国人，何况旁边还有我的同事和师长。唉，还是当个一本正经、道貌岸然的旁观者吧。尽管如此，这美好的、欢乐的景象，这人间的美景、仙景，深深地印在了我的心田中和记忆里，使我这前四十多年从无机会下舞池的可怜人，回国后很快便无师自通，成了曾被誉为"迪斯科教授"的舞场高手。

著名的海德堡秋节的压轴戏，是九点左右才开始的大放烟火。它对于来自烟火王国的中国人没有什么稀奇，却掀起了当晚欢乐的高潮。置身于尽情享受生活的激情澎湃的人海中，我不由得想起了使人性摆脱神的束缚而获得解放的欧洲文艺复兴，想起了"欢乐在人间"这句体现了文艺复兴精神一个重要方面的话，想起了席勒作诗贝多芬谱曲的《欢乐颂》，想起了海涅在《德国——一个冬天的童话》里的著名诗句："一首新的歌，更好的歌，/啊朋友，我要为你们制作！/在大地上我们就要/建立起天上的王国。//我们要在地上幸福生活……啊大地上有足够的面包，/玫瑰、常春藤，美和欢乐……"而我们眼前所置身的，我当时想，不就是一个欢乐的王国！人间的欢乐，不就在海德堡吗！

这哪儿还是书本里、电影中常见的德国人！这哪儿还是我印象里那个严肃、刻板、冷漠甚至冷酷的日耳曼民族！他们曾经在那首舒伯特谱曲的著名《流浪者之歌》中唱道：

流浪，不断地流浪，带着血和泪，
仰望苍天：何处是我的归宿？
灵魂在我耳边暗告：
到你没有去过的地方，那儿有一切欢乐。

只是如今唱这首歌的，恐怕已不是历史上曾经大规模移民美洲的德国人，而是已经久违了欢乐的我们。不是吗，德国人在自己家里已找到了归宿和欢乐，不再需要带着血和泪四处流浪。他们虽然还一如既往地爱好漫游和旅行，但那只是为了健身、休闲和增加见闻。我们呢，特别是我们年轻的同胞呢，却拼命外出流浪，流浪到日本，到美国，到欧洲，到澳洲，不只带着血和泪，还甘冒沦为奴隶和付出生命的危险。为什么啊，因为在此之前的许多许多年，我们中国人的欢乐实在太少了，不，我们甚至不敢寻求欢乐，我们甚至诅咒欢乐，提倡和追求的是一种清教徒似的禁欲生活。

初访德国就遇上海德堡过秋节，面对的反差实在太强烈了，致使我情不自禁地产生了这样一个离经叛道的想法，有了这样一个深切真实的感受。在1982年乍暖还寒的中国，它还很可能被斥为目迷五色，经受不住资本主义花花世界的诱惑，丧失了无产阶级立场。其实呢，正是过了许多年晦暗、单调、刻板、贫穷、匮乏和缺少欢乐的伪社会主义生活，我才会为人们对欢乐的大胆追求，对生活的尽情享受所震惊，所迷醉；才会在这原属健康、正常的人性流露和张扬面前，下意识地，猛然、倏然地实现了自己人性的觉醒和复归。

这震惊和迷醉，就是今天人们所谓的 Kulturschock（文化休克）吧？是的，只有震惊和迷醉到了休克，才能带来复苏和觉醒！

环顾四周，只见流光溢彩、乐声飞扬的涅卡河两岸，聚集着的都是普普通通的群众，都是健康正常的人，多数为本城的大学生和居民，还有来自世界各地的不同民族和肤色的旅游者。如果不是戴着有色眼镜，如果不是本身头脑不正常，心理不健康，谁又会把他们与资本主义甚或帝国主义联系起来，又会视他们为异端和异类呢？

欢乐在人间，人间有欢乐。中国人同样需要欢乐，也应该有追求欢乐和享受欢乐的自由和权利。这在今天已经一点不成问题，但在当年，却并非如此。

"在海德堡，我丢失了我的心！"

我们的海德堡之旅，原本只为参加纪念歌德逝世 150 周年的学术讨论会，食、住、行的费用由得到基金会资助的会议主办者全包，获发的签证因此也仅一个星期，会议一结束就该打道回府了。尽管大家——德国已是常来常往的冯先生恐怕不在此列——都兴犹未尽，但谁都不好开口要求多待一些时间，完全是好客的德博教授善解人意，不但让他得力的助手齐格飞博士去移民局及时为我们延长了签证，还联系和安排好了下几站的行程和接待单位，我们紧接着又去了美茵茨、法兰克福、波恩和慕尼黑等著名的城市，并且一路上受到了款待。特别是到了联邦德国当时的首都波恩，更享受了接待正式代表团的高规格。我想这多半又是由冯先生他老人家的身份和威望所决定，小子我还有范、高两位学长，都是跟着沾光而已。有关情况留待后述，先将我初次遭逢海德堡的回顾，告一个段落。它给我留下了永不磨灭的印象，对我的一生产生了至大至深的影响，对海德堡我可谓一见倾心。

是的，一见倾心！而倾心于海德堡的又何止我一人？每年数十万国内外趋之若鹜的游客就不说了，这儿只讲一则半个多世纪来广为流传的故事：

"二战"后期，整个德国在美英飞机的轰炸下化作了一片瓦砾和废墟，柏林、汉堡、慕尼黑、法兰克福等有名的大都会更是首当其冲，连一些珍贵的文化历史胜迹诸如科隆大教堂等等也未能幸免。唯独海德堡躲过了劫难！据当地人讲，完全是因为在指挥轰炸的美军首脑部门中，有些个钟情、痴心于海德堡的人。他们或者曾经流连于涅卡河畔这座浪漫、秀美的城市，或者在她已有五百多年历史的古老大学当过学生，反正都不忍心对这个人类文明的美好象征下手，都对这座自己曾经倾情爱恋的名城手下留情。

至于我，回想起来，20 年前离开无论城乡还是一片单调、灰暗的中国大陆，蓦然来到白昼满眼绿色、夜晚灯火辉煌的德意志联邦共和国，来到海德堡这座风光旖旎、情调浪漫的古老大学城，一时间的心境真是惶惑、迷醉而又震惊。就像格林童话里的那个穷裁缝，不期然闯入了一座金碧辉煌的宫殿，我一连好多天都迷迷糊糊的如在梦里。因此当主人问我初到德国印象最深的是什么时，我会常常不得要领，语无伦次。与我来的那个叫作西八间房的荒凉所在相比，德国的海德堡完全是另一个世界，令人惊叹、艳羡的地方实在太多，真叫人不知从何说起，也不便实话实说。

20 年后的今天，头脑清醒了，禁忌消除了，其间又去过海德堡四五次，住得最久的一次长达一年零三个月，眼下虽与它远隔万里，却清楚而亲切地忆起它的一切。如果现在还有朋友问我初

1983年摄于海德堡涅卡河上的老桥

次到海德堡的印象和收获，那我便可以明确地回答：我对海德堡和海德堡人的印象好极了，在海德堡逗留一周收获大极了。他们不但有世所公认的德意志民族办事认真、严谨的优点，把一个国际会议组织得井井有条，让我平生头一回见识了严肃的学术会议该如何开，而且热情好客，风度幽雅，一改了我头脑中德国人刻板、冷漠、缺少人情味儿的印象。

不仅如此，海德堡人还是一个具体而生动的范例，一个表明了人的生活环境可以多么美好，人的日子可以多么快乐，人怎样才活得真正像人的范例。与此同时，对我个人来说，海德堡也成了德国的代表，成了我心中的德意志精神家园看得见摸得着的化身。

也就是说，1982年6月，在涅卡河畔的海德堡，研究了20年德语文学和文化的我才第一次实地深切地感受到：德国人不但善于动脑筋，善于工作和创造，同样也善于享受生活和获取欢乐。

德国民族性中的认真严谨，一丝不苟，勇于追求，到了现代不只表现在工作中，不只表现在学术研究方面，也在对于生活的享受和欢乐的追求里充分体现了出来。

是的，我深深地爱上了海德堡，对她一见倾心，就像一首脍炙人口的民歌所唱的：

在海德堡，我丢失了我的心！

也许正因此吧，当时就已经暗暗下定决心，一定要争取再来到海德堡，再来到这座让我一见钟情的文化古城和浪漫之都，来到这个充满欢乐的地方。

美茵茨散记

6月5日按计划前往美茵茨。开车专程来接我们的舒尔特先生，一位瘦高精干、头发银亮、慈眉善目的典型德国男子，是该市的德中友协分会主席。长途飞行加上一连数天紧张地开会、讨论、参观，我们实在是太累了，车离开海德堡不久，便纷纷打起瞌睡来，只有最年轻的我硬撑着，偶尔与舒尔特攀谈几句，可心里仍觉得很过意不去。

然而主席先生看来已接待过不少中国友人，对我们的体质和承受疲劳的能力已有所了解，对教授们上车便睡也就见惯不惊。

舒尔特先生把我们一行人送到美茵茨大学招待所，在那儿已为每人安排了一个标准房间。他拉开冰箱让我们看准备好的饮料、食品，说请我们随便用一点便午休，他下午再来接我们去市里参观。

古滕堡圣经与全世界最小的书

美茵茨是德国最古老的城市之一，1962年已经庆祝过建城两千年。它最初是罗马帝国属下一个日耳曼行省的首府，从8世纪起又成为罗马教皇任命的日耳曼地区大主教的驻节地，因此城里处处可见古罗马的遗迹。它们在"二战"中虽惨遭破坏，但大部分仍得以按原样修复，所以值得参观的地方非常多。

在美茵茨城的历史上，最著名和影响最大的人物，也许就算欧洲第一个发明活字印刷的约翰尼斯·古腾堡（Johannes Guten-berg，约1397—1468）了。不仅该市始建于1477年的古老大学，也即接待我们的主要东道主用了他的名字命名，而且市里还有一家约建立于1660年的古腾堡博物馆。理所当然的，舒尔特先生首先便领我们去参观这家博物馆，瞻仰这个既与美茵茨城也与知识文化紧密相关的神圣所在。

古腾堡博物馆设置在一幢17世纪的宏伟古建筑中，我们进去时正碰上一群由老师带领的学童在博物馆里参观。孩子们围在一座有工人操作表演的熔炼炉前，听一位女讲解员讲述古腾堡在1445年前后发明活字印刷术的情况：

古腾堡出生在美茵茨的一个珠宝匠家庭，后来随父亲移居到了如今已属于法国的斯特拉斯堡。他长大后继承父业，一次在给镜子装框架时突发奇想：能不能把一个个字母组成的词句也装在框子里印书什么的，代替传统的手抄本和雕刻版印刷呢？

想到了就动手干！于是投入全身心进行研究，结果几年下来已倾家荡产，负债累累，让债主告上了法庭，千辛万苦研制成的排字机差不多已让法官断给债权人了。眼看他的宝贝发明就要遭到破坏乃至埋没、湮灭，幸亏这时美茵茨的教会站出来挽救了它，但是用古腾堡这个带来新世纪曙光的发明首先印制的，却是象征蒙昧时代的所谓"赎罪符"。只不过事情的进一步发展则为美茵茨的大主教始料未及：中世纪时教会对科学文化的垄断，让印刷术的普及和知识的传播给打破了。

古腾堡活字印刷术诞生的经过可谓一波三折，真是十分耐人寻味。它告诉我们,文明的进步、历史的发展不可阻挡,绝不会受人们意志的支配,但同时又完全可能被某个偶然的事件所延缓或者加快。

印过"赎罪符"之后,拿骚的大主教又召见古滕堡,让他继续印制《圣经》。他在 1455 年印制成功了第一版 42 行的《圣经》,也即著名的"古滕堡圣经",相当精美。现存为数不多的几部,在今天已成为价值连城的稀世珍宝。

古滕堡为欧洲文明的进步做出了伟大、不朽的贡献,自己却穷愁潦倒,六十来岁还光棍一个,想起来令人不胜唏嘘、感喟!……

讲到这里,女讲解员发现来了一群黄皮肤、黑头发的参观者,马上机灵而有礼貌地补充说:"当然啦,中国很早以前就已经发明活字印刷,只不过他们那时用的材料还是胶泥或者木头罢了。"

其实,据韩国报纸报道,世界上最早发明金属活字印刷的也不是古滕堡,而是在中国文化影响下的朝鲜人。早在高丽王朝的高宗二十一年(公元 1233 年),就由崔怡用金属铸造的活字印成了崔令仪著《古今详定礼文》50 卷 28 部,比"古滕堡圣经"早了约 210 年。可尽管如此,对于德国乃至整个欧洲的历史发展,发明家古滕堡的影响和功绩仍难以估量。

我们继续参观,都惊叹于博物馆的藏品既丰富又珍贵。不但详细介绍了古滕堡艰苦创业的一生,还陈列着包括中国在内的世界各国的传统印刷器械,以及种种富有历史价值和代表性的印刷品,完全称得上是世界印刷发展史的缩影。

参观完正准备离去,一位学者模样的老先生迎上来向我们致意,并说要赠一件小小的礼品给尊贵的中国客人做纪念。老先生原来是博物馆的馆长，他赠给我们每个人的是一只四四方方的白色小盒子。他告诉我们，盒儿里装的是一本书，一本世界上最最小的书！我们怀着惊奇向他道了谢，但真正地惊讶和赞叹却是仔细看了礼物以后。

果真是世界上最最小的书啊！大不过一粒小黄豆。如果不是嵌在盒子里的放大镜下并且事先已经知道，恐怕谁也不会想到这是一本书，一本封面、内文一应俱全的真正的书！

还不只小喽，而且精美绝伦：真皮封面，手工装订，每一页内文都是在铸造厂用金属刻制的原版印成，而非照相缩印。还有那红色封面上的花饰，更系真金压成。别看书小——每页印刷的面积仅为 3.5 毫米×3.5 毫米，却包含了用英、法、德、西、荷兰、瑞典等七种语言的《新约圣经·马太福音》第 6 章中《主训人的祷告》一节。

这样一件微乎其微的礼物，当不只展示德国人高超、精湛、举世无双的印刷工艺和书籍装帧水平，而且也浓缩着这个民族虽说不算太长，却足以令其自豪的文化传统和历史。

礼小含义深。20 年来这全世界最最小的书，一直为我所细心地珍藏着。

大教堂与演讲换来的 150 马克

离开了古滕堡博物馆，舒尔特先生又抓紧时间领我们去参观始建于公元 975 年的大教堂。

在德国乃至整个欧洲，一个城市在历史上的政治地位和经济状况，往往可以从其教堂的数量和建筑规格一眼看出。美茵茨曾是具有选帝侯资格的大主教居住和施政的城市，它的教堂因此不

具有 1000 年历史的美茵茨大教堂

仅规模巨大宏伟，而且内外装饰精美异常，被视为整个德国罗马风格教堂建筑的典范之一。

值得一提的是，美茵茨大教堂总共有六座耸立云端的钟楼，正面的三座层次多而分明，细柱圆窗，整体基本保持圆形，系典型的罗马建筑样式；背面的三座却简洁得多，上半部都只剩下一个多面的锥形尖顶，明显地变为了带有德国本土特征的早期新哥特式风格。原来，是 1767 年的一场大火，烧掉了大教堂后面的三座塔楼，后来它们经由著名的建筑师小诺伊曼（F. I. M. Neumann）重修改建，才变成了如今的样子。对于历史名城美茵茨来说，这座以圣马丁和圣施特凡命名的大教堂已成为城市的标志。

美茵茨可参观的地方还很多，像有名的选帝侯宫和其他一些博物馆、教堂等等历史建筑都被略去了，舒尔特先生认为我们一定得看的是他们在 1974 年落成的新市政厅。这倒不仅因为它是一个气魄宏大的现代化豪华建筑，能代表该市当今的发展水平和面貌，和已看过的古代建筑杰作正好形成对比，而且还有一个与他本人有关、他当时却未便言明的理由。无奈天色已晚，新市政厅的参观只能推到第二天，而且还要看有无见缝插针的可能。

前面已经提到，古滕堡大学是在美茵茨市接待我们的两个单位之一，我们的住宿等实际问题都由它解决，因此我们也得做点哪怕只是形式上的回报。于是，便有了第二天上午的学术交流活动。在这所古老大学的一间大教室里，由该校的一位教授主持，我们四名中国学者依次做报告。我们虽然同样顶着教授头衔，长幼尊卑的顺序却仍得遵守，因此以德高望重的冯至先生开头，以他刚毕业的研究生我收尾。大家无外乎再照着讲稿把在海德堡的发言念了一遍；只有本人仗着记忆力和口语比较好，年纪轻、胆子大，才是即兴随口进行讲演，加之所讲歌德在中国的译介和接受情况也为德国听众闻所未闻，便引起了比较大的注意。不想这却造成了一个误会：在当年德国官方出版的中文刊物《德中论坛》上，发表了"本刊特邀通讯员"写的海德堡国际学术讨论会纪实；为此配的一张照片说明词虽为"冯至教授（右）是海德堡国际学术讨论会中最有声望的学者"，照片上居于突出地位的演讲人却成了小子我。这样的图文矛盾，很可能使人把我们做报告的地点美茵茨误以为海德堡，把无意间喧宾夺主的学生错当成了他的老师。在此做一更正，以免许多年后研究中德文化交流史的人不知就里，莫明其妙，张冠李戴。

其实，我们所想的回报，所谓的学术交流，真正多半只是个形式；但对于殷勤而善解人意的主人来讲却又是必不可少的，这成了破费款待我们的理由和依据。可不是吗，为了我们做的报告，在散场后我们还经主人客客气气的邀请，依次签字领了一点 Honorar（酬金）。四人一律都是 150 马克，数量虽不多，却使我们的口袋不再空空如也。

"莱茵宝藏"与红灯区的"阀门儿"理论

散会后离吃午饭还有点时间，舒尔特先生于是抓住机会带领我们去昨天没来得及参观的新市政厅。这座请丹麦著名设计师 A. 雅可普逊设计的现代豪华建筑，外墙铺的是名贵的挪威大理石，正面呈波浪形状，又坐落在流经城市的莱茵河不远处，因此便有了一个富有诗意的名字叫 Rheingold，意译为"莱茵河的金子"。与此相关的是一个文学典故，即指日耳曼民族史诗《尼伯龙根之歌》记载的沉入莱茵河河底的金银财宝，至今仍未发现的神秘而诱人遐想的"莱茵宝藏"。

指着市议会大厅的一个个座位，舒尔特先生告诉我们这是议长坐的，那是市长坐的。他还讲，美茵茨当时的市长富克斯先生对中国特别友好，前不久才率团访问了中国，他作为本市德中友协的主席也有幸随行。眼前这个庄严肃穆的所在，他身为市政府的一名税务主管，也不时地有机会来列席会议。言谈之间，舒尔特先生不经意地流露出骄傲与自豪的神情，为他的城市感到自豪，为其对中国友好的市长感到自豪，为自己的本职和兼职工作感到自豪。

下午乘船游览了莱茵河。因将来还要详述，略去不讲。

傍晚，由大学外事接待部门的一名负责人招待进晚餐，地点是在市里的老城。对吃了喝了什么同样毫无印象，却清楚记得在归途中他的一段谈话。

每个城市的老城无例外地都是吃喝玩乐之所。在穿过一条灯

美茵茨："莱茵宝藏"和大教堂

光幽暗的僻静小街时，主人突然说，这儿就是美茵茨的红灯区。
我听了一惊，同行的三位想必同样如此。于是定睛一看，果然有
几处既似住宅又像商家的场所，在暧昧晦暝的光影里，门里门外
游动着一些个可疑的人影。

　　"Hier ist das Ventil der kapitalistischen Gesellschaft（这儿是
资本主义的阀门儿）"，见我们没有反应，他便继续说，"一些可能
由性引发的罪恶，都可以通过这个阀门儿得到及时的疏导和排泄。
所以政府没有取缔它，而是将它管起来，使它发挥作用。咱们这
儿很少暴力性质的性犯罪，可能就是这个原因。越是流动人口多
的地方越是如此；与汉堡等港口城市比较起来，美茵茨的红灯区
简直算不了什么。"

　　古滕堡大学的这位"外事干部"，我猜想他可能是社会学系出
身。他的那套"阀门儿"理论，在我们这些社会主义的耳朵听来
挺新鲜，同时又觉得似是而非。当时我们谁都未置可否；只是过
了许多年，特别是见到自己国内也明里暗里地出现了一些类似红
灯区的色情场所以后，我才不时地又想起在美茵茨听见的"阀门

儿"说，觉得咱们的法学家、社会学家等等似乎也不妨就它进行一些调查研究，得出自己正确的结论。面对形形色色的性犯罪这个人类社会的痼疾，万全之策恐怕没有，能避重就轻也许已算不错。

走在美茵茨还算收敛的红灯区，我突然感到了资本主义与社会主义的差别，同时也开始意识到，德国也存在社会阴暗面，并非如我一见倾心的海德堡显示的那样一切都那么浪漫，那么美好。

法兰克福印象

在美茵茨的第三天，主人安排我们去游览近在咫尺的法兰克福。美茵河畔的法兰克福是歌德的诞生地，我们这些参加歌德讨论会的中国学者当然得去瞻仰瞻仰。

"不成体统"的外事接待

临到出发了，来陪我们这几位还算有些身份的外宾出游的，竟是个毛头小伙子，一问才知道确系在校的大学生，而且他驾的乃是一辆自己私人的小破车，令我感到十分意外。这在把任何外国人都奉为外宾，对任何外宾都敬若神明、前呼后拥、优礼有加的我们看来，简直是太不成体统了。难道又是资本主义与社会主义的差别不成？

心里尽管嘀咕，还是客随主便，何况我们中真正有身份的冯先生都欣然同游，一点儿没有受了怠慢的不快表现。毕竟是德国通啊！我当时想。

从我这位老师的表现看，德国人接待外宾恐怕就是不像我们那么讲规格，讲级别，重虚礼；而是比较讲求实效，实事求是。像眼下这个小伙子，他之所以获得来陪中国贵宾这份有报酬、有吃喝的美差，多半就因为曾经在课余干过同样的活儿，熟悉法兰克福的情况，特别是自己又拥有一辆跑得动的小车。学校当局把客人交给年轻力壮的他，不是挺省事儿么？大学的外事部门，不

美茵河畔的法兰克福，欧洲金融之都和歌德诞生地

是用不着再考虑精简机构，紧缩开支什么的么？

确实是差别，文化、礼仪以及管理效率等等方面的差别！

后来，我了解到，咱们不少出访德国的倒大不小的人物，比如一些在国内娇宠惯了或者享受着某某长级别待遇的作家，就因为不了解这个差别而与主人怄气、闹矛盾。结果主客双方都感到委屈。我呢，却由此进一步认识到了研究比较文化的必要。

言归正传。小伙子驾着车来招待所接我们四个去法兰克福，可不知怎么还没有出美茵茨车就停了下来。正怀疑是不是抛了锚，小伙子已告诉我们：对不起，他得去银行取点钱，请坐在车里等一小会儿。根据国内银行的办事效率，我担心有得等了，不想他两三分钟便已经回来，因为他是在当年我们国内还不曾见过的自动取款机提取的。

银行大厦阴影里的歌德铜像

半个多小时后到了法兰克福。我们首先去瞻仰了位于大鹿沟街23号的歌德故居。1749年8月28日，德国最伟大的诗人诞生在这幢相当气派的市民住宅里，随后在这儿度过了幸福的童年和少年时代。也就在他楼上的书房中，二十出头的歌德先写成震动德国文坛的戏剧《铁手骑士葛茨·封·伯利欣根》，随后又写成使他一举成为德国最著名作家的书信体小说《少年维特的烦恼》，并且开始了他一生最重要的作品诗剧《浮士德》的创作。

在故居二楼的主要客厅即著名的"北京厅"，我注意到了一些富有中国色彩的器物，诸如中国式的描金红漆家具，蓄着八字长须的彩色小瓷人，中国图案的蜡染壁挂，等等。

我们当然还去了市政厅所在的罗马山广场。法兰克福在歌德时代是一座所谓帝国自由市，商业十分发达，它的市政厅因此也与其他城市不同，系由广场边上一排11幢气魄宏大的民房组成，底层曾经开商店和做交易会期间的展厅，楼上才是办公和开会的所在，帝国皇帝来城里的大教堂加冕后举行宴会的大厅也在这里，因此厅中挂着历代德意志皇帝的画像。罗马山广场周围的古建筑包括市政厅，在"二战"中都遭到轰炸而破坏严重，我们去参观时还只是修复了其中主要的部分，让我第一次触摸到了战争在这片美丽土地上留下的伤痕。

如果说海德堡让我们体验的主要是浪漫、幽雅，美茵茨向我们展示的还主要是古老、文静，那么，法兰克福却让我们目睹、领略了现代资本主义大都会的繁华奢靡，五色斑斓。在这儿，上面讲的罗马山广场以及著名的圣保罗大教堂等历史遗迹已经掩藏

法兰克福：新与旧和谐交融

在现代的摩天大楼背后，近两千幢在"二战"中炸毁了的古老民宅绝大部分都被现代建筑所取代；尽管城里的大学仍以约翰·沃尔夫冈·歌德的名字命名，尽管以闪烁着金属光泽的银行大厦群为背景，市中心还伫立着这位法兰克福伟大儿子的一尊全身塑像，但随着战后自由资本主义在德国的恢复和迅猛发展，德意志民族引以为傲的这座歌德之城早已变成一座金融大都会。这是世界历史发展和社会进步必然的结果，虽然也给法兰克福市民乃至整个德意志民族心中留下了深深的遗憾。

为弥补这个遗憾，办法之一便是投巨资进行文化设施的建设，所以城里便有了二十多家剧院、歌剧院以及更多的画廊和博物馆，便有了一个占地广阔、设施先进的国际展览中心。在这个展览中心，例如每年 10 月举办的书籍博览会，便执世界同类展览的牛耳，每年开展期间，各国的大出版社和书商都云集于此，或进行交易，或搜集资料，交流信息。对于法兰克福的普通市民来说，每举行一个大的博览会就增加一次与世界的接触，就过一个节日。

中午，走在法兰克福主要的商业步行街蔡尔大街上，乘自动扶梯去超级大商场赫尔梯的顶层吃自助餐，当年的我们在惊异于资本主义国家物质极大丰富的同时，亲身领略了囊中羞涩这四个字的酸楚滋味。

在熙熙攘攘的步行街两旁，不同肤色和民族的卖艺人各展其能，力图吸引人们的注意和他们口袋中的钱币。倒也真有好些乐善好施者；他们的存在，说明战后经过三十多年的艰苦努力，当时的德国人确实已经非常富裕。

然而饱暖思淫欲，在通往火车站的大道两边，也可以说是法兰克福的大门口，则有不少于光天化日之下公开以性为招牌的色情场所，一幅幅妖冶狐媚的广告招贴，更让少见多怪的我认识了什么叫资本主义的纸醉金迷，腐朽糜烂。

虽说仅仅在法兰克福走马观花了大半天，得到的只是一个浮泛的印象；虽然我远远不像喜欢海德堡甚或美茵茨似的喜欢法兰克福，但是觉得它仍然是一座富有活力的、很值得我们了解和认识的城市。倒不只因为这儿有"最伟大的德国人"歌德的故居，还因为它更能体现充满矛盾的现代德国；在这儿，似乎比在其他任何城市都更容易触摸到一个新兴资本主义国家急剧跳动的脉搏。

乐圣故里行

—— 波恩初记

从美茵茨前往下一站波恩，乘 Intercity 即大城市间的特快列车。这是我第一次在德国乘火车旅行，自始至终感到轻松愉快，跟前些年读小研究生时来往于重庆和北京之间，两天两夜在又挤又脏的硬座车里苦撑苦挨相比，真不啻天壤之别。加之列车一路上几乎都是傍着莱茵河开行，沿途风光美不胜收，两小时的行程不知不觉就过去了。

车到波恩，来接我们的是一位汉名叫白约翰的年轻人。他刚在慕尼黑大学东亚学院汉学系获得硕士学位，说一口流利的普通话，因此，我们后两站即波恩和慕尼黑的东道主德国国际交流中心，便聘请他来做全程的陪同。只是因为我们一行都会德语，并不总需要他陪在旁边。

在前驻华大使府上做客

德国国际交流中心是个政府机构，因此从波恩开始对我们的接待规格与前两站相比大不一样。代步用的是两辆有专职司机的黑色奔驰轿车——当年还叫"本茨"，下榻处也安排在了紧挨老城城中心的星级宾馆 Bristol Hotel。加之波恩当时是德意志联邦共和国的首都，由冯至先生率领的中国代表团就免不了一些官式的应酬活动。例如在中国大使馆与大使阁下亲切会见，以及接受德国国际学术交流服务处（DAAD）负责人的热情宴请等。这些活动我除了正襟危坐，该喝则喝该吃则吃，此外便没有任何任务，印象也就异常淡薄。只是在接受 DAAD 负责人宴请的过程中，出席作陪的使馆文化参赞齐怀远的一口漂亮德语令我佩服。"这才像个外交官嘛！"我当时想。因此对他后来步步高升，一直做到了对外友协主席，也就一点不感意外。

显然还是托冯至先生的福，我们接到了已在海德堡招待过我们的德国前驻华大使魏克特博士的邀请，去他在波恩郊外的家里做客。汽车出城后开上一条不算陡峭的山道，七拐八弯后终于停在一幢外观普通的别墅前。我们一按门铃，魏克特先生便应声出现，站在门口与我们一一握手表示欢迎。

把我们请进了客厅，谁知他竟笑盈盈地一言不发，却径直走到一张大写字台前，伸出右手的一根指头将打字机的某个键子轻轻一敲，那打字机便嗒嗒嗒嗒地工作起来。魏克特先生当外交官不过客串，主业原本为写作，是一位在德国权威的作家词典里也有词条的著名作家，擅长写小说、广播剧和通讯报道，代表作是一部以中国历史为题材的长篇小说《紫袍》。听着打字机的嗒嗒声，看见他那有几分神秘的举动和表情，我猜他大概是要打出一段自己的新作什么的来给客人看吧。

错了！打字机很快自动停下，我们凑过去一看，打出的原来只是两行德文：

热烈欢迎以冯至教授为首的中国学者来访！

对魏克特这特殊的迎接方式和礼遇，我们表示了感谢。他呢，为自己的别出心裁，为他那当时显然算得十分先进的书写工具——现在看来不过就是一台有记忆储存功能的电动打字机而已，表现得十分的自豪和得意。

在大客厅的沙发上落了座，以魏克特博士和冯至先生为主角，谈话便围绕着他们两位在北京的友谊和海德堡的讨论会展开。作为小字辈的我几无插话的机会，正好一边旁听一边观察前任驻华大使先生的居住情况，当然主要是我们所在的客厅。这客厅据我回忆占据了别墅低层的大半面积，由两三级台阶与另一部分亦即一进屋就能看见的写作间相连接，总共足足有 50 平方米光景，加之正对我们的是整个一壁落地玻璃墙，因此显得异常的宽大、敞亮、舒适。玻璃墙外是一大片略微向前倾斜的草地，草地四周生长着繁茂的花卉、树木，用悦目赏心四个字来形容当不过分。再看室内的陈设，数量不多，却充分体现出主人作家兼外交官非凡的品位。

临了魏克特先生以家宴款待贵客，客人则赠送给他一些从中国带去的礼品。我本人当时只出了一册译著《少年维特的烦恼》和一部编著《德语国家短篇小说选》，都不揣谫陋地签名送给了他，就不知而今是否还保存在他书架的某个旮旯，抑或已经流落到了别的什么地方。

踩着少年贝多芬的足迹

波恩坐落在欧洲大动脉莱茵河的中游，人口虽不足 30 万，却不仅是联邦德国具有现代政治色彩的首都，还是一座有着两千年历史的文化古城。它最初为罗马帝国屯兵的要塞，后来又成了选帝侯的驻地，跟美茵茨一样，城里的历史遗存也不少。而且似乎可以认为，波恩之区别于世界上无数有名的都城，正在于它的政治比较低调，文化更加醒目。

前面叙及的几次应酬活动，我们的陪同白约翰都没有参加，算是放了假；可随后参观名胜古迹，却少不了请他安排带路。他个头儿一米六多一点点，比我这四川小崽儿高不了几许，在通常人高马大的德国人中间算是很矮了。不想德国竟和中国一样，也是北方人高大，南方人矮小，尤其是白约翰来的巴伐利亚，让人联想到啤酒桶的矮胖子真不少。我们这位白先生个儿不高却穿着一双方头大皮鞋——我看有增加身量之嫌，似乎腿脚还有点小毛病，走起路来虽绝对说不上矫健，却咯噔咯噔地蛮带劲儿，办事认真严谨更典型的德国人一个，作为陪同真是称职又在行。

如果说美茵茨引以为自豪的是诞生了欧洲第一个发明活字印刷的古滕堡，法兰克福的光荣在于向世界奉献了大文豪和大思想家歌德，那么波恩也有一位举世崇仰的伟大儿子，他就是乐圣贝多芬。

在老城区背静狭窄的波恩巷20号，坐落着一幢保存完好的18世纪古式民宅，三楼一底，坐北朝南，洁白的窗棂，淡绿的窗框，深黄的墙壁，黝黑的屋顶，正面墙壁上爬满了茂密的藤蔓。1770年，贝多芬就降生在这所房子里。而今，这儿已成为全世界收藏最丰的贝多芬博物馆，每年都要接待来自五大洲不同种族、不同肤色的千百万贝多芬景仰者和音乐迷。我们一行自然也前往瞻仰。

在故居的小院内，依然存放着主人当年用于自家酿造葡萄酒的圆木酒桶和手压抽水机等工具。一、二楼则陈列着贝多芬家的家史，他出生的洗礼证，还有他笔锋刚健、业已泛黄的曲谱手稿，以及这位音乐天才晚年双耳失聪后使用的简陋助听器等等。沿着仅容一人上下的旋转楼梯登上二楼，走进一间音乐室，只见墙上挂着一张张贝多芬年轻时的画像，旁边立着一架这位青年作曲家弹奏过无数次的三角钢琴。我长时间地流连室中，耳际仿佛仍有明净、轻快的旋律在回旋，在流泻。而于每年都要举行的"波恩之友"音乐节期间，也确实会在市政厅地处城中心的巴洛克建筑前，在游人汇聚的市集广场上，由来自世界各国的著名乐团演奏贝多芬的乐曲。

在故乡波恩，贝多芬度过了自己的整个少年时代，直到22岁才去了音乐之都维也纳。漫步在几乎全已辟为步行区的老城中，好似处处仍踩着少年贝多芬留下的足迹，心中顿生出神圣之感。特别是市邮政局前边的闵斯特广场上，一尊右手握笔，左手托着乐谱的贝多芬铜像伫立于蓝天下，深邃的目光凝视着远方。他仿佛仍然在沉思宇宙的奥秘，社会的不公，人间的疾苦；仍然在酝酿自己那激情澎湃、雄壮辉煌的交响曲，如此年复一年，不分春夏秋冬，不管脚下人来人往，世事纷扰。

在这尊全世界的乐迷都熟悉的塑像前，不断有景仰者摄影留念，我们却望而生愧，因为一行人谁也没有带相机，而在海德堡曾为我们义务摄影的叶逢植和余匡复两位已经不跟我们在一起。

由于住在波恩老城，对城里的步行区留下了很深的印象。它古风犹存，不似法兰克福的蔡尔街乃现代化的通衢大道；它无数的街巷纵横交错，曲折蜿蜒，不似海德堡有一条贯穿始终的"正街"，因此复杂得如迷宫一般，也更有逛头、看头。

那正对着贝多芬像的大教堂始建于11世纪，正方形的主钟楼高达92米，罗马建筑风格似乎比美茵茨更加明显，与近旁明黄色的巴洛克式选帝侯宫殿群形成了鲜明对照。

这些一度只供极少数人享用的宫室禁苑，这些最能反映波恩历史和最具标志意义的建筑，而今已改作了波恩大学的主楼。

还有那修葺一新、金碧辉煌的巴洛克市政厅，还有市政厅前

波恩：贝多芬像旁的露天咖啡座

经常都热热闹闹、充满人气的市集广场，也同样是游客们观光休闲的好去处。看着一处处露天咖啡馆闲适地坐着饮着聊着的普通男女，听着不远处飘来的优美的乐声，真会让人忘记这世界上还存在贫穷、饥馑和战乱，忘记由此而给人们造成的无尽痛苦和巨大不幸……

总的说来，波恩也让我挺喜欢，虽然不如海德堡那样秀丽、宁静，却更具活力和现代气氛。

莱茵情思

不知道什么缘故，
我总是这样悲伤；
一个古老的故事，
它叫我没法遗忘。

空气清冷，暮色苍茫，
莱茵河静静流淌；
映着傍晚的余晖，
岩头在熠熠闪亮。

一位少女坐在岩顶，
美貌绝伦，魅力无双，
她梳着金色秀发，
金首饰闪闪发光。

她用金梳子梳头，
还一边把歌儿唱；
曲调是这样优美，
有摄人心魄的力量。

那小船里的船夫，

莱茵河：蓝天、碧水、古堡、青山

心中蓦然痛楚难耐，
他不看河中礁石，
只顾把岩头仰望。

我相信船夫和小船，
最终让波浪吞噬，
是罗蕾莱用她的歌声，
干下了这样的事。

多半根据著名的德国浪漫派作家勃伦塔诺（Clemens von Brentano）搜集整理的民间传说，诗人海涅写成了这首脍炙人口的《罗蕾莱》。不管谁读过它，或是唱过舒伯特为它谱写的歌曲，都同样"没法遗忘"这浪漫、优美而又忧伤的故事，并且还会把在夕晖中静静流淌的莱茵河，永远永远铭记在心里。

乘船游览莱茵河，到圣·果阿（St. Goar）看罗蕾莱，于是成了每个访问德国的人的心愿，也是殷勤好客的德国东道主招待贵宾的保留节目之一。我们一行四人算是格外运气，竟在访德的两周多时间里，一连畅游了莱茵河两次。

遗憾，歌声已经消逝

第一次，是在美茵茨德中友协的朋友们带领下，于上午十时左右在美茵茨的码头登上白色的游船，顺流而下，途经吕德尔斯海姆和宾根两个小城镇并稍作停留，然后一直游到了圣·果阿近旁的罗蕾莱。

莱茵河两岸自古盛产葡萄和葡萄酒，吕德尔斯海姆便是临河一处美酒飘香，游人熙攘的品酒胜地。受时间限制，我们没有机会去品尝葡萄美酒，却为其酒吧、酒馆一家挨着一家的古镇风情所陶醉。

至于宾根，则以独自耸立在河岸边的一座黄色高塔即鼠塔（Mäuseturm）闻名，因为关于它同样流传着一则故事。说的是古时候，有一个叫哈托的大主教生性贪婪而残忍，许多无辜者让他害死了，死后冤魂不散，变成一群大老鼠来找他算账、复仇，他跑到哪儿就追到哪儿。最后他只得藏进河岸边的高塔，可老鼠们仍追到塔上，咬死并吃掉了这个罪有应得的恶人。

时近正午，原本坐在船舱里的游客们突然开始骚动起来，却原是麦克风里宣告：罗蕾莱快要到啦！

大伙儿纷纷跑到没有天棚的顶层甲板上，为的是就近一睹罗蕾莱的风采，然而不想却大失所望。因为盼了半天，盼来的既不是一边唱歌、一边用黄金梳子梳理秀发的迷人河妖，也不是在夕照中熠熠闪亮的岩头。所谓罗蕾莱，只不过是一块突兀在河中的巨礁，在正午的阳光下加之近在眼前，就一点儿都不显得浪漫、神秘，甚至连美丽也说不上了。比起我们三峡中只能遥遥仰望而又颇有些形似的巫山神女来，罗蕾莱真不可相提并论。

更加煞风景的是在那岩顶上边当时不知为什么竟插着一面迎风招展的红旗。也许是管理部门同样认为一座秃岩太没看头了吧，于是想给她增加一点儿色彩，结果弄巧成拙：一面火红的旗帜与海涅诗里美丽、神秘的罗蕾莱形象风马牛不相及，唯一的作用是破坏了人们心中的诗意和想象！

但是，罗蕾莱的名气却比我们的巫山神女大多了，全世界的文艺爱好者都熟知她、恋慕她，来德国旅游的人们无不心驰神往。这是为什么呀？

是因为德国有勃伦塔诺和海涅这样的作家和诗人，有舒伯特这样的作曲家！是他们的诗和歌让罗蕾莱的传说不胫而走，一百多年来不仅在德国国内家喻户晓，而且传遍了整个世界。他们用罗蕾莱的歌声和美貌，迷到的远远不只是莱茵河上的船夫，还使河中一块原本不起眼的礁石，享有了长盛不衰的惊世美名！由此，我想到了文学和音乐巨大而不朽的魔力。

是啊，文艺的魔力永远不朽，只要人还没有彻底变成物，人心还没有完全变成石头，更何况石头经过诗人和音乐家的点化，也会变得有灵气、有情感呢！莱茵河中的罗蕾莱就是岩石受诗歌和音乐点化的绝佳例子。

在返回美茵茨的途中，心中多少感到有些怅惘和遗憾：罗蕾莱美妙迷人的歌声啊，而今已不再能听见。

交通动脉·历史画卷·文化摇篮

第二次游莱茵河，是一星期后在白约翰的陪同下从波恩乘火车到宾根登船，同样顺江而下，途经圣·果阿、科布伦茨和波恩直抵科隆，然后再掉转船头返回波恩。这一段旅程更让我认识了莱茵河，认识了德意志民族引以为豪的"父亲莱茵"，认识了它对德国经济文化发展的重要性，认识了它非凡、独特的美。

　　船行在并不怎么宽阔的河面上，一眼望去，夹岸的绵延群山虽不高峻，却都一派青绿。山腰以上生长着茂密的森林，沿河的山脚则是整整齐齐的一行一行向上延伸的葡萄架。在这些一望无际、高不过人的木架上，肥硕的葡萄叶正由绿转黄，预示着农民们用辛劳换来的果实快要成熟，丰收已经在望。丰收的当还不只是粒粒饱满的葡萄，还有此地闻名于世的白葡萄酒，还有用辛劳换来果实和美酒的喜悦。在蓝天白云底下，莱茵河河谷地区充分显示了自己经济的富庶，生态环境的美好。

　　对于德国来说，莱茵河的重要性还在于它是一条贯通南北的大动脉，在陆上交通工具尚不发达的 19 世纪以前，也即德意志民族处于形成、发展阶段的古代和中世纪，它所起的作用就太大了。在那些时候，莱茵河及其众多支流流经的区域，乃是还称作日耳曼人的德意志民族聚居和生息繁衍之地。也就难怪，它自古便被亲切地唤做 Vater Rhein——"父亲莱茵"。不但那些支流是它的孩子，日耳曼民族也为它所养育。

　　莱茵河全长 865 公里，比德国的第二大河易北河还长 150 多公里，像第三大河美茵河以及著名的莫泽尔河、涅卡河、兰河等等，则只是它的支流，因此乘莱茵河的船可以走遍大半个德国。在德国的十大城市中，就有科隆、法兰克福、杜塞尔多夫、斯图加特、杜伊斯堡等五六个在莱茵河及其支流的岸边，其他的古城名城和文化旅游胜地，如波恩、海德堡和威斯巴登等更不计其数。

莱茵河边的科隆，以双塔入云的大教堂为标志

科隆大桥和科隆大教堂

　　河中能行船不说，莱茵河谷还提供了一条天然的陆路大通道。我们悠闲地坐在船上，一路浏览着沿江像画廊一样令人目不暇接的风景，不时地会惊讶地发现两边岸上同时出现电气火车和汽车车流竞相奔驰的精彩、壮观场面，心中不由发出赞叹：这就叫发达，这就叫进步和现代化！

杜伊斯堡——莱茵河畔的工业重镇，世界第一大内河港

不过，莱茵河更让我心醉的还是它不啻为一部活的历史，一部德意志民族色彩斑斓、坎坷曲折的社会发展史，经济政治和文化艺术统统反映在这部历史中。沿河不同时代和风格的建筑，例如河边一座座小市镇色彩丰富、形态各异的民居，科布伦茨于莫泽尔河汇入莱茵河处的"德意志角"，首都波恩临河而建的联邦议会大厦和七峰山上的国宾馆，科隆城双塔耸入云天的哥特式大教堂，以及杜伊斯堡号称世界之最的内河港口码头设施，都无不展现着德意志民族成长发展的一段史实。特别是那一座座傲然立于两岸峻峭峰峦上的城堡和古宫废墟，更让人产生思古之幽情。仰望着这些经受千百年风雨侵袭却保存下来了的真正古迹，思绪便会飞回到已经很久远的往昔。

多不胜数、风姿各异的古堡啊，应该讲乃是莱茵河河谷主要的历史遗存和人文景观，它们尽管大小不等，但每一座都有着自己的历史，都讲述着自己的故事。

莱茵河谷地区的古堡大多建在 17 世纪以前，是德意志民族曾经四分五裂，有数百个国中之国各自为政，有无数的封建领主和骑士称霸一方的真实写照。这些个王侯、领主和骑士，他们占据险要的山峰垒筑城堡，一为防卫敌对势力的侵犯，二为炫耀自己的权威和武力，同时也便于对住在河谷中和平地上的臣民进行监视和统治。

马丁·路德于 1517 年发动宗教改革以后，教会势力和世俗王公一样分裂成势不两立的新旧两派，在 1618 至 1648 年间进行了长达 30 年之久的战争。在这场外国列强纷纷介入的战争中，当时还号称日耳曼民族的神圣罗马帝国的德意志大地，遭到了残酷的蹂躏和破坏，政治、经济和社会的发展不只被阻遏和延缓，而且出现了严重的倒退。也就是在旷日持久的战乱中，莱茵河两岸的古堡也大部分变成了废墟。

可是尽管如此，这些看似不再有用的残垣断壁、危楼废苑，却在悠悠流逝的莱茵河水中投下了一个个古趣盎然的倒影，使整个河谷地区平添了说不尽的浪漫神秘风情。

在历次战争中遭到破坏的莱茵古堡，几百年来经过历代的保护、维修乃至重建，而今多数依然傲立在原来的位置上，向包括我们一行在内的游人展现着各自的风采：

科布伦茨对岸山腰绿树丛中层层向上的黄色城堡，是按照卡尔·弗里德利希·申克尔斯的设计，于 1836 年至 1842 年在一座古堡废墟上建成，名叫"傲岩堡"（Burg Stolzenfels）。

特勒西斯廷镇近旁土红色的"莱茵崖堡"（Burg Rheinstein），虽然也是 16 世纪破坏 19 世纪修复，却显得更加苍劲、古老。

还有在考布城（Kaub），不但河岸边的悬崖峭壁上建有一座叫"古腾崖"（Gutenfels）的城堡，游人从堡上可以俯瞰整个青山碧水的莱茵河谷，而且在河心的小岛上也伫立着一座漂亮而醒目的白色小堡。这座名为"考布城近旁的普法尔茨"（Pfalz bei Kaub）的小堡看上去似乎很年轻，实际上却从 14 世纪起就在迎送着河上过往的船只，据说乃"巴伐利亚人路德维希"在 1327 年下令建造，并且是普鲁士军队于 1814 至 1815 年间最后赶走拿破仑的战场，因此成了一段重要历史的见证……

就是在莱茵河这样的自然风光和人文背景里，孕育起来了歌德、席勒和贝多芬、舒伯特，以及海涅和可以视为德国本土特产的浪漫派。除了写到"莱茵宝藏"的德国民族史诗《尼伯龙根之歌》，除了众口传诵的《罗蕾莱》，德国文学、音乐和美术以莱茵河的故事传说为题材，以其古堡、废墟为场景为舞台，弥漫着莱茵河谷神秘浪漫气氛的作品，可谓多矣。

莱茵河的古堡真是风情万种，美不胜收；莱茵河古堡的故事，真是说不完，道不尽！

而今，莱茵河的无数古堡虽然风致依旧，然而已完全不再服务于征战和统治的目的，大多改作他用，要么布置成了珍藏历史的博物馆，要么装修成了豪华的宾馆、酒店。

又一次游莱茵河，淡漠了心中的罗蕾莱情结，对沿河两岸的景物似乎看得更加仔细，也更多一些感触和收获。或许因为从宾根到科隆这一段航程，比较起来还要优美、可观些吧。

综观上述有关莱茵河的方方面面，我以为，德意志民族的哲学、文学、艺术乃至整个民族性格，都与自己这位"莱茵父亲"息息相关，血脉相通。

联想·感怀·遐思

第二次游完莱茵河，情绪真有些激动，联想、感怀颇多，思索颇多。

首先，对德国人称莱茵河为父亲河，我有了新的理解。它和我们的长江、黄河一样同为一个民族的养育者，长江、黄河乃至一些流经我们城市的小河——例如成都近年来得到很好治理的府河和南河，都被中华民族昵称作母亲河，为什么莱茵河偏偏就是父亲呢？

难道它比我们的长江、黄河更加宽广浩荡，汹涌澎湃，更加富有阳刚之气，粗犷之美？不，比起我们奔腾咆哮、野性难驯的黄河来，比起我们有三峡之雄奇险阻、吴楚之浩渺辽阔的长江来，莱茵河真是太驯顺，太妩媚，所呈现的完全是一种女性的温柔文静之美，如果不好比作一位姿色撩人、性情浪漫的女郎，也该是一位慈祥的母亲。

那么，这位母亲怎么会被德国人称作 Vater Rhein 即"莱茵父亲"呢？

我想，并不因为莱茵河在古代可能是条有着男子汉性格的湍急、暴躁的河流，经过勤劳的日耳曼民族千百年的治理开发才变得妩媚温柔了，而主要由于德国人心灵中根深蒂固的父性情结和父性崇拜。

在德语里还有一个常用词，也可证明我这个说法。世界上的多数民族也如我们华夏子孙一样，都把生养自己的国家视为亲爱的母亲，德国人偏偏称它为 Vaterland，并视 Vaterland 为神圣，为高于一切，而 Vaterland 的本意就是父亲之国。

一个如此崇拜父性的民族，从正面看，自然就会以勤劳、坚毅、忠诚、果敢、进取，以及思想深沉、办事认真、讲究效率和为实现理想而坚持奋斗等优良品行为其性格特征；而走到了反面，又会变得冷漠、刻板、固执、傲慢、残忍和易走极端，以及有着难以满足的冒险欲和征服欲，等等。这两方面看似矛盾的性格，其实都产生于父性崇拜的同一个根源。德国文学最伟大不朽的杰作《浮士德》，便通过主人公浮士德博士和他的另一半即魔鬼靡非斯托这两个典型，对德意志民族的上述两重性格，做了最生动、深刻的揭示和表现。哲人兼诗人的歌德，大概是看透了这父性也即男性矛盾而危险的性格，所以才幻想和希望有所谓"永恒的女性"，来作为德国男子浮士德以及他所代表的人类向上的引导吧。

　　写到此，我不由得又对当初为美、英、法、德、俄、日等国拟定名号的译界前辈，充满了钦佩之情。美利坚，英吉利，法兰西，德意志，俄罗斯，日本，在大致照顾原文发音和念起来顺口的同时，还无不传递着有关国家某一方面的基本信息，包含了译者对它们的认识和理解。这儿单说未严格音译为"多伊奇"什么的 Deutsch 德意志，它不会让人想到法兰西的浪漫多情，英吉利的绅士派头，美利坚的富有强大等，却暗示出了这个民族理性、坚毅、严谨等父性的品格！

　　我的思绪又回到了莱茵河。现在我才感觉到，沿河两岸巍然耸立的那些曾经受过血与火洗礼的古堡，多亏它们给悠悠流逝的莱茵河增添了不少森严的阳刚之气，不然，这条气度娴雅、风光秀丽的河流就太柔媚，太女人气了。特别是当我看见有的古堡上空飘扬着黑红金三色的德国国旗的时候，心中更会产生一种凝重、深沉和庄严的感觉，并进一步认定这古堡，这旗帜，还有那只作为其国徽的铁鹰，都是富有个性的德意志民族的绝好象征。

再次想到了我们的长江和黄河。

黄河之饱经忧患、饱受踩躏，以致遍体鳞伤，满面风尘，以致流干了乳汁，以致性情乖戾，母亲不再像母亲，就不用说了！我只想讲，与其劳民伤财，在堪称穷山恶水之险地一次次搞各式各样的所谓"飞黄"，不如老老实实地梳洗打扮一下黄河。

不，先别侈谈什么梳洗打扮，而是赶紧抢救自己这个业已病入膏肓的、生命垂危的母亲吧！我不相信，当自己的母亲被形容如同一个叫花婆的时候，一些哗众取宠的所谓壮举，还能激发起中国的民气，在世人面前为中华民族争来面子。我真希望，我们的黄河长江什么时候，也能像德国的莱茵河一般温柔慈祥，风光无限美丽。到了那时，我们黄河长江的儿女，才真正脸上有光彩。

我是出生在长江边、吃长江水长大的孩子，几年前父母亲相继去世后也按其遗嘱抛骨灰于江中，拿老人家的话来说在河底安了家。要讲对长江的感情，我真是再深不过了。然而我并不因此觉得长江如何的美，尽管它比起莱茵河来长多了，大多了，蜿蜒曲折多了。即使是我们引以为豪的三峡吧，除了造化的鬼斧神工和景象的雄奇惊险，能让人看的还有什么？

我多次从重庆乘船顺江而下，几天几夜的航程，目睹的更多是两岸一片灰黄的荒凉，体验的更多是长途旅行的寂寥，长江保留下来供人凭吊瞻仰的真正古迹，发人生思古幽情的人文景观，实在是太少了！长江所谓的惊世之美，老实说，只有在刘白羽的散文《长江三日》中，也就是讲只是在书上，才能读到。

长江还有一个更美和更为世人熟知的名字，叫扬子江。她本来也是美的，而且还可能更美，甚至美得超过莱茵河。只是由于她的子孙一直不怎么争气，只知道吮吸母亲的乳汁，贪婪无度地消耗大自然的恩赐，长时间不懂得维护和改善生态，不重视保存历史文化遗产，可叹啊，使得长江也跟黄河一样，仅仅成了一条没有多少迷人风采的大水流、大航道，成了一条江水浑浊、年年泛滥的灾害之河。

世人都说德意志民族骄傲自大，谁只要乘船游览一下莱茵河，就会相信这骄傲不是完全没有缘由。我们中国人真应该抛弃自满、虚夸和愚昧，多学习一点人家的实干、理性和进取精神，如果我们希望自己的母亲河也一天天真正地美丽动人起来，温柔慈祥起来的话。

泛舟在江水碧绿平缓，两岸满目青葱的莱茵河上，我确实想得很多很多，思绪飞得很远很远……

慕尼黑鳞爪

德国"最可爱的城市"

从波恩乘 Intercity 前往南部的慕尼黑,六七个小时的车程在德国已算是长途旅行了,加之在接近 6 月末的盛夏时节,尽管车上的一个个单间清爽、宽敞又舒适,行进中的列车颠簸、震动也远不如国内的厉害,在抵达目的地时仍感到有点劳累。可是我们,至少是我却游兴未减,因为作为这次访问最后一站的慕尼黑,无论从哪方面看都更加重要,更加富有吸引力。

论人口,慕尼黑在当时的联邦德国和统一后的德国都是仅次于柏林和汉堡的第三大城市。它地处阿尔卑斯山的北麓,依傍着多瑙河的支流伊萨尔河,气候温润,环境优越;它是联邦德国最大的州巴伐利亚的首府,从 13 世纪起就已成为称雄一方的巴伐利亚大公的驻地和施政中心,在 19 世纪更提升为巴伐利亚王国的国都,政治地位异常显耀;这些个大公特别是后来的马克西米连二世和路德维希二世等几位国王酷好修建宫殿、园林,收藏艺术珍宝,因此到处留下名胜古迹,博物馆、剧院、歌剧院也不计其数,使它的文艺气氛格外的浓郁;它有众多的大学和研究机构,文教科技事业相当发达;它有西门子和宝马汽车制造厂等世界级的企业,经济实力十分雄厚;它盛产啤酒,每年 10 月举办的"啤酒节"闻名遐迩;它那座造型特异、建筑艺术精湛的奥林匹克体育场，每年都吸引来无数的参观者；它也曾经目击希特勒发动"啤酒馆政变"，见证英、法对德国法西斯的绥靖政策；对了，还有拜仁慕尼黑等不止一支名震四方的足球队，还有经常举行的火爆足球大赛……

使慕尼黑名满天下的原因，真是多不胜数。即使把政治中心、文化古城、交通枢纽、经济重镇、艺术家的天堂等等名称全加在它身上，仍然反映不出慕尼黑全部的魅力，全部的多姿多彩。因此，为了给它定性，人们只好干脆称它是德国"最可爱的城市"。

我们剩给最后一站的仅仅三四天，在这么短的时间里，想认识这样一座有众多面孔的城市，无异于做梦。多亏有白约翰这位慕尼黑土生土长的导游，我们可以完全放心地听他安排调遣。可尽管如此，我们虽说不会犯瞎子摸象的错误，但所能接触到的仍仅只是慕尼黑的一鳞半爪而已。

高高在上地旋转着进午餐

跟着白约翰，我们首先去参观了奥林匹克体育场，游览了与体育场配套的奥林匹克体育公园。这是一片历时六年才在荒地上建成的超大型体育设施，它在1972年举办过那次世界注目的体育盛会后就常被人津津乐道，其设备先进、场馆齐全、设计匠心独运，特别是那像倒挂着的张张渔网的玻璃钢天棚造型，受到广泛的称赞，被认为实现了建筑艺术和现代科技的完美结合。只是在参观各个场馆的过程中，甚至后来漫步在有山、有水、有树、有花的奥林匹克公园内，我仍不时地忆起奥运会期间曾经发生的惨剧：一些以色列运动员遭到了恐怖分子绑架，东道主不得已出动特种部队解救人质，不幸的是最终却失败了，致使一些无辜的运

慕尼黑奥林匹克体育中心

动员们和恐怖分子同归于尽。这触目惊心的一幕，至少是在它上演后的十年，也就是我们去参观的时候，仍如一片云翳飘浮在美丽的奥林匹克公园上空，飘浮在我们的心里。

时近正午，我们来到体育中心最高的建筑，也即在体育场和公园之间傲然耸立、直插蓝天的奥林匹克电视塔前。它建成于1968年，高达290米，是当时世界最高的钢筋水泥建筑之一，我们乘快速电梯直达其198米处的观光平台，慢慢围着塔身溜达，不但把整个体育场看得清清楚楚，还鸟瞰了远处晴空下的慕尼黑市容和邻近辽阔的郊野风光。慕尼黑不像我们去过的另一座大城市法兰克福有许多摩天大楼，仅在右手边看得见一幢银白色的建筑，在阳光下闪闪发光。这座鹤立鸡群的大厦造型奇特，远远望去就像是四根圆柱体黏合在了一起，叫人过目不忘。白约翰告诉我，那是慕尼黑发动机制造公司，也即驰名世界的宝马汽车厂在慕尼黑的总部大楼。

当我把目光向左转移，突然惊奇地发现在前方紧挨着市区竟铺展着一大片低矮的小木屋，心想难道这德国"最可爱的城市"也有上海一样的棚户区么？

忍不住问白约翰，他告诉我那是所谓的 Kolonie 来着。"也就是城里人住厌了公寓和高楼，"他解释道，"来郊外买块地修间木屋，闲暇时种点花木、蔬果什么的，为的是体验体验田园生活的乐趣。"他还讲如此购地建房已渐渐成为风气、时尚，不但在慕尼黑，德国的大城市几乎都出现了这样的 Kolonie，意即殖民地。

殖民地，一个多么贴切的称呼！我当即想。德国人生活富裕了，在享受现代化物质文明的同时，又开始向往自然之乐。人，尤其是德国人都生性如此，很难在什么时候完全感到满足，总是渴望发展、扩张和更多的占有！

可不是吗，我们在饱了眼福之后，又想满足口福了。为此，熟悉情况的白约翰领着大家更上一层，到了塔内的旋转餐厅。

餐厅布置不算豪华，客人却稀稀落落，想必是价钱太贵吧。我们用餐虽说都由白约翰付账，可他凭发票实报实销，因此进什么餐馆和点什么菜一直满不在乎。这样，我就平生第一次在几百英尺的高空旋转着吃了一顿午餐。只是这肯定破费不少的一餐，并未让我感到多么享受。唯一印象深刻的是作为餐后甜品的那个大冰激凌。它层层累积在一只圆鼓鼓的玻璃杯里，上半部分像小山一样凸出在杯口外边，整个足有一位壮汉的拳头那么大，叫我们素来节制的中国肠胃实在无法消受。

文艺之都慕尼黑漫步

跟在任何城市一样，我们也游览了慕尼黑的步行区。从市中心的火车站方向走去，慕尼黑的步行区入口是一座雄伟的城门，门前还有一块带喷泉的小广场，因此显得格外气派。

进了这座叫塞德林格门的入口，但见游人熙来攘往，宽阔的街道两旁历史建筑一幢接着一幢，同时空气里也飘扬着音乐声。除了一些属于单干户的街头艺人在演奏、演唱，更引起我们注意的是一支整整齐齐地穿着民族服装的铜管乐队。他们人数多达十个以上，还有一位看上去挺专业的指挥，演奏起来也真一丝不苟，显然并非来街上卖艺挣钱，而是自发地或受指派来营造步行区的欢乐气氛。

使慕尼黑步行区充溢着艺术气息的不只是欢快的音乐，还有那无数典雅精美的古建筑和街头雕塑。顺着主干道前行，我们走过了包括那葱头顶双塔的玛利亚大教堂在内的一座座教堂，走过了德意志狩猎博物馆，便来到高大宏伟的新市政厅跟前的玛利亚广场，与这座雕饰繁复新哥特式建筑杰作形成鲜明对照的，是近在旁边的小而朴素的哥特式老市政厅。如果再绕到新市政厅的背后，走不多远就可看到属于王宫的建筑群以及国王广场、凯旋门和王府花园了。它们和市里其他地方的宏伟建筑如巴伐利亚纪念堂、将军纪念堂和国家歌剧院等等，都显示出了慕尼黑的王都气派和辉煌历史。

时近傍晚，白约翰领我们穿过老市政厅底下的一道拱门，走进了门外不远处的一家咖啡馆。慕尼黑的咖啡馆原本以作家、艺术家出没汇聚之地著称，特别是二三十年代的一批现代主义艺术大师如"蓝骑士"画派的首领康丁斯基及其不少成员，还有世界知名的作家如里尔克、托马斯·曼和布莱希特等等，都是在这儿泡出来的。我们来此一方面为了亲炙一下慕尼黑咖啡馆的文艺气息，一方面也想简单地解决晚餐问题；中午的那一顿到这时还未完全消化嘛。

一边就着蛋糕喝咖啡，一边观察周围的情况，发现不少顾客都在读书看报，有一两位还时而思考，时而书写，几乎没有什么人交谈更别说大声武气地讲话，整个气氛宁静得带上了几分神圣、神秘，却又不失人间的温暖、温馨。果真是个进行艺术思维的好去处！

晚上看了一场现代话剧演出。只记得剧名叫《荒原》，一位当代德国剧作家的新作，主题好像是揭示现代人精神的空虚，生活的无聊，然而剧情本身却未看懂多少，因为它场次变化实在既多而且突兀。我的收获在于，总算看了一次地道的、演技精湛的德语话剧，从内容到形式都品尝了一下现代艺术的滋味，在世界公认的文艺之都慕尼黑。

德意志博物馆和老画廊

要真正认识、感受文艺之都慕尼黑，光在步行区溜达溜达，坐坐咖啡馆，看一场现代戏剧演出，是绝对不够的。还必须至少拿出一天两天的时间，去参观博物馆。可是慕尼黑的博物馆数以百计，仅有两天只能挑最重要、最具代表性的看，于是我们就去了德意志博物馆。

德意志博物馆坐落在伊萨尔河中的一个小岛上，是全世界最大的综合性自然科技博物馆，展品多达 1.6 万件，而且不少是飞机、轮船这样的大家伙。据说，沿着所有展品走一遭约为 16 公里路程，够累死人的。仅仅常设展览就分为数学、物理、化学、天文、电子、矿冶、交通、环境等等五十多个学科或领域，可谓应有尽有。我那天主要去了交通馆，观赏了包括最早的飞机、汽车、

慕尼黑：老画廊的鲁本斯展厅

自行车在内的大量实物展品，并对着模型和挂图，琢磨了一下德国著名的高速公路的原理。除此之外，我还钻进一座"正在生产"的盐井，观察了这种人类生活不可或缺的白色结晶体的开采和提炼过程。

　　慕尼黑的人文艺术类博物馆更多，其中如老画廊（Alte Pina-kothek）、新画廊（Neue Pinakothek）和古典雕塑博物馆（Glypto-thek）都是世界知名的。我们只去了老画廊，在那儿欣赏了14世纪至18世纪欧洲各国绘画大师的真迹，其中特别是鲁本斯的几个展厅，更给我留下了难以磨灭的印象。一幅幅巨型油画上肌肤丰满的健美人体，给了欧洲文艺复兴的艺术精神再有力不过的诠释。还有博物馆本身建筑之完美，采光之理想，设施之先进，都令我们一行赞叹不已。遗憾的是汇集了众多现代艺术精粹的新画廊和伦巴赫之家，我们无缘参观了。

　　除了上述两家有代表性的大博物馆，我们还游览了城市边上的宁芬堡宫（Schloss Nymphenburg）。它系慕尼黑众多王家宫殿中最著名的一座，乃八方游人必到之地，在我看来无疑也是一处建筑和园林艺术的露天博物馆。关于这座规模巨大，各部分的建筑和装饰风格不无差异的夏宫，介绍的文字已经不少，我当年匆匆浏览的印象就不赘述了。

转眼到了归国的日子。我们没有再坐火车，而是从慕尼黑飞法兰克福专机回北京。令我颇感新奇的是，我们的行李在慕尼黑交运后一直到了北京才取。这样的方便省事，似乎到了20年后国内的旅客还无福享受。

在万米云天之上迅速飞离渴念了20多年终得一见的德国，回顾第一次短短20天访问的见闻和经历，我把自己的感受归结为四个字：震撼、苏醒。德国的实情是我做梦也没想到的，所以深受震撼；经由震撼而致苏醒，我恍然明白世界竟可以这么美好，生活竟可以如此充满欢乐！

脸贴着舷窗，目送着往后飘去的白云，我忍不住从心里呼唤：再见了，德意志！再见了，我的精神家园！

第二辑

| 孤寂与静观 |

悠悠涅卡河

1983年10月，时隔一年多一点，我如愿以偿，又来到了曾经一见倾心的海德堡。

海德堡，这个历史悠久、文风鼎盛、浪漫美丽的城市，是我经过长久的期盼，好不容易才得以投身的地方，是我精神家园的具体所在。这次我重归海德堡，是以享受洪堡奖学金的高级访问学者身份，而且一住一年零三个月，和上次短短开几天会相比，应该讲真是美死了。

然而事情并非完全如此：上次到海德堡正值仲夏初秋的黄金季节，其时海德堡真如一位美少女似的风姿绰约，含情脉脉，一下子就倾倒了我这个痴情的访客。再加托导师冯至先生的福，一路上受到贵宾般的盛情款待，食住行无一需要操心，尽管也没有了行动的自由。现在呢，节令变了，身份变了，旅游旺季之后的海德堡已回归日常和平凡，成了个虽说风韵犹存，然而风霜满面的家庭主妇。

完全没有想到，在这座曾让我无比钟情和倾倒的城市，笔者平生也第一次咀嚼了独处异国的寂寞，体验了种种常人难以体验到的人生况味。

钟声当当

在当年渐渐多起来的出国人员中，我也算是很有福气的，尽管这福气得来不易。在多年失去出国学习的权利和自由之后，付出了多年的辛苦和牺牲之后，一下子有机会长时间到德国研修，而且享受的是洪堡研究奖学金。

关于洪堡研究奖学金的非同寻常，后文再叙，先只说我怎么解决在海德堡落脚的问题。

凡是到国外学习、进修过的人都知道找住房有多么难，因此在去之前都要早早地想法联系或者托人帮忙。我那次倒好，到了法兰克福的朋友家才想起在海德堡没地方睡觉。幸亏及时发现还带着张王婉贞女士的名片。王女士是海德堡正街那家有名的中国饭店"文士阁"的店主，去年开会时曾热情地招待过我们。从"文士阁"这个店名，从她的热心参加文化学术活动，可以看出这位当年在该市颇有名气的王太太的为人和品位。

不妨给她打个电话试试，心存侥幸的我想。

谁知电话那头却传来一个不幸的消息：王太太过世了！

一听噩耗我的心也凉了半截。

"请问，您找我妻子有什么事？"一个悲伤、低沉的男声问。

从标准的德语我听出是赫斯先生，便简单问了问他太太的死因，并向他表示哀悼，随后才不抱希望地说出了我想租房子的事。

"我有一套房子租给您。请问您能出多少钱？"赫斯先生很实际地切入了正题。

一套！我听说一间学生公寓的租金都是一百多，一套显然会很贵的了。但贵也得租，总不能睡大街吧，便随口回答了个"300马克"。心想试试看呗，人家未必会同意；住下后不合适还可以换嘛。

"您来吧。到了海德堡打电话给我，我马上开车去火车站接您。"

就这样，赫斯先生帮我拎着简单的行李，送我进了涅卡河滨大街58号的顶楼。在交给我钥匙的同时，他简单介绍了一下情况。他刚走下楼我便在这有客厅、有浴室、有厨房、一应家具齐备的宽敞住宅里转悠起来，觉得与我在西八间房住过的"工棚"相比简直进了天堂，心里真是说不出的高兴。

又怎能不高兴呢？一辈子没住过这么宽大、这么漂亮的房子，而且俯瞰着悠悠流淌的涅卡河，著名的海德堡老桥近在咫尺，加之又得来毫不费精神，加之以我每月所得的马克来衡量，租金一点也不算贵……

赫斯先生如此干脆和便宜地把这套很可能是留给自己住的房子租给我，现在想来多半是冲着自己新近亡故的太太的面子。要说我与她本人交谊并不深，但毕竟也是个中国人，也是她的同胞，赫斯先生爱屋及乌完全可以理解。

关于王婉贞女士和赫斯先生，关于他们与海德堡的中国留学生的故事，我将来还要讲。先说自己坐在"豪宅"里的沙发上，真是高兴死了，高兴死了！然而高兴的结果是忘记了一句至理名言：乐极生悲。

抵达海德堡时已是星期六的下午。稍事梳洗休整后来到近旁的正街上，才惊讶地发现这条老城的主要商业大道店铺通通已经关门，深秋的步行区游人稀少了许多，不再像去年看见的那样充满生机。在唯独还开着的饮食店胡乱吃了晚餐，天黑前便回到家里。

可这也算家么？

房子虽大，家具也齐全，可除自己之外一个人不见，也没有电视可看收音机可听。当晚，我第一次体会到了夜的漫长，一人独处的孤寂。只不过想到天亮就好了，天亮后就可以上街，就可以去找熟人，心里才稍稍踏实一点，才勉强能入睡。

谁料天亮前却下起雨来，而且滴滴答答地下个不停。天亮后要出出不去，看书也看不进，只好饿着肚子站在窗前看雨中的涅卡河，听在房顶上追逐、叫嚣的风声雨声。

　　正在百无聊赖之时，蓦地传来当当的钟声，那样的悠扬，那样的明净，那样的清晰，若不是我平生第一次听到也是第一次注意到。这从邻近的教堂高塔上发出的陌生音响啊，它与我小时候曾经相邻而居的寺庙里的钟声，完全是另一种韵味，让我一下子意识到了自己是个异乡游子。在整个礼拜天的上午，一到正点就当当当地敲个不住，每隔一刻钟还要敲上两下，不断地刺激我的耳膜和神经，提醒我别忘了我身在何处，别忘了咀嚼异国孤旅的寂寞滋味……

　　　　当当——当当——

　　　　雨雾迷蒙的灰色天幕
　　　　把钟声擦拭得格外清亮
　　　　一缕一缕，一片一片
　　　　回荡在我耳际　心房
　　　　我无处逃避　无地躲藏

　　　　当当——当当——

　　　　钟声引导虔诚的灵魂
　　　　飞向高塔穹顶的厅堂
　　　　那儿住着永生的上帝
　　　　上帝的家里灯火辉煌

纯洁的天使翩翩翱翔

当当——当当——

清亮悠长的钟声哟
你给信徒们
慰藉　皈依　希望
却为何给我啊
空虚　寂寞　惆怅

当当——当当——

啊　空虚　寂寞　惆怅
可怜可悲的天涯孤旅
你身在异国他乡……

当当——当当——

天涯孤旅 异国他乡
异国他乡 异国他乡
……

　　在国内我也曾长期离家求学，南京五年，北京五年，即使是
寒暑假寝室里常常只剩我一个人，却从未感受过眼下这般难耐的
孤寂。毕竟是在自己的祖国啊！毕竟周围的一切，包括充溢在空
气里的气味和声响，诸如自行车的铃声、小贩叫卖的吆喝、高音

喇叭送出的旋律什么什么的，都是那样的熟悉亲切啊！

是不是不再听见教堂的钟声，或者听熟了这钟声，孤寂就消失了呢？不是。

是不是仅仅在"秋风秋雨愁煞人"的季节，海外游子才感到孤寂呢？也不是。

是不是生活环境优美，物质条件优越，在外学习进修就不感寂寞呢？同样不是。

旅居海德堡一年多，还有后来在波恩等地研修，我最大的问题都是需要克服难耐的寂寞孤独。只不过住的日子久了，工作忙了，交往多了，对引起游子愁烦的音响什么的不再那么敏感，不再那么难以忍受罢了。

国外的生活是自由而优裕的。但我在海德堡第一次体验到自由而优裕的生活，哪怕咱们中国人已久违了它，对它一度是那样地渴望，却还并不能使你幸福快乐，如果你离开了自己的祖国，离开了自己的家，离开了亲人和朋友。

古老而朝气蓬勃

终于到了礼拜一。天尽管还阴沉沉的，却可以出门了。正街的店铺重新营业，步行区人也多了起来，只是多半都像在本城古老而著名的大学就读的学生，旅游者已为数寥寥。夏天里嘚嘚嘚地来往于老城的载客马车不见了，却代之以早晨才准进入步行区的商店供货车辆。因为是一周的开始吧，一大早街上便呈现出繁忙景象。

首先去了德博教授在海德堡大学汉学系的办公室。老先生和蔼亲切地接待了我，给了初来乍到的我详细的指点。就是冲着他这和蔼亲切，我选他做了我访问的东道主和研修的学术指导；他呢，对我的帮助和关心却不止学术方面。也多亏德博教授热情推荐，我才成功地申请到了众所向往的洪堡研究奖学金。我永远不会忘记这位品德高尚、学识渊博的老人，就像我不会忘记影响了自己整个后半生的恩师冯至教授。我在另一本书里曾自称是个幸运儿，幸运就幸运在自己尽管前半生经历坎坷，却遇上了许多好老师，德博教授是其中之一。随着时间的推移，我越来越认识到，他是第一个以自己的品格和待人接物，让我感受到了德意志精神的仁爱、宽厚和深沉的人。

德博教授领着我从汉学系的一间屋子到另一间屋子，向我介绍系里的情况和工作人员。除他这位主任和唯一的教授，还有一名系主任秘书和两名助教，以及数目不定的中国交换教师和从高年级学生中挑选的临时工作人员。秘书是位看样子也离退休年龄不远的老太太；助教之一是去年已打过交道的齐格飞博士，另一位则是专攻葡萄牙在澳门殖民历史的蒲塔克博士；中国的交换教师则来自北京外语学院和上海外语学院的德语专业，也就是我在国内的同行。我在此第一次发现，德国大学一个系的人员编制，真是精简得不能再精简。一个人真要顶一个人。想马马虎虎混饭吃么，没门儿！这是否也体现了德意志作风和精神呢？我想是的。

了解完汉学系的情况，德博教授还破例地亲自带我去大学的外事处，把我介绍给处长施耐德博士。我想他之所以这样做，主要看在我是一位洪堡奖学金获得者，而且还是大名鼎鼎的冯至先生的"高徒"。

海德堡大学的外事处位于僻静街区的一个院子里，所在的大楼古色古香。楼内来来往往的是不同肤色的年轻学子，走廊的墙壁上则贴满了举办各种活动和语言学习班的通知，整个一派生机勃勃的繁忙景象。尽管后来到过的所有德国大学的外事处都是如此，但我仍然敢断言，施耐德博士及其继任者拜耶尔领导的外事处，肯定是最称职的。

说它最称职，不仅仅因为当年海德堡大学与国外交流极其活跃，单单在中国就有上面讲的两所外语院校和武汉医学院等好几个合作伙伴，故而来海德堡大学的外国留学生和交换学者异常之多；也不只因为它的处长施耐德博士平易近人，乐于和善于与外国学生打交道，例如我们中国的进修学者和交换教师，就曾多次应邀到他家里聚会；更不仅由于拜耶尔先生曾给我具体的帮助，吭哧吭哧地给我搬来一张写字台，改善了我"家"的工作条件……不，令我更感动的更有另外两件事。

一是由外事处牵头在80年代末成立了个海德堡大学校友会，我虽然只在那里待了一年多并且事后也未积极联系，仍被登记在册，至今年年收到校友会的会刊和参加各种活动的通知。例如到了2000年，已升任处长的拜耶尔先生还来信邀请我出席在西安举行的海德堡大学中国校友聚会，并全部包下我们的食宿费用，虽然9月我去了维也纳未能赴会，心里在感到遗憾的同时却大大加深了对海德堡大学的感情。老实讲，这所有着600年历史，出过无数大学问家和六七位诺贝尔奖获得者的世界名校，我原本是不好意思认她为自己的母校，可她偏偏要认我这个中国孩子！

二是我永远忘不了当年由外事处为我们留学生组织的那些丰富多彩的活动。逢年过节的招待会不说了，去附近的城市曼海姆看歌剧不说了，让我获益更多也大大减轻了我们异乡寂寞的，是那每学期总有十次八次的"八马克一日游"。这样的活动，我后来在其他德国大学研修时也希望参加，然而打听的结果都是大失所望。

初入海德堡大学研修所遭遇的事和人，一个汉学系和它的主任德博教授，一个行政部门外事处和它的新、老处长施耐德和拜耶尔先生，都给我留下了极好的印象，都让我窥一斑而知全豹，感觉到这所世界名校充满着一种特殊的精神。在当时，我这感觉还比较模糊，现在却认为，它正是德意志民族精神中一个正面和优秀的组成部分。就因为这种精神，德国最古老的大学才如此富有活力，我们外国学子在它的怀抱里才感到如此温暖。

又想起了"二战"中海德堡幸免于轰炸的故事：我很理解美军参谋部里的那些海德堡大学毕业生啊，他们再痛恨德国法西斯，又怎么狠得下心对海德堡投弹，怎么能不害怕殃及自己亲爱的母校呢！

我非常非常庆幸，选了海德堡大学作为自己长期研修之地。我打心眼儿里感到自豪，能成为海德堡大学的在册校友。

平静、寂寞的日子

80年代初的海德堡，无疑是中国留学人员最集中的德国城市之一。他们多数是来自北京上海等地高校的访问学者和交换教师，此外还有高中毕业后由教育部选派来的年轻学生，以及一些科研机构和涉外单位如国家旅游局、外文局、人民日报社、中国社会科学院等的进修人员。在国内虽然多数互不认识，但到海德堡不久便混熟了。

在当年的海德堡熟人中，与我关系最密切的是上海外语学院来的交换教师江燮松。他不但是我的德语同行，还早我几年毕业于同一所学校即南京大学。说来凑巧，我刚到的那个星期一早上一上街，碰见的第一个熟人就是他。

正是在这位学长的帮助下，我很快熟悉和适应了在异国他乡的进修生活，结识了其他的熟人朋友。

首先要解决的是生活问题。在已经有了住处以后，饮食即解除肉体的饥渴和消遣即克服精神的饥渴，无疑最重要。前者比较简单，在燮松他们的带领下，找到了大学的食堂，找到了能买到大米、鸡蛋、蔬菜等等的廉价超市，加之我的住处又备有现成的高级炉灶和餐具，只要把自己在北京打光棍时练就的烹调技术拿出来，就没有了任何问题。而且，跟绝大多数的中国人一样，我很少进食堂。倒不仅仅为了省钱，而是自己烧的饭菜无论如何都更对自己的中国胃口，特别是妻子还让我带了足够的三奈八角、老姜大蒜、辣椒花椒。

精神的饥渴，克服起来可就复杂多啦。首先迫不及待地弄来一个收音机，好在早晚空闲时和烧饭时能够听音乐和新闻。不然，隔音很好的住宅里鬼都没有一个，寂静得实在可怕——非一个人在国外生活绝难体会到的可怕。

光有收音机不行，我花点钱买了个电视机，不然漫漫长夜不好打发。那是个大块头儿的黑白电视机，燮松跟我一道抬上了四楼，尽管是没色儿的，图像音响质量却不错，足以帮助我练听力和了解时事。

有了这些基本条件，在海德堡便算安顿下来了，研修生活步入了正轨，起居作息也有了规律。没承担教学任务，也无什么论文或报告要写要交，除偶尔去大学借借书，和德博教授谈谈话，白天基本上都在家里阅读、搜集、整理跟研究课题"歌德与中国"有关的资料。

傍晚，一天工作之余，要么在步行区的正街散散步，看看街头艺人五花八门的表演，浏览浏览街道两旁布置得别出心裁的商店橱窗，观赏观赏老城中著名的"骑士旅社"等古代建筑；要么到涅卡河畔去溜达溜达，看碧绿的河水悠悠地流淌，雪白的天鹅和黑灰的野鸭在水中逍遥地游弋，时而驶过的船只在河面激起层层波浪，涟漪过了很久很久方才散去……

当然还有周末和节假日。这种日子只要天气允许，便一个人或者结伴重游去年夏天曾经匆匆游过的地方。现在时间多了，心境也更闲适，游得自然从容一些，看得也仔细一些，有的名胜，如老城背后半山上的王宫废墟，便去踏访了不止一次，对这一海德堡的标志，这一历史沧桑的见证，算是有了比较深入的了解。

再者，和江燮松等中国留学人员的交往也多了起来，我偶尔乘公交车专程去新城那边学生宿舍找他们，但更多的时候是他们顺便来我在老城的家里看我。发现我住得宽敞舒适，特别是做饭十分方便，便常常来我家聚会；而聚会的内容除了聊天，就是一道做饭吃。

如此这般，我初到海德堡的日子过得如涅卡河的悠悠逝水，平静而又平凡。这时候，我常在工作的间歇凭窗远眺，但见在金色的阳光中，对面海岱山上让秋霜点染了红色和黄色的树林静静地立着，心里也开始感觉得闲适和宁帖。

然而，没过多久，随着一阵紧似一阵的寒风吹枯了、吹落了树叶，涅卡河上不见了昂首游弋的天鹅，却从老桥边传来到南方过冬的海鸥的声声啼叫，日子变得短了，天空在大白天也阴沉沉的，人的心境也随之郁闷和不安起来。再也没有悠闲的溜达、散步，傍晚早早地拧开电视机，可看不到两小时就坐在沙发上睡着了。

这期间，不管是白天天气坏得出不去，还是夜里坐在电视机前蓦然醒来，我又感到了初到那天一样的孤寂，不，比那天的孤寂尤甚！那天，是不断传来的当当钟声提醒我独处异国，现在，随时让我意识到自己这悲凉处境的是自己的心，是在这空无一人的宽大居所里时时可闻的自己的心跳！

在这种时刻，我自然会想起初次访问海德堡时对它一见倾心的情况，禁不住反思自己，是不是在这座美丽而浪漫的古城，真的把自己的心丢了——

> 在古老而美丽的海德堡
> 难道我真丢失了我的心
> 丢失在
> 海岱山上的哲人之路
> 丢失在
> 涅卡河畔的青青草坪
> 丢失在
> 夕阳中的故宫废苑
> 丢失在
> 晨曦里的钟楼塔顶
> 丢失在
> 咖啡座轻轻的乐声里
> 丢失在
> 老大学静静的阅览厅
> 丢失在
> 博物馆古色古香的画幅
> 丢失在
> 步行区摩肩接踵的人群
> 丢失在

情痴歌德的银杏树下
丢失在
浪漫才子的风流余韵
丢失了吗
真的丢失了吗　你
我可怜的心

异国的文物纵然鼎盛
异国的风光尽管媚人
却没有祖国的高山大河
更缺少故乡的融融亲情
世间最难耐莫过于孤寂哟
老树昏鸦　夕阳西下
夜雨敲窗　雪花漫天
谁来伴我断肠旅人
谁来慰我游子乡情
若想探询我的心曲
若问我是否丢失了心
请听檐前呢喃的燕儿
请看空中悠悠的白云……

　　秋去冬来，一天早晨踱到窗前，发现除了涅卡河还是一带流
动的碧玉，整个海德堡已是银装素裹，连夜里停在河滨大道边上
的小汽车也盖上了半尺多厚的白绒被。这在四川难得一见的美丽
冬景，让我着实兴奋了一阵子，以致冒着严寒出去拍了几张照。
不过兴奋也就是一阵而已，回到家来仍旧是孤寂，难以排解的

孤寂。

是我一个人才有这样的孤寂感吗？不，所有只身出国进修、留学的人都一样，差别只在程度和时间持续的长短而已。年轻，会德语，集体居住或集体活动多，还有工作学习压力大，都可以减轻和治疗孤独。我呢，仅仅占着会德语一项，所以病得就比较重。再说，会德语也只是工作、生活方便而已，因此便以为能与德国人有多少交往，在人人都关心和忙着自己事情的西方社会，是不现实的。也正是在这点上，我强烈感受到了德国的一个问题：人们基本上互不闻问，互不交往，哪怕同住一座楼房，同在一个单位。尽管见面客客气气地打招呼，但也就如此而已。

也就难怪，德国的老年人多半十分孤独，除非能花许多钱住养老院，或者与同龄者结伴旅游。在海德堡和其他德国城市走过小街背巷，常会看见这样大同小异的图画：一个老人从难得打开的窗户探出身来，旁边蹲着一只小猫或者小狗，痴痴地在那儿望街景。应该讲天天一个样的街上并没有什么好望，唯一新鲜的是这时候走过了一个亚洲人。老人们也许会猜一猜，这人来自哪个国家，来德国干什么，但却万万不会想到，我对孤独的他们挺同情，为自己能成为他们张望的对象，能在他们死寂的心中激起一点点新鲜、好奇和欣喜的涟漪而感到高兴。

我呢，庆幸自己还不像他们那么老，庆幸自己是个相互之间喜欢交往的中国人，庆幸就算在海德堡，也有自己的许多同胞。

海德堡的日常生活

大学城中购书乐

生活在海德堡，买书也是一大乐事。

以风景秀丽、情调浪漫著称于世的海德堡，它那号称全德最古老的大学，已有六百多年的历史。城里居民总共才13万，大学生就多达2.7万，再加上教职员、科研人员以及为数不少的外国访问学者，"读书人"在人口中的比例相当可观。

读书人多书店自然就多。而书店多，乃是这座古老大学城的特色之一。

要在咱们中国，海德堡论面积和人口充其量只算个小县城。可在这座小城里，不算三四家超级市场的书籍部，不算火车站内经销通俗读物和旅行指南的小书摊，正儿八经的新旧书店，就有二十多家。仅仅老城正街和与之相平行的普罗克街，我大致数了数，各类书店就多达14家之数；特别是在老大学广场附近，走不几步便是一家书店。

几次到海德堡访问和做研究工作，闲暇时光，我常去逛书店。一进店门，往往便有女店员迎上来问："我可否给您帮助？""不，谢谢！"听到这么回答，她遂脚步轻轻地走开了。不然，她就真会热情地帮助你，迅速找到你想购买或者了解的书。

有时候，你需要的书不巧售完，她也会马上查找目录为你预订，使你的需要有望在不久后得到满足。购书人呢，也大多很快买了书或订了书离去，所以店堂内既安静又宽敞。我在里面随便走走翻翻，真是十分惬意。

不用说，所有书店都是开架营业。有时候，某种书仅剩下橱窗中展示的唯一一本，倘你真要，他们也乐意取出来卖给你。

一次，我在海德堡老城正街一家书店门前见到一张广告，报道有关我国《易经》的书出版的信息。抱着侥幸心理，我走进店去问一位女店员还有没有同样的广告，可不可送一张给我。女店员没说二话，便在柜台下耐心翻找起来，结果没有。我本欲称谢离开，不想她已往店外走，到了外边便揭下墙上的招贴，叠好送到我手里。这件事至今使我感到歉然，因为我从来没在这家店里买过一本书。

我常去看书和买书的魏斯书店，坐落在大学广场边上。从招牌看出，书店法定的主人是艾娃·罗尼克太太，罗尼克先生则为它的实际经营管理者。这位先生胖胖的脸上戴一副阔边眼镜，终年四季西装、领带，俨乎其然一位学者。可他服务态度之热情，售书业务之精通，真叫没话说。

1983年深秋，刚到海德堡，就听朋友告诉我，罗尼克先生对我们中国人特别友好；而友好的实际表现，就是我们买了书他代寄回国，而且不收寄费。这事说来简单，却给我们方便不少。须知，书不能大箱大箱地寄，而得五公斤五公斤地分别包装，够麻烦的了。再说，省下的寄费又可买几本书，何乐而不为。

于是，我常去光顾罗尼克先生的书店，一来二去就和他熟了。

这期间，或自己购书，或为国内的好友购书，我已照顾他做过几笔不算太小的买卖。而碰上疑难问题，他也乐于给我帮助。

魏斯书店

例如，我在德意志研究协进会（DFG）为我曾任教的四川外语学院争取到一批赠书，需要开个书单；罗尼克先生不但为我从书库常备的大目录中复印了有关部分，且在我选好书后让他的店员为我打了一份干干净净的单子。

为了答谢他，我当然希望这批书能在他店里购买，便写信给DFG。不想人家已另有安排，令我非常懊恼。可在我去告诉罗尼克先生这个坏消息时，他却微笑着说："没关系，这不影响我们的友谊。"

不错，尽管给我们一些照顾和优惠，罗尼克太太仍然不会不赚钱。再说，除了对中国人，罗尼克先生对本国或其他国家的顾客未必不同样热情、友好。而且，这样注意与顾客建立"友谊"者，也绝不只魏斯书店一家。也就难怪，德国人习惯于把自己常去光顾的书店称为"我的书店"。显然，一家书店这样的顾客多了，生意自然便做得好，做得长。所以，在海德堡的书店中，颇有几家"百年老店",而魏斯书店便是其中之一。

除了魏斯书店,我还常去另一家哈斯贝克夫妇经营的画廊兼书店。这家书店既卖新书又卖旧书,颇有特色。它把新书、旧书杂陈在同一些书架上,只是旧书中夹一条露出头尾的红色绸带,叫人一眼可辨。

说旧书,实际上多数一点不旧,然而价格往往只及新书的一半。

我选购了一批这样的半价书,并将魏斯书店为我寄书的情况告诉哈斯贝克太太。她听后也欣然答应提供同样的服务,不同的只是我得负担邮费的一半。这在我看来已经很好,因为旧书本来便宜。

书选好了,我想先用一段时间再寄,哈斯贝克先生就帮着我将书搬运到了我的住处。后来,经过几次交道,我和他们也熟了。有时候,一下子拿不定主意某本书是否该买,"带回家去看看再说吧",这是他们主动出的主意。有时候,一本厚书中只有少数几页对我有用,他们便慨然同意我借回去复印,十分豁达、大度。

海德堡的这些书店生意做得如此活,如此精,如此文明,如此深得顾客的心,是售书业境况欠佳么?看来不是。

不过,同业之间的激烈竞争,恐怕倒是重要原因。请想一想,大学广场四周100平方米以内五六家书店,同样货色,同样的定价,你去哪家?此时此地,服务质量的哪怕一点点差异,也会在顾客心中的天平上显示出巨大分量,并最后决定他脚步的走向。

至于说联邦德国的售书业境况尚好,我随便举两三个例子。一是据近些年法兰克福书展提供的情报,尽管相当时期以来有了电视、电脑这些强有力的竞争者,联邦德国的书籍总销售量非但未减少,反而有所增长。二是在海德堡的老城正街,不久前又新开了一家书店。再有，年初有朋友返国，罗尼克先生邀我们去他店中喝咖啡，我曾顺便问近几年德国经济不那么景气，失业者很多，他店里的营业有否受到影响。没有，他回答，因为书籍不是可有可无的奢侈品；人们可以节省这，节省那，买书的钱看来还是肯花的。再说，书价也还不贵，简装本平均不到10个马克一本，精装本30马克左右，一般人都还买得起。

这个"不贵"和"买得起"，当然只是以此地的工资水平而言；与我们国内的书价和工资数相比，就太贵了。因此，有时要买一本书，特别是一本较贵的书，就得咬咬牙，横横心。当一本想买的书不能买，或者花钱错买了什么书的时候，心里自然挺不是滋味。

可惜啊，不能买与买错了的情况，在我时有发生，特别是后者。

须知，德国出版社多，同一种书的不同版本也多，挑选起来颇不容易。记得刚到海德堡不久，考虑到工作需要，花近四十个马克买了著名岛屿出版社出的一套施笃姆诗歌小说选，一函六小册，主要代表作都收了，印刷也挺精美。不想三个多月后，却在普罗克街专营原民主德国出版物的"集体书店"发现另一种施笃姆作品集，一套四大卷，可说是全集了，硬面精装，且附有非常详细的注释。一问价格，只比那选集贵七八个马克，心里真有说不出的懊恼。

别的不讲，单那些注释，对我将来的工作会多么有用！四大本书捧在手中怎么也放不下去，干脆买下来吧，又觉得重复花钱实在太冤。最后，硬着头皮去先前的书店说明原委。好在店主通情达理，同意我将施笃姆选集还回去，条件是我在他店里另外买相当价格的书。

就这一个例子，已说明书店老板经营态度的灵活、圆通。而我，在捧回那套施笃姆全集时，心中真是既高兴，也对他充满也许在彼国人士看来是不必要的感激。

最后，似乎还有必要简单介绍一下海德堡书店的外观和设备情况。它们看上去绝大多数都小而朴实，一间铺面，三四个店员，全部二十几家的面积加在一起，我看未必超过我国一些大都会的图书中心或者书城许多。小则小矣，店内从地板到天花板的架子上和展台上，全都陈列着书；有的书店还用了前面一层可以平行滑动的双层书架，有的还于店堂内建起阁楼，在阁楼上乃至楼梯的转角处都有书架陈列，为充分利用有限的空间真可谓殚精竭虑，各显神通。

可尽管如此，任何书店也仍不敢存应有尽有的奢望，一台联网的电脑就成了必备的弥补手段。通过它，不仅可以迅速了解掌握各出版社的出书动态和发行部门的供货情况，还可随时发出订单。设在斯图加特等几个大城市的图书中心则每天派出送货车，所订的书一般第二、第三天便送到了店里。

不过我并不认为是海德堡的读书人特别有福气。我们不是常讲联邦德国是一个文明程度颇高的发达国家吗？这文明和发达，不用说也很好地和理所当然地体现在书店的经营管理和为顾客热情周到的服务中，体现在一走进书店，读书人和著书人都能感到浓浓的文化气氛。我后来曾长住波恩、柏林和杜伊斯堡等城市，每次逛书店都多少会有这样的感受。

"八马克一日游"

在海德堡大学研修一年多，美好的记忆不少，其中最让我怀念的要算大学外事处组织的"八马克一日游"。

当年出国留学进修几乎都得依靠助学金，即使是由对方提供的吧，数额一般也只在一千马克上下。按规定还要上缴给使馆乃至派出单位一部分，剩下的尽管足够日常开支，可是谁都还想省下些钱，买几样国内紧缺的大件如电视机、冰箱什么的带回去，再想旅游就真叫心有余而力不足了。

在这种情况下，"八马克一日游"可谓雪中送炭，因此特别受到外国学生特别是经济拮据的中国学子欢迎。因为八个马克，还不到他们打一个小时工的钱，用来上馆子充其量吃碗面条或者一个比萨饼，实在是太太便宜了！我呢，虽说拿洪堡研究奖学金比大家宽裕得多，"八马克一日游"还是能参加一定参加，非不得已绝不放过。

既想参加，就得提前及时报名。大学外事处每学期都早早地公布了计划，去的多为一些著名的城市和景区，但名额并非完全没有限制。再说，报了名万一不能去，届时不交钱就是了，还从没听说过有来追缴那区区八马克的情况。说到底吧，组织这样的活动不但丰富了留学生的生活，减轻了他们身处异国他乡的寂寞，还帮助大家了解了德国这个国家。

对后面这一点，依我看，我们的东道主异常在乎。在成为两次世界大战的温床和罪魁以后，德国人知道自己在世界上的形象太糟糕，太丑陋，太可恨可恶了。

怎么改善这个状态？

唯有让世人亲眼看看新的德国，认识认识新的德国人。正因此，联邦德国才大量资助外国人来留学和交流，才努力让外国留学人员了解他们的现状，而"八马克一日游"，依我看也是其中一个小小的、然而不失为聪明大度和深得外国学子之心的举措。

不过说小也并不小，比如我通过它，的确扩大和加深了对德国的认识。一年多，花费微乎其微的百来个马克，我不只到了与海德堡同在巴登—符腾堡州的名城卡尔斯陆、弗莱堡、康斯坦斯和波顿湖，临近各州的沃尔姆斯、威斯巴登、慕尼黑、纽伦堡、班贝克、维尔茨堡和罗藤堡，还去了远在北边的波恩、科隆和不来梅，还去了当时尚处于另一个德意志国家包围中的西柏林。

当然啦，上面列举的那些地方，有的是一天花八马克游不了的。例如慕尼黑以及康斯坦斯和附近的波顿湖、马瑙、梅尔斯堡，就分别花了三天，柏林更长达五天，只不过费用仅象征性地加了一点，还是每天八马克，真是加起来连住一晚上的旅馆也不够！

为什么做这赔本的"买卖"？我上面说了，主要为了让外国学生认识德国，为了改变德国和德国人在世人心目中的形象。

海德堡大学干练、聪敏的外事人员，这项工作做得真是好啊！为此，德国政府真该嘉奖他们的施耐德博士和拜耶尔先生才是。

是否已受嘉奖不得而知。但海德堡大学外事处的有关举措异常受政府重视，却是不争的事实。前些年他们成立"海德堡大学国际校友会"，开会时由联邦总理赫尔穆特·科尔担任大会的名誉主席，便是一个证明。

大的方面说了，再谈谈"八马克一日游"的具体情况吧。

记忆犹新的是，每到了出游的周末，一大早就在一个固定的地方集合上车，约莫八点半钟已准时上了路。如果真是一日游，车程通常为一两个小时。

一路上大伙儿欢声笑语，同时尽情观赏窗外的城乡风景。乘坐的都是标准的旅游车，安全舒适不在话下，而且每次还有一位专业的导游。经过询问，知道这位年龄三十开外的导游并非大学正式职工，而是临时受聘来的。然而他同样尽职尽责，不但要讲解，有什么问题一样得解决。

作者在"一日游"途中

很幸运的是，我参加了十多次大学的旅游，却一次也没碰见什么问题，让人不由得对德国人的组织能力、工作责任心、开车技术等等等等，产生由衷的赞赏乃至敬佩。

一次次出游的情景多数还历历在目，不可能也没必要逐一记叙，何况关于柏林等重点城市还会详细写到。这儿就蜻蜓点水，每个地方只限于点出它标志性的古迹、名胜，除此之外仅在罗藤堡这个小城转上一圈，算是点面结合吧。

访问当今因为是德国联邦宪法法院的所在地而受瞩目的卡尔斯陆，我们重点参观了始建于 1715 年的卡尔大公爵的府第；它是德国最著名的宫殿建筑之一，宏伟壮丽的建筑前面的大广场给人留下极其强烈的印象。杰出的建筑家巴尔塔萨·诺伊曼，参加了它后期改建和扩建的设计。

漫步在最南部临近法国的弗莱堡，我们认真观看涓涓川流于市中心的一条条小水渠，只见全都没加顶盖的石砌沟槽平平整整，清澈的渠水明净如同琉璃。这是曾经在日耳曼人居住区殖民的罗马帝国留下的文明遗迹。

去康斯坦斯必定到连接德国、瑞士和奥地利三国的波顿湖上泛舟，我们也不例外。住了一宿，我们第二天又畅游了花之岛马瑙。

游览古城沃尔姆斯，我们自然要里里外外地认真观看它那堪称罗马式建筑典范的圣彼得大教堂，还有那座耸立在莱茵河畔的哈根雕像——因为他是德国的古老史诗《尼伯龙根之歌》的重要角色之一。

夏天的威斯巴登不仅风光秀美宜人，还有耽于尘世享乐的古罗马人修建的公共温泉浴室，还有现代西方富人热衷的销金窟——外表文质彬彬的赌场，值得一看。

到慕尼黑除了逛步行区，游宁芬堡宫和英国公园，更多的时间花在了参观博物馆。可尽管如此仍只能选择其中最主要的，我呢，好在已是旧地重游。

大冬天奔袭纽伦堡目的只有一个，赶该城闻名全德的圣诞集市。为了目睹它入夜后的辉煌灿烂，热气腾腾，我们回到海德堡已经快十二点。

去班贝克，就得多看几眼它那悬吊在湍急河面上的老市政厅。这幢黄色的典型桁架式建筑，我一见再也不能忘记，跟城里大教堂内那位班贝克骑士的雕像一样。

维尔茨堡、波恩、科隆已经在1982年游览过也写过，不重复了。

到了更北边的不来梅，我们流连于古老的市集广场，始建于

纽伦堡著名的圣诞市场

15世纪的哥特式市政厅和更加古老的大教堂都耸峙在广场边，还有顶天立地、象征市民自由的罗兰石像，还有《格林童话》名篇《不来梅市的乐师》的纪念雕塑，通通都可以在这儿观赏到……

最后说说罗藤堡。它位于美茵河的支流陶泊河畔，为了区别于涅卡河畔另一座名字差不多的小城，正式的全称就叫陶泊河畔的罗藤堡。

陶泊河畔的罗藤堡中世纪时只是一座伯爵的城堡，14世纪才慢慢发展为一座小城市，至今人口才不过一万多一点点。它之所以能变成德国乃至全世界的旅游胜地之一，完全出乎意料，或者说叫否极泰来：它地处偏僻，交通不便，所以逃过了历次战争的劫难；它经济发展滞后，市民腰包空瘪，无力改建扩建城市，更甭提"搞开发"，结果五百年前的旧貌就完完整整保留了下来。这样，千年古城罗藤堡便成了艺术史上的一件珍宝，一个德国乃至欧洲也少见的奇迹，一处在现代的旅游和怀古热潮中人们趋之若鹜的地方。

记得车到罗藤堡已是上午十点过。其时天空细雨霏霏，进城后步行到地势略微有点倾斜的市集广场，站在哥特式的老市政厅前，听我们的导游简单介绍了城市的历史，以及在 17 世纪的三十年战争中，这座信奉新教的城市发生的一则故事：为了使城市免遭烧杀破坏，勇敢的市长努施挺身而出，接受破城敌军首领提里提出的苛刻条件，一口气饮下了一大杯常人根本无法饮下的酒。城市得救了，"市长之饮"的美谈也流传了下来，并且在老市政厅前面由与大钟的机械联动的偶人每隔一小时演示一次，吸引着来自国内外的游客驻足观看。罗藤堡人则以自己有这样的历史和市长而骄傲。

随后我们走进与老市政厅紧紧靠在一起的文艺复兴式新市政厅，沿着一道旋转扶梯爬上钟楼的塔尖，从上边向下俯瞰，只见市集广场上的喷泉周围开放着无数五色的花朵，而且还在慢慢移动——原来是在雨中撑着伞参观的游客。目光移向四周和远方，鳞次栉比的红色建筑便奔来眼底，经过了雨水洗刷越发鲜艳红亮，令我不由叹道："罗藤堡（意即红色城堡）果真名副其实，名不虚传哪！"

到吃午饭的时候了。跟每次一样，其他外国学生多数临时买点什么充饥或干脆进餐厅，我们中国人则三三两两聚在一起，找个人不多的地方坐下来享用自带的饮食。我们吃得常常的确比人家丰盛一些，比如女同胞不少时候还准备了凉面、卤肉、鸡蛋之类，但是也毋庸隐晦，这样吃主要还是舍不得花钱。

饭后自行分别进行下面的参观项目。来罗藤堡谁都不会放弃的是登城墙。一万多居民的小城城墙自然高不了，宽不了，长不了，登起来走起来毫不费力不说，值得细看的，也只是内面显系新砌的墙坯上预刻着的一串串姓名而已。我发现光荣的留名者中日本人特别多。后来才听说，这位于"浪漫之路"的罗藤堡，是日本游客最喜爱的德国城市之一，因此也就喜欢为整修城墙捐一些钱，同时留下自己的大名。

那次冒雨到罗藤堡春游，我虽无那些有钱的日本人一样千古留名的荣耀和雅兴，却也带回了一件长久的纪念物。它就是那张被我命名为《罗藤堡之春》的照片。我不知道怎么就走到了一个游人不多，但却开放着各色郁金香的花园里，并选取了一个看来是不错的角度，成功拍了这张风景照。

多年来，我一直珍藏着这张照片。每当看到它，便不由得想起在涅卡河畔的悠远岁月，想起大学里的"八马克一日游"。

回忆起来，通过大学组织的这种旅游，我对经过了三十多年的努力重建已变得焕然一新的德国，已变得十分先进和美丽的德国，更留下了一个深刻的印象。深切感到德国是一个有着悠久人文传统的国家，德意志民族在吸取历史教训和清除战争废墟之后，而今完全重新站了起来。是啊，在旅游中我们得知，除了罗藤堡、海德堡等少数"幸运儿"，几乎所有的德国城市都曾遭受严重毁坏。今天的德国，完全是聪敏、勤劳的德国人一砖一瓦重建起来的，而且还重建得这样美，恢复得这样真，这样富有历史感，这样富有文化底蕴，实在算得上人类创造的一个奇迹，实在叫人不能不感慨，不能不惊叹。

刺激与震撼

80年代初的德国，人们对刚刚实行改革开放的中国既好奇又友善，在海德堡也兴起了一阵"中国热"。市里有一个德中友协的分会，经常举行比如集体旅游和京剧脸谱展览之类的活动，每次都要邀请我们去参加。还有，与武汉医学院结成姐妹关系的大学医学院有几位教授，搞了一个德国人所谓的 Stammtisch（老顾客专座），让我们定期去与他们聊天儿喝啤酒。

一天，就是在这样的聚会上，一位已喝了两杯的德国朋友突然小声问我："Herr Yang, Ihre Frau ist nicht mitgekommen. Haben Sie wirklich kein Problem?"（"杨先生，您没带太太来。您真的就没问题吗？"）

我知道他的"问题"是什么，但却不知如何回答，只好装作不解地顾左右而言他。

据我了解，当年中国的进修留学人员不少都面对过这样难堪的提问，提问者大多带着不理解的神气，有时候甚至还表现出同情你、可怜你的样子。

可不是难以理解，值得同情吗？当年中国人之可怜，不仅在于要长时间克制自己作为人的"大欲"，而且还有苦说不出来！

那年头儿，国内数以亿计夫妻也长期分居两地，虽然也苦，但大家一样，而且没有环境的刺激，比较好熬。在国外可就完全两样了，人家实行性开放，被迫禁欲的中国男女，毋庸讳言，更是苦上加苦，苦得就如像旧时代的乞丐，看着别人经常大鱼大肉，自己却只能饿肚子。

不，在忍受性饥饿这点上，咱们甚至连乞丐都不如！乞丐还有点残汤剩饭吃，饿了还可以叫唤几声，咱们不但什么也没得吃，还叫也叫不出来。

好只好在中国人几千年来饿惯了，锻炼出了异乎寻常的忍受能力，也找到了一些疗饥止渴的灵丹妙方，例如远离美食佳肴，把心思完全集中到革命工作上就是。

然而，这样的办法在灯红酒绿的西方，在并不总是有革命同志关心的环境中，还灵吗？总是灵吗？难说。

所以，德国一直允许外国进修人员和研究生带配偶陪读，我们政府后来也同意这样做，是人道又明智。

只可惜80年代初还不是如此。像我吧，原本带老婆孩子人家洪堡基金会还给补贴，我却偏偏只能过独居生活。说穿了，对离开了组织和群众监督的知识分子，还是不放心。

当年长期单身出国进修的知识分子，只要生理心理健康，我敢讲，都曾忍受过性饥渴，也因此会在中国人一贯讳莫如深的性问题上，受到强烈的刺激甚至Schock（震撼）。

刺激大多是缓和而持久的，往往会增加饥渴。如我住宅近旁开有不止一家性商店，天天都要从它们的橱窗前走过，尽管当年并不清楚里面卖的是什么玩意儿，经过时也目不斜视，不听招呼的神经却仍然会被刺激得亢奋起来。

还有那些在大街上甚至电车里相拥长吻的男女，你尽管装作没看见，心理生理却没法毫无反应。再者，每天都会接触到的电视和报刊，也充满了类似的刺激。

至于所谓Schock，往往来得过分强烈，过分突然，结果却只能使神经麻木，使生理和心理都失去反应能力。前述德国朋友向我提到的Problem，像小小年纪的金花向我提的问题一样，都震得我神经麻木，无言以对。

海德堡是座古老的大学城，尽管旅游业异常发达，却仍然不失斯文的本色，比起法兰克福、汉堡、慕尼黑等大城市来，花花绿绿的色情场所就少多了，隐蔽多了，但也并非完全没有。只是无心之人不注意发现不了，便会产生这座大学城真是干干净净的错误印象，一旦什么时候与之不期而遇，难免又受到震动。

在老城步行区最热闹的正街，在我房东赫斯先生的饭店楼下，有一个原本是很好的商店门面却没有开商店，而仅仅开辟出了一条幽深的进口。两边墙上恍惚可见五颜六色的广告招贴，不走进去细看便闹不清楚是些什么东西。平时似乎往里走的人极少，加之又没有如迪斯科舞厅似的音响和招牌之类吸引人的东西，我在海德堡住了几个月也未留意到这个地方。

可是没有想到，有一次去大学学生宿舍所在的新城区参加晚会回来，顺道去看一位还在赫斯先生处打工的上海朋友。正准备下班的他领着我穿过厨房，打算从饭店员工经常走的后门出来。快走到后面幽暗的楼梯口，他停在了一扇小窗前，突然低声喊我："老杨，你来看！"我凑过头去，一看大吃一惊：眼前竟是一个放映室，室中不见一个人，只听见机器在轧轧轧地运转，而放映到下方远处银幕上的，不说也猜得到了，是赤裸裸的、当年的我们见所未见的性放纵场面……

原来那不引人注意的幽深进口里藏着家色情电影院！第一次与这样的场所不期而遇，我真的被震得来几近休克，昏头昏脑地走出那长长的门洞，逃跑到了外面空气清新的街上。现在想起来感到十分好笑：即使是当年，这在德国算得了什么呀！更露骨、更怪诞的色情场所多的是，比如后来德国人还安排我们专程去观光了的汉堡丽佩浜。

说实话吧，在性开放乃至性放纵的西方，要我们出国人员完全做到清心寡欲，比起当年在国内来实在难多了。

怎么办？当然各有各的办法。未婚的留学生可以谈恋爱乃至同居，记得有个姓王的小伙子就恋上了一位韩国姑娘。已婚的进修人员不少也交了本国乃至异国的异性朋友，当然这种关系有深有浅，然而一概讳莫如深，除个别的后来因为闹起了家庭矛盾而彻底曝光，实际程度只有当事双方明白。大家包括党支部的同志也心照不宣，都懒得管闲事，"同是天涯沦落人"嘛，更何况在强调个人自由的国外。

当年的海德堡，在它美丽而浪漫的环境氛围里，留学人员中风花雪月的事儿真不少，足以写几部言情畅销小说，由于涉及个人隐私也只能写进可视为虚构的小说。说海德堡当然绝不只海德堡，也不只德国，凡有中国留学人员的地方肯定全一样。人在哪儿都是人，中国人也是人。长期出国人员离婚的特别多，便可说明问题。

写此文的目的，是想让国内读者多少了解一些西方的性开放，让将要出国来学习和工作的人多一点这方面的思想准备。同时呢，也希望政府面对现实，在制定相关规定时更开明一些，人道一些。须知，人的"大欲"长期得不到满足，肯定会出事。并非没有听见在国外的中国人一些更不堪的行径和渠道，只是写出来有伤大雅，不写也罢。

难忘他乡故人

赫斯先生

他是我第二次到海德堡见到的第一个熟人，也是我能顺利地落脚并且住得舒舒服服很快就能开始工作第一个应该感谢的人。因此上午在大学报了到，领了奖学金，中午便赶紧来到他的中国饭店，一则与他签租住房屋的契约，同时抓紧把第一个月的300马克房租，交付给我的房主赫斯先生。

对我这个中国房客，赫斯先生非常客气：签约前就让我住进去不说，也没要预交保证金什么的，对契约的条款也不怎么讲究。我交完房租准备离开，他却执意留我吃午饭，而这，后来竟成为惯例，每次去交钱都要在他的餐馆里白吃一顿。

赫斯先生在海德堡正街的这家饭店"文士阁"，在当地可算颇有名气。原因不只是口岸好，更重要的是已故王婉贞女士经营有方。你看，它除了中国味儿十足且古色古香的"文士阁"，还有个同样富有中国传统和大众特色的名称叫金龙饭店，再者，明明白白的中国饭店，在其所在的二楼窗口有时又飘着几条日本人过节才挂的彩色绸制鲤鱼做招牌，在充分利用和发挥中国古老烹调艺术号召力的同时，又特别注意到了那年头日本大量旅欧游客鼓鼓的钱包。从这种种细微之处，从饭店入口到大堂的整个装修陈设，都可看出一位有相当文化素养的中国女性的良苦用心。

在海德堡，王太太的精明在生前可谓有口皆碑。人说她出身台湾的大户人家，早年来德国求学，不知怎么就爱上了一表人才，性情敦厚，然而却穷光蛋一个的标准小伙儿赫斯。二十多年前，德国人虽说很少不吃苦受穷，但年轻的赫斯碰上了王婉贞，因而早早时来运转，却不能不说是自己的福气。也就难怪他心里有着不解的中国情结，一般说来对中国人都相当好，条件当然是你也不坏。这完全符合德国人的待人和交友之道，因为从性格看，赫斯先生同样是个标准的德国人。

我成为赫斯先生房客的时候，尽管妻子不幸早逝，赫斯先生却仍然是海德堡有产有业的富人之一。他带着一个已在上高中的女儿索菲，按妻子的办法继续经营着自己的饭店，辛苦自然挺辛苦，生意却还是蛮不错，特别是在每年的旅游旺季。单只说海德堡的秋节等节庆期间吧，赫斯带着一帮身着"民族服装"的中国临时工，在店前楼下的街边上现炸现卖春卷，每天收入就超过一万马克。

在自己小小的领地里，在他指挥的五六个饭店员工中，不苟言笑的赫斯先生俨然像位国王，有时显得威严，有时显得仁慈。因此谈起他这个人，我后来在海德堡认识的中国同胞对他可谓毁誉参半。

认为赫斯先生不好的主要说他"抠"，说他给在他店里打工的中国留学人员每小时才付十个马克左右，说他经常调换厨师也是给的工钱不尽如人意之故。对于这样的微词，我完全可以理解，因为几乎所有在国外打过工的人都赌咒发誓，要打工绝不再进中国饭店，因为老板们剥削起自己的同胞来实在心太黑。只不过呢，赫斯先生并非我们的同胞，充其量只是个亲戚。而且据我观察，当时海德堡的中国留学人员，年轻学生也好，一大把年纪的进修人员也好，却是喜欢上他店里打工，有几位甚至与他关系挺好，成了朋友。

记得其中的一位要回国了，赫斯先生不但多付了一点工钱，还来回三小时亲自开车送他到了法兰克福机场。我因为也是他的朋友，便跟车前往送行，有机会在赫斯带领下第一次进入机场大楼外的 Besucherterasse，即参观者或送行者专用露天平台，饱览了这排名全球前列的国际大机场的壮观景色，观看了世界各国的大型客机在停机坪上不断起降。

为饱眼福进入露天平台是要买票的，在入口处我想自己也该花费一点，便问赫斯先生：

"Darf ich bezahlen?（让我买票好吗?）"

"Wenn Sie wollen.（听便吧。）"他随口回答，自然而似乎未加任何考虑，更无丝毫要来争抢的表现，而在我们中国人，却多半会这样做的，特别是他显然比我有钱得多。

总共十马克的票钱由我付了。然而，我的收获却远远超出这点金钱的价值。这件小事，不但让我看出了德国人务实的金钱观乃至交友观，而且，我想也使赫斯先生对我这个中国人一定又多了几分好印象。

我安安静静地，舒舒服服地在涅卡河滨住了一年多，赫斯先生对我这个中国房客十分满意，十分放心。第二年年末，在回国之前，我想应该向海德堡的德国朋友告个别，便决定花钱在"文士阁"办个招待。当我去交房租时顺便告诉赫斯先生我的想法，他脸上带着少有的微笑回答："放心，我一定为您操办好。"

晚宴被特别安排在"文士阁"高出大堂几个台阶的雅座里。我的导师德博教授、大学副校长迪特里希和外事处处长施耐德博士，都带着夫人准时光临。所有的菜肴酒水全是赫斯安排、搭配，既气派十足又合乎德国客人的口味，同时不多不少。席间交谈融洽，主客尽兴尽欢。赫斯先生还不断亲自前来了解我们的愿望需求，服务格外周到。

客人们散去后，我留下来向赫斯表示感谢，同时掏出准备好的300马克饭钱来付给他。万万没有想到的是他却坚持不收，一而再再而三地请他收下仍然如此。没奈何，最后也只好听他的便！

这300马克，和上面讲的那10马克一样，也加深了我对于德国人的金钱观和处世观的了解和感受。

继续讲赫斯先生的故事，我心里真是感到十分难受。简单交代一下吧，据说在往后的一些年，他的饭店便每况愈下，原因主要是再也管理不好他从中国来的那些厨师，而记得最开始的两位大厨，还是曾经在他餐馆打工挣钱的上海进修人员介绍来的。这些人未去时什么条件都可以答应，去了发现工资可能比其他地方少又不懂德语，无法与他沟通交涉，不多久便一走了之，结果他当然十分狼狈。1988年夏天，我去海德堡看他，发现他竟亲自下厨房炒菜，心想这样的中国饭店还开得长么！

赫斯先生的金龙饭店——我已经不好意思叫它的雅号——仍顽强地开着，因为它的口岸太好了，海德堡又总是不缺旅游者，又总是有许多节日要欢庆，而年已不惑的赫斯，又是个脾气倔强固执的德国男人。

大概在90年代初，还是在他的饭店里，我又见到了他，见到了我的房东也可算是朋友的赫斯先生。这次我惊讶地发现他在独居多年之后终于结婚了，而妻子竟是位拖着大堆小孩的土耳其妇女！

首先我要申明：我对在德国的土耳其人丝毫不存偏见，不抱恶感，甚至恰恰相反，他们常常令同为外国人的我觉得亲近。我惊讶的是，不解的是，赫斯先生为什么没再讨个中国妇女来帮助自己开中国饭店，难道他的中国情结完全消失了么？难道他对中国人实在伤透了心么？那一次，我在他店里真叫如坐针毡，面对着沉默寡言的他，面对着他仍未出嫁的女儿，面对着他与我没有什么话好讲的妻子。

告别赫斯一家出来走在海德堡的大街上，我的心里实在是难过。其时正值盛夏，天空中丽日朗朗，白云飘飘，正街上游人熙攘，笑语不断，我却感觉心灰意冷，感觉海德堡已非我曾经无条件无保留地倾心和深爱着的海德堡。

又许多年过去了，赫斯先生和他的家人还有他的中国饭店，现在怎样了呢？每当自己想起和与人谈起海德堡，我都忍不住要问。

德博教授

要不是他亲口告诉我，真难想象温文尔雅的德博教授长时间地当过兵，长时间地蹲过战俘营。正是在第二次世界大战的英军俘房营里，他邂逅一位有名的汉学家，从此与中国文化结下了不解之缘。

战后，普通德国人开始苦撑苦挨那些饥寒加屈辱的岁月，年满26岁的德博却赶紧进入勉强恢复的慕尼黑大学，成了汉学专业寥寥可数的学生中最年长和最勤奋的一位。

"为取得这个学习资格，我按规定还先做了三个月清除废墟的工作啊。"回忆往事，德博教授不无感慨。他说，正因为潜心于中国文化的学习，潜心于唐诗的研究翻译，他才能比较轻松地克服和度过了当年物质和精神的困厄。

初次见到德博教授是 1982 年的初夏。其时，古老的大学城海德堡阳光灿烂，繁花似锦，正举行由他发起和主持的"歌德与中国·中国与歌德"国际学术讨论会。会议开幕前，我随冯至老师去对他做礼节性拜访。一踏进他那雅洁而富于个性的办公室，便不由一怔：宽敞的室内不见任何杂乱和多余的陈设，最引人注目的是墙上挂着一幅中国书法，上写着颇见功力的一个斗大"忍"字。再有，就是对面靠墙一列玻璃柜里叠放得整整齐齐的线装书，一色的蓝布封套，令人肃然起敬。

大小会议和交流活动有条不紊地持续了四天。气氛的紧张、热烈，越发显出主持者德博教授的从容大度、文质彬彬，脸上总是带着友善、热情的笑意。难怪冯至先生说："德博这样的老汉学家一生浸淫在中国文化里，自然便养成了儒雅君子的风度。"

德博教授脸上暖人的融融笑意，涅卡河畔大学城的优美景致，深深叠印在我的脑海里。第二年，当我获得机会到当时的联邦德国研修，便毫不犹豫就选了他做我的指导教授。

接下来的一年多，德博教授为我的研修乃至起居付出了不少心血，我对他的人品和学问有了更多了解。

在逐年兴旺起来的汉学系，他当系主任和教授已届十六个春秋，一直以兢兢业业、治学严谨和待人宽厚而深受爱戴，可谓德高望重。经过三十多年锲而不舍的努力，他已出版著译十余种，在唐诗特别是李白以及老庄的研究和译介方面，成了富有国际声望和影响的权威。

他为促进德中文化交流也做了许多工作。继"歌德与中国"讨论会之后，又协助我筹备了 1985 年春在重庆举行的"席勒与中国·中国与席勒"国际学术研讨会。为此，他曾亲自驾车送我去各处联络，在与德国的席勒协会等有关组织会谈时，却甘当我的顾问和配角。当第一次联名申请经费失败以后，又支持我以中国学者的身份致书科尔总理，终于获得了包括总理本人在内的各方面的有力支持。

随着用中德两种语言演唱的《欢乐颂》响彻我所供职的四川外语学院的上空，研讨会便如期隆重开幕，破天荒实现了两国日耳曼学家和汉学家在中国大地上的盛大聚会，为中德文化交流的历史揭开了崭新的一页。德博教授遗憾地因病未能出席，却没有忘记来信表示歉意和祝贺。

不讲德博教授对古汉语、对老庄哲学、对唐宋文学造诣之精深，直令我这样的中国人艳羡，就讲他的待人接物吧，我总觉得与其说他是一位德国大教授，倒不如说更像个道德高尚、学养深厚的中国老夫子。

悠悠岁月，如涅卡河水一般慢慢逝去了。1988年，德博教授寄来一本学生们为他编辑出版的纪念文集，告诉我年前他满了65岁，已经退休啦。不过，他说退休只意味着不再承担教学工作，反倒给了他更多时间去陪伴老子、庄子和李太白。

在这封依旧是笔迹工整、清秀的信里，分明又透露出他那旷达而睿智的微微笑意，像余晖中海德堡那座红彤彤的古王宫，美丽而又温暖。

老友顾彬

顾彬是由他的德国名字沃尔夫冈·库宾（Wolfgang Kubin）衍化成的汉名。对于西方的汉学家或曰中国学家以及形形色色与中国打交道的人们来说，有一个汉语名字并不稀罕。难得的只是顾彬二字不但发音贴近他原来的姓氏，而且可以说名如其人，很容易让人想到他那文质彬彬的学者风貌，甚至还有他含蓄、内向、深沉的独特个性。

正如他很爱中国和中国文化，很爱他的中国妻子和中国朋友，我知道，顾彬也很爱自己这个地道的中国名字。因此，差不多20年前，当他给我解释这名字的由来时，很自然地便流露出了对那位当初帮助他取名的中国老师的感激之情。

是的，顾彬与我已是有20年交情的老朋友了。1982年，由海德堡大学汉学系系主任德博教授主持召开的"歌德与中国·中国与歌德"国际学术研讨会上，作为与会者中小字辈的我与顾彬，便相互予以了关注。

一次会间午休，大伙儿随随便便地躺在会场旁的草坪上小憩，我跟顾彬很自然地交谈起来。那年头，我们出国交流常获准"预支"教授或研究员之类的高级头衔，因此"杨武能教授"也不时地称他 Prof. Kubin（顾彬教授），不想却招来了冷冷的一句："Titel beiseite!（甭来头衔!）"原本就不苟言笑的他，表情变得更加严肃了。

岂止严肃！这位曾在会上拿郁达夫的《沉沦》与歌德的《少年维特的烦恼》做比较研究的德国学者，在他那浅蓝色的眸子中，我分明看到了深深的烦恼和浓浓的忧郁。

也许是当年本人的地位和心境都类似于他吧，所以对一般人眼里显得孤僻古怪的顾彬并无恶感，相反倒引以为知己。

再次聚首是第二年的四五月份在北京老东风市场。记得是我打了个电话，顾彬便大老远蹬着车从他进修的北大赶来了。于是各人面前摆着点简单的食品和饮料，天南地北地聊了小半天。其时我即将调离社科院外文所并且很快要去海德堡做访问学者，他呢，仍担任西柏林自由大学汉学系的所谓 Privatdozent，也即写完了教授论文（Habilitation）正等待空缺升任教授的高级讲师。顾彬那一句"Titel beiseite!"多半是对遥遥无期的等待的不满吧。

又过了两年，多少已熬出头的我们各完成了一两件大事：1985 年，顾彬在等了四年多之后终于当上教授，不仅如此，还应聘做了著名的西柏林"地平线艺术节"的学术顾问什么的，因为那一年艺术节要重点介绍中国的文学艺术，他这位中国通正好派上用场。就是在顾彬的张罗操持下，王蒙、张洁等一大批中国作家以及四川省川剧团应邀到了德国，实现了德中之间足以载入史册的第一次文学艺术大交流；差不多同时，我也被破格提升为了四川外语学院的副院长，并在这所中国内地的普通大学，斗胆发起和主持了我国外语界和比较文学界的第一次大型国际盛会——"席勒与中国·中国与席勒"国际学术研讨会。顾彬应我的邀请来参加了。会议期间的一个晚上，我在家里招待老同学、老朋友，与会的十六七位德国学者只有一人在座，他自然就是被我视为朋友的顾彬。

我把顾彬当朋友可并非一厢情愿，谬托知己。证据之一是一张我至今还保存完好的彩色照片。照片上的顾彬破天荒地笑容可掬，春风满面。原来啊，与他并肩站着一位黑发如云、身材高挑、模样俊俏、身穿着鲜红色呢子大衣的年轻中国女子。这显然是一张报喜的结婚照！这样的照片，以顾彬这个在德国也算格外含蓄、矜持的知识阶层人士，是绝不会主动随便寄给什么人的，除非是至爱亲朋。我呢，在收到照片后也着着实实分享了自己这位德国好友的喜悦，并在随后的十多年成了他家庭幸福美满、事业蒸蒸日上的见证。须知，顾彬夫人张穗子不仅是一位给他养育了一儿一女两个宝贝的贤妻良母，而且在事业上也给了丈夫多方面的有力支持，成了他翻译、编撰和出版工作任劳任怨的好帮手。

顾彬已是一位享誉世界的汉学家，任波恩大学汉学系的系主任。信不信由你，他最初之着迷于中国文化文学是因为读了一首李白的诗，读了那首"故人西辞黄鹤楼，烟花三月下扬州。孤帆远影碧空尽，惟见长江天际流。"原本学神学打算当牧师侍奉上帝的他，不知是不是在这首七绝的意境中体悟到了涵盖茫茫人生、浩瀚宇宙的深广哲理意蕴，于是转而攻读汉学，以便终生做中国诗仙诗圣的追随者。

再说我引顾彬为知己，当然还不只因为上面讲的那张照片，20年的人生轨迹，显示我们两人确乎有不少相似之处。不是吗，一样地充当中德两国之间运送文学和文化产品的"苦力"，不同的只是一个为德国的汉学家，一个系中国的日耳曼学学者，搬运的方向正好相反；只是顾彬他干起活来比我更刻苦，更亡命，更有耐力，以致脸上的褶子比我深，头上的衰毛比我白，虽说他整整比我小了七八岁。不是吗，一样地在教学、科研之余既搞翻译又搞创作，并且一样地首先以翻译家的身份跻身学界和文坛，却又心有不甘，于是都拼命挤时间弄学术搞创作，不同的只是顾彬比我更加的学术，创作的主要是高雅的诗，我呢主要写写散文随笔。不是吗，还一样地勤奋、多产，要说著译等身也勉强可以。

不好意思趁机继续自吹自擂，单说顾彬吧，他主编和主译了六卷本的鲁迅文集，翻译了冯至、王蒙、北岛、杨炼等的代表作，当之无愧地被誉为德国目前译介中国现当代文学的第一人；出版了《空山——中国文学的自然观》《猎虎——中国现代文学研究》《基督教、儒教与现代中国革命精神》和《论杜牧的诗》等学术专著和论文，除此还有一本我准备另文详述的专著《影子的声音——论文学翻译的技巧与艺术》；从 1989 年开始主编《袖珍汉学》和《亚洲文化研究》两种学术刊物，一年出版两三期，一直坚持到了今天；眼下正紧锣密鼓地完成一个堪称世纪工程的大项目，即主编一套 16 开本的 10 大卷《中国文学史》，由他本人撰写的第一卷即诗歌卷已经出版；他近几年创作的抒情诗已结集为《愚人塔》等两个集子，如此等等，难以尽述。在德国的汉学界，在德国的翻译界，还找得出第二个这样多产多才的人么？难啊！

在列举完他与我的相似之后再说说差异，或者更确切地讲差距。实话实说，本人真是有许多不如顾彬的地方。他上大学除去汉学还念了哲学、日耳曼学、日本学和新教神学，我却仅仅念的是日耳曼学，比他知识面窄得多，因此搞起学术来挺吃力。顾彬1973 年获得了波恩大学的哲学博士学位，本人当时却还带着学生在工厂实习并接受再教育；他 1981 年完成晋升教授的论文，获得了任职资格；本人刚刚才念完硕士，等待确认助研即讲师的资格。总之，论学历我比他差得远。

不同的客观历史社会条件不说了，即使主观方面，例如治学的刻苦和严谨，我自认为离顾彬也有不小的距离。朋友们都认为他是个工作狂，生活要求之低近乎清教徒。具体讲，顾彬一直没有买私家车，也很难见到他西装革履，住的方面也是直到家里的书多得快挤不进人了，才有所改善，终于在当教授 16 年之后贷款买了一幢属于自己的房子。也就难怪内人最近两次见过他都私下对他表示同情，因为顾彬教授给人的印象总是那么疲惫不堪，总是那么一脸苦样儿。

当然，印象毕竟只是印象，外表常常会给人以误导。拿顾彬来说，他既当系主任又要教学，既从事翻译、写作、学术研究，又要跑来跑去在中国、美国、香港、新加坡等地的大学任客座教授，说辛苦确实是够辛苦的，然而呢他却乐此不疲，苦中有乐！为什么？因为这表明他多有用武之地，表明他事业有成，表明他已在德国和国际的汉学界产生影响，享有盛誉。

同样，在日常和家庭生活中，一脸苦相的顾彬其实也蛮幸福的。我多次到过他原来并不宽敞的住宅，只感到在贤惠的穗子夫人操持下，这是一个温馨的、其乐融融的中西合璧家庭。这个家庭的男女主人都勤俭、上进，而且时常"有朋自远方来"。是的，在家庭观念方面，我觉得作为中国文化专家的顾彬确乎深受儒家传统的熏陶和影响。我曾不止一次碰见他带着孩子在波恩的莱茵河边散步，每次都感到此时的他完全变成了另一个人，眼神中的忧郁、烦恼和脸面上严肃、疲惫什么什么的，通通被恬静、幸福和慈蔼代替了。

说到顾彬性情的忧郁和严肃、刻板，有朋友讲是先天使然，前者遗传自他出生维也纳的母亲，后者遗传自他身为柏林人的父亲，我想应该有些道理。但是，我同时还揣测，这跟他爱好哲学、神学，且明显地赋有诗人气质、秉性，恐怕也不会完全没有关系。

生性忧郁、严肃、不苟言笑的顾彬，很容易给不熟悉他的人一个高傲、冷漠的印象。记得十多年前有位著名的中国作家在国内发表文章大骂"傲慢的德国教授"，其所指就是劳神费力地接待了顾彬。顾彬深感委屈甚至气愤，但却未必完全清楚出问题的原因。对人冷漠的表面印象当然起了作用，更主要的恐怕还在他忽视了中国人习以为常的级别和长幼尊卑顺序。他怎么可以对那些他器重的年轻诗人热情有加，而对另一些享受地师级待遇的老作家礼数不周呢。显然这是一个文化差异造成的隔膜和误解——类似的隔膜、误解甚至于摩擦、纠纷，在前些年的国际交往中真没少发生。

其实，据我多年的观察，顾彬这人真是我们所讲的"热水瓶"，而且根本没有一般德国人的所谓 Arroganz 即傲慢。他对自己的学生，对为数不少的中国年轻作家和年轻学者，实在是满腔热情地给予帮助。他花那么多心血、精力翻译中国年轻诗人的作品，还时常陪他们到处去朗诵，要换了年长而有地位的中国教授比如本人，就未必做得到。

最后再说一点顾彬与我的差异，也即同为文学翻译家和文化传播者的我们待遇的差异。在德国，译介中国文学、传播中国文化，较之我们在中国译介德国文学、传播德国文化，困难大多了，地位低多了，待遇差多了；一般的德国大学教授都不屑于做翻译。正因此，对一些贡献卓著、国人却知之甚少的德国译界同行，特别是已故的大学者和大翻译家魏礼贤（Richard Wilhelm）、弗朗茨·库恩（Franz Kuhn）、鲍吾刚（Wolfgang Bauer）以及仍然健在的德博（Günther Debon）等等，我和顾彬一样都怀有深深的敬意。现实的困难留待介绍顾彬的文学翻译论著《影子的声音》时详述，这儿只说待遇，而且主要是翻译家从其所传播文化的母国所得到的待遇。

我们这些译介德语文学、传播德国文化的人，可真是幸运呢！多少人因为自己从事的工作，得到了人家的资助和进修提高的机会。特别是本人，主要就因为翻译的成绩，得了德国两项大奖。德国健在的前辈德博和如日中天的同行顾彬，他们为传播中国文化贡献更大，迄今却从咱们国家什么奖也没得到过。

我当然了解他们本人特别是年事已高的德博教授并不在乎什么奖励。我当然知道我们的国家也重视在国外传播自己的文学和文化。我当然理解我国尚处在发展中国家的水平，拿不出许多钱来奖励人家。可是，给一些确实为传播中华文化辛劳一生、贡献巨大的汉学家或曰中国学家以精神奖励，以荣誉称号，又为什么办不到呢？

突然想到我们每年都评的国家图书奖、中国图书奖以及鲁迅文学奖中的彩虹奖，是不是可以考虑也设立一项特别奖，逐步把外国汉学家的著译也纳入评奖范围，从而促进中国文化文学在世界的传播呢？如果有这一天，言归正题，我将自告奋勇，义不容辞，并且"举贤不避亲"，为我朋友顾彬的6卷《鲁迅文集》和10卷《中国文学史》请奖。

在20世纪80年代写的一篇《文学翻译断想》中，我曾提出过"文学翻译家应该同时是学者和作家"这个命题，并认为我们杰出的前辈大都达到了这一要求，自己呢几十年来也正朝着这个方向努力。在当今研究和通晓中国学的外国学人中，以个人接触范围而言，顾彬似乎是唯一一位兼为学者和作家的文学翻译家，不仅如此而且成就卓著，正因此我与他惺惺相惜，成了朋友，正因此我对他特别敬重。

金花和银花

看名字就知道是两个中国人，而且多半还是对姐妹。她俩也住涅卡河滨大道58号，在我楼下的底层，与我是真正意义的邻居。因为尽管在那里住了一年多，对楼里的另外两家住户我简直毫无印象，毫无了解，就连两姐妹的父母也几乎全无交往，唯有她俩和我之间建立起了一种相互信赖的关系，让我在异国他乡体会到了一些人间温暖。

刚搬进楼里，只在出门回家、上楼下楼时看见她们，因为都是中国人吧，便自然地经常相互友好地点点头，笑一笑。她俩大的一个看样子十四五岁，多半是个中学生，小的一个才十岁光景，多半在上小学，都还是小孩子，因此根本想不到我会与她们有什么往来。

　　一天午后，正伏案工作，突然听见轻轻儿轻轻儿的敲门声。

　　平素来客都是先在楼门外按电铃，我摘下房内的听筒与客人通话，然后揿电钮开大门请客人上楼，自己则站在打开的房门口迎候。今天这不速之客是谁呢？我感到奇怪。

　　开门看见是楼下的小女孩。她从自己家直接来到了我的门前，脚步轻轻儿地来到了我的门前。很难为情地站在那儿，怯生生地站在那儿；她知道，这样不请自来是不礼貌的。

　　为了消除她的尴尬，没有问她有什么事，因为知道她也没有什么事。她多半是生活在异国感到寂寞，还可能对我这个同为黑头发黑眼睛黄皮肤的人感到好奇，感到亲近，于是就像在家乡一样自自然然地串门儿来了。我呢，对她的来访由衷地感到高兴，不只因为我同样寂寞，还由于在家里也有一个年龄相仿的女儿。

　　"进来进来。"我像招呼老熟人似的随便招呼她进房间，任由她好奇地走走看看，自己仍坐回到了写字台前。随后一边翻着书，一边与她闲聊，知道了她姓刘名银花，她姐姐叫金花，妈妈在我房东赫斯先生的饭店里干活儿，爸爸在另外一家饭店里做厨师。

　　"你的家在中国吗？"小姑娘操着带浙江口音的普通话问我。

　　"是的，在四川。"我回答。

　　"四川离青田远吗？"

　　"很远。是啊，很远很远……"

　　银花的简单问话勾起了我的乡愁。她走了好久，我仍久久不能平静。

过了没几天，银花又来了。这次她竟带着礼物——一瓶辣椒酱。鲜红鲜红的，一看就是国外中国饭店用的那种。我想她准是从爸爸妈妈口里听说四川人爱吃辣椒，就从家里拿了来送给我。真是不忍心谢绝小姑娘的一片心意啊！只是告诉她，我从家里带有足够的油辣子海椒来，这次送我的收下了，以后可千万不要再送。

银花听了点点头，并没什么不快的表现。这小姑娘看样子刚来德国不久，胖胖圆圆的脸庞配着刘海短发，穿着一件长大的鲜红运动外套，整个儿一个稚气未脱的、憨厚可爱的中国小丫头。我真的很喜欢她，她大概也一样，所以不时地不请自来，来了也就随随便便地待一会儿，谁也没有一点客套。

又过了一些时候，一天我拉开门发现门外站着的客人不是银花，而是她的姐姐。

大概发现了妹妹经常偷偷往我楼上跑的秘密，金花耐不住好奇也来造访，或者讲也想看个究竟来了。

金花到德国已有一些年，进屋后大大咧咧的，表现就像与她同龄的现代德国青年。她虽也穿得像中国年轻姑娘一样的鲜艳，但红色的风衣经常是很随便地敞开着，露出来里边红T恤胸前的几个"春"字，下边则是肥腿的黑裤子，头发散披在两边的肩上，整个儿看上去真很青春很时髦。金花显然是有些德国化了，这也很自然。她已上了好几年中学。有一天，我看见她和一群男女同学坐在市中心俾斯麦广场的塑像基座上，旁若无人，吊儿郎当，有一两个还抽着烟卷儿。那模样，不认识的人绝对想不到她是个中国小县城来的中国女孩，而且父母亲都是劳动者。

金花第一次来跟我聊了些什么已经记不得了。我只知道，我不喜欢她，但也并不怎么讨厌，对她抱着一个爱来不来的无所谓态度。她呢，来得明显的比妹妹少，然而有一次，却给我异常深刻的印象。

有一天，她来我房里磨蹭了好一会儿，像是有什么事的样子。我既不便问她，又不好请她走，心里已经有点不耐烦，这时她才突然问我：

"你看我的嘴唇怎么样？够厚吗？能得到快感吗？"说时微微仰起头，冲我嘟着她那两片青春健康的红唇。

我一下子给震惊得蒙了，面对这个在国内从不曾碰到过，不，甚至当时做梦也想不到的提问，从一个才十四五岁的少女的口里！

为了不使金花和我自己难堪，我想必很快便镇定了下来，然而已记不起当时是如何回答她，敷衍她的。只是事过之后，我才意识到金花同她妹妹一样，对我怀着极大的信任，对一个同为中国人的长者、老师的信任。而这信任，也增加了我对金花的好感。

可不是吗，她不便向自己缺少文化和见识的父母提出这个敏感问题，但是又非常想知道自己听来或读来的说法是否正确，还有她由此引起的疑虑乃至苦恼也需要解决，于是便来登门求教我了。她自然没有想到，她给当时的我，出了一道无法解答的难题！

与金花银花这一对生活在德国的姐妹接触多了，我对她俩的家庭环境也关心起来。一次上街归来碰上银花，她拉我去她家便去了。她爸爸妈妈成天忙着在饭店打工，连节假日和星期天也难得休息，家里自然如我预料的整洁讲究不了。但是大大出乎我意料的，是我在姐妹俩房里看见的画报杂志。

从四处扔着的杂志中，我随手捡起一本来翻阅。记得刊名是一个德国女孩常用的名字，摄影图片十分丰富，性质应该是专为少女们办的知识性和休闲性期刊。真没想到在这样一本怎么也不能算是黄色的刊物中，竟有一个近乎固定的栏目，专门让读者来谈自己的"第一次"，而且从作者小照旁边简介文字可以得知，她们的年龄多半十四五岁，也就是说和金花差不多！

这下我算明白了，金花小小年纪怎么提得出上面那个一般中国女孩羞于启齿的问题。生存环境使然啊！这偶然落到我手里的杂志，只是姐妹俩生存环境的一个极小组成部分而已。淳朴的银花年龄小，到德国不久，所会的德语还不足以读懂它的某些内容和受其影响；但读懂和受影响，只是时间而已。

转眼到了1983年的除夕，中国留学人员照例举行一系列的庆祝和联欢，有一天晚上金花也跟着我去在新城学生宿舍参加活动。聚餐之后大家唱歌跳舞，表演节目，其间有人提议让金花也来一个。要是在国内，这对一个十四五岁的女中学生绝对不是什么难题，哪知却真把金花给难倒啦。她忸怩了好久好久，才终于唱了一支歌，一支她艰难地从儿时的记忆里挖出来的歌："两只老鼠，两只老鼠，跑得快，跑得快。一只没有耳朵，一只没有尾巴，真奇怪，真奇怪……"

面对着这个看上去聪敏又洋气的大姑娘，听着她那幼稚而且跑了调的歌唱，我真是很难为情，好像我不仅仅是带她跟着去玩儿的邻居，而是她的老师，她的父母。

我不能忘记金花银花，不仅是因为姐妹俩曾进入我在异国的寂寞生活，而且她们还引起了我对东西文化差异的思考。通过她俩，我第一次直面西方的性开放问题，受到了它强烈的冲击和震撼，感到了它的难以回避，也无法回避，不可回避。

既曰第一次，就意味着还不止一次。

送别老陈

苍松翠柏环绕之中，远离尘嚣，一个幽静雅洁的小天地。墓和碑都不大，但却各式各样，精雕细刻，充分显示出德国人既讲求实际，又重视美观的个性。

我常像浏览博物馆一样，去这儿那儿的公墓中走走，看看，读读那些承载着历史的碑文。要是偶尔碰到一个熟悉的甚或仰慕的名字，心中更会悠悠然升起无尽的沧桑之感。

使我第一次走进德国人的安息之地的，是我的一位同胞，一个我至今只知道叫老陈的上海人。

1983年秋天去海德堡大学做研究工作，刚到不久便与先在那儿的中国留学人员联系上了。在与我来往密切的一群人里，有一位格外肯帮忙的老陈。他替我烧过不止一次土豆咖喱鸡，那味道别讲他的上海老乡，就叫我这个会吃的四川人也没得说的。他经常开着车帮人搬家和买东西，总是招之即来，耐心而又热情。有一天，为解决一位进修人员学习德语的需要，他硬是吭哧吭哧地帮着从跳蚤市场抬回来一架大个儿电视机，结果却只有声音不见图像。

一开始，我心里挺纳闷，进修学习如此紧张，这位老陈怎么竟有时间精力来当我们上百号人的后勤部长？

原来，老陈尽管平易近人，古铜色的脸上也戴着副大玳瑁眼镜，却并非是和我一样的访问学者。他尽管身板笔挺，又有意识用茶色镜片遮掩了眼角的皱纹，却分明是个饱经风霜的"海外华人"。

早在大战刚结束的40年代，老陈就到了海德堡，在美国驻军中销售香港做的西服。那年头儿，德国人还在废墟堆里讨生活；出于怜悯，这位中国阔佬确实"收养"过几个德国女子。可是，德国慢慢富起来了，他的美军生意渐渐做不下去，女朋友自然也找到了更中意的本国丈夫或男朋友，老陈于是落得孑然一身，无所事事。

显然就因为从前待人家不错吧，他最后一位女朋友的母亲现在反过来又收养了他，看样子待他也挺友善。

80年代初，古老的海德堡突然来了些快快活活的、不再怕与他交往的中国人，而且还有许多到哪儿都吵吵闹闹的上海老乡，老陈心里好不高兴。于是，一有机会就来和他们聊天，就开着车带他们"白相"。他说，和"学生仔"们在一起，蛮开心的。

渐渐地，从我们的言谈中，老陈了解了国内的情况，知道自己不再是不受欢迎的人，动了回去看看的念头。是啊，联邦德国虽富，海德堡虽美，可属于他老陈的，仅仅只有一辆过时的轿车，和一笔越来越少的秘不告人的积蓄；而在生他养他的上海，却有他的家，有他的妻子和一个早已成年的女儿啊！

在枯黄的落叶铺盖着涅卡河两岸，游子们开始竖起风衣领子来的时候，老陈已在精打细算地购置带回家给妻子女儿的礼品：他和一个"学生仔"约好了，一起到上海过春节。

那些日子，我见老陈走在海德堡热闹的大街上身板更加笔挺，大有高视阔步、旁若无人之概。

1984元旦前后，听说老陈得了肺炎，住进了医院。以他那样的身板，肺炎有什么了不起？说实话，对于老陈的病倒，我们和他本人一样，谁都没当回事。

转眼到了春节。在留学人员的联欢会上，大伙儿迪斯科跳得正欢，突然慌慌张张进来一位上海同志，悄声告诉我：老陈死了！

我们几个年纪大点平常又接触较多的人赶紧凑拢来，商量该怎么办。可是我们能办的实在不多，老陈未来得及留下遗嘱！

阴沉沉的冬天的早晨，我们走进海德堡城边上的一座公墓。追悼会简短而肃穆。参加者除我们留学人员外，还有不少德国人，还有从北欧专程赶来的老陈的华侨朋友。这也表明，死者确实像致悼词的德国男士所说，是位善良、诚实、乐于助人的中国人。

追悼会结束后，我们鱼贯进入一条宽敞明亮的走廊。在一面卸掉了护板的大玻璃墙后，雪白的灵床上安卧着老陈的遗体，饱经风霜的古铜色的脸上没再戴眼镜，也没了任何表情。

我们默默地以注目的方式向死者告别，默默地与一位站在玻璃墙前的女士握手。她，自然不是从上海赶来的老陈的发妻，而是一位中年德国妇女——他最后那位女朋友。

我说过，是老陈使我第一次走进了德国人的公墓，正因此，每当漫步在静静的墓园中，我也总会想起老陈，总会在心里对他说："老陈啊，在这样洁净、高雅的环境里，在这些友善文明的邻人中，你就好好地安息吧。"

只是说不清为什么，每当想起老陈，想起这位与自己在海外萍水相逢的同胞，我心中仍会涌起阵阵凄怆，阵阵酸楚。

不一般的洪堡

提起洪堡，人们首先会想到德意志思想文化天幕上那著名的双子星座，也即威廉·洪堡和亚历山大·洪堡两兄弟。哥哥威廉（Wilhelm von Humboldt，1767－1835），是杰出的语言学家、哲学家和教育改革家，世界知名的柏林洪堡大学的创建者；弟弟亚历山大（Alexander von Humboldt，1769－1839），被公认为植物地理学、地球物理学和现代环境生态科学的奠基人，于自然科学领域多有建树。

本文所要讲的洪堡，与兄弟俩中的弟弟关系更加密切，它就是以这位科学家的名字命名的亚历山大·封·洪堡基金会。在联邦德国乃至整个国际学术界，这个洪堡可谓声名卓著；一提起它，人们便会流露出赞佩和钦敬。

之所以专文写此洪堡，不只因为我近二十年来一直得到它的资助，是个老资格的"洪堡人"。更重要的是在我看来，这个洪堡体现了一种德意志传统，一种德意志精神。

作为一位地理学家和旅行家，亚历山大·洪堡在科研工作中视野开阔，不畏艰险，勇于探索，足迹踏遍了其时还处于未开发状态的南美洲，以此向世人展示了德意志民族一系列可贵的品格和精神。建立于1860年并以他的名字命名的德国洪堡基金会，便继承和发扬他的传统和精神，为促进世界科学事业的发展和国际学术交流，做出了独特和巨大的贡献。

"管你一辈子!"

　　"巨大"不讲了,除去纳粹当政时期不得已而中断,创建于1860年的洪堡基金会一百多年来一直坚持不懈地努力,帮助造就出的世界一流科学人才多不胜数!单说"独特",在德国乃至全世界无数基金会中间,它可谓与众不同,独树一帜。

　　德国是一个基金会历史悠久,数量也特别巨大的国家,目前登记在册的基金会机构和组织达到近八千个。它们名目繁多,性质各异,宗旨有别,我没有进行深入的调查研究,仅限于个人狭窄的接触面,便知道既有属于政党的阿登纳基金会、艾伯特基金会、赛德尔基金会、瑙曼基金会,也有属于企业的大众汽车基金会、博施基金会、蒂森基金会、克鲁伯基金会,还有为纪念文化名人的伯尔基金会以及相当不少的教会基金会,等等。其中,以促进科学研究和国际合作为宗旨的基金会,又占了很大的比重。它们成立了一个联合组织——德国科学基金会协会,亚历山大·封·洪堡基金会和德意志研究联合会(DFG)、德国国际学术交流中心(DAAD)和歌德学院一样,是此协会最重要的成员之一。

　　亚历山大·封·洪堡基金会具有超党派的性质,直接受到联邦政府的支持和领导,但又不是纯粹的政府机构,因此同时还得到企业、团体和个人的赞助,保持着学术团体应有的相对独立性。它的宗旨也很独特,就是仅限于资助高水平的外国年轻科学家去德国研修,而且要比较长期。

　　洪堡基金会的独特,在我1983年经教育部一位学友指点申请它的资助时,就感受到了。当时,想获得任何别的德国奖学金,都须通过中国的有关部门,唯有洪堡例外,明确规定只能由个人

1983 年冬天到大学城蒂宾根，踏雪拜访我获得洪堡博
士后奖学金的推荐人汉斯·马耶尔教授

申请，材料得直接寄给基金会，或者寄给德国驻华使领馆转交。

那年头，拿其他资助都得给我国驻波恩大使馆或派出单位提成，唯有洪堡奖学金获得者按两国政府的协定无须这样办，也不得这样办，否则德方就要提出抗议，虽然我们领到的马克多得多。

其他基金会或类似机构的资助都只叫奖学金（Stipendium），唯有洪堡的加上了一个说明语，叫作洪堡研究奖学金（Forschungsstipendium）。

其他基金会的资助大都档次很多，一般学生可以申请，教授专家也可获得，唯有洪堡研究奖学金只有拿了博士学位而且年龄不超过四十的人才能得到。不才当年并无博士头衔，且已四十开外，却很幸运地拿到了洪堡，原因是基金会对被"文革"耽误了的中国知识分子网开一面，只要交去的材料证明水平相当，超出个十岁八岁也无妨。多谢实事求是！

按照要求，得请两位前辈专家写学术鉴定或者说推荐信。我请的一位是自己的导师冯至先生，一位为德国大名鼎鼎的文学评论家汉斯·迈耶教授。想必二位都给我说了有分量的好话，对他们的提携奖掖我永志不忘，虽说最后成不成还要经过选拔委员会评审。

种种规定表明，洪堡不易拿。

曾记得，一位年龄与我相仿却早已成为知名学者的德籍华人听说我得了洪堡奖学金，不禁流露出以他的高贵身份本不该有的羡慕乃至嫉妒："洪堡……是吗？他们可是要管你一辈子哪！"

"管你一辈子！"——这加重语气说出的几个字，给我留下了异常深刻的印象，虽说当时我并不明白所指为何。

总统接见：身份的认定

由于历史的误会，本人曾经当过整整六年中国最低级的高干——某学院的副院长。可是说来难以叫人相信，六年中我竟没见过几位省里部里的上级，更不要讲国家领导人了。单就这一点，就表明我的官当不长，不是当官的料子。

与在国内相反，我在德国竟多次见到德国总统，而且两次是在波恩总统府受到的正式接见。一次在 1984 年夏天，时任联邦总统的是卡斯滕斯，一次在 1988 年夏天，时任联邦总统的是魏茨泽克。

小子何能何德，竟两次参加受到总统的接见？无它，仅仅因为我是洪堡研究奖学金的获得者。而按惯例，每一个拿洪堡的人都要由联邦总统接见一次。

为什么这样做？为了表示对这些年轻的外国科学家的重视。

为什么要重视？记得总统是这样讲的，"你们都是科学的希望，都是我们德国在你们国家的科学文化使者！"

这样，通过已成惯例的总统接见，洪堡奖学金获得者的身份得到了明确的认定，洪堡基金会重要而特殊的地位也突现了出来。因为据我了解，其他基金会及其受资助者，是无此待遇的。

　　我写这些，只想证明现时德国由洪堡基金会体现的重视科学，重视人才，重视国际交流的传统。如果还能从此看出一点别的什么，那就是人家的政府和大官尽管没有提出什么口号什么政策，却已习惯了尊重知识分子，平等地对待知识分子，这已成为他们文化和政治素养的自然流露与表现。

　　身为洪堡研究奖学金获得者，除了体会到受人尊重的感觉多么美好，还感受了一个国际大家庭的温暖。

　　是的，洪堡基金会的领导都骄傲地称自己的基金会为家庭，它也真是个国际大家庭。这个家庭有一个重要部门专门联络和照顾从前的奖学金获得者，真的是"管你一辈子！"不论你在世界的哪个角落，不管你年纪已经多老，它都不会忘记你，都会定期给你寄资料，都会帮助解决你学术研究遇到的问题，要开国际会议给你资助，要在德国出书给你补贴，关怀照顾可谓无微不至，就像你真是家庭的成员一样！就是在洪堡人在中国的聚会上，我有幸见到了中国拿洪堡的汪猷、李国豪、裘法祖教授等老前辈。

　　如果你去洪堡基金会在波恩的总部访问，从普通工作人员到秘书长待人都热情有礼，同样让你有回到家里的感觉。原来啊，他们也多数都是博士。

　　给我印象尤其深的是前任和现任的秘书长及其副手。他们是基金会的实际管事人，再上面的主席只是荣誉职务，由富有国际声望的大学者如曾获得诺贝尔物理奖的沃尔夫冈·包尔教授担任。在基金会内秘书长算是地位重要的实权人物了，然而与享受奖学金的外国学者打起交道来却那么自然、亲切、得体，那么文质彬彬，善解人意，有外交家的风度和本领，无外交官的倨傲和官气。

身为洪堡人，我深感是自己这辈子的一大幸事。

二十天环游德国

凡是洪堡奖学金的获得者，除了受总统接见，还有一次环游德国的机会。1984年九十月间，也就是在秋高气爽的黄金季节，和海德堡、曼海姆的其他约二十位洪堡人一起，乘坐一辆专用的旅游大巴，从一座城市到另一座城市，东西南北地把德国跑了个遍，最有价值的名胜古迹都实地踏访了，最有代表性的城乡风光都身临其境了，最好吃好玩的也吃了玩了。一趟跑完，对德国的方方面面，真是了解了不少。

记得在汉堡，我们不但吃了鱼，也一大早去赶了鱼市，还被当地一名女导游领到了著名的红灯区丽佩浜（Reeperbahn）开眼界，似乎在这个世界大港口城市有它是自然的事。在柏林，我们不只听柏林交响乐团的演奏，也参观了附近的集中营，并到东柏林游览了半日。在慕尼黑，我们既参观了博物馆，也到啤酒厂了解生产工艺，最后当然还品了酒。我们还参观了奔驰汽车制造厂的车间，体验什么叫现代化；还乘双座小飞机翱翔蓝天，俯瞰辽阔美丽的田野；还下榻高山旅社，亲近大自然，感受阿尔卑斯山中的宁静……

一路上由一位专门聘请来的年轻领队陪着，每到一处都有当地的导游讲解，行不愁吃不愁住不愁，处处受到主人殷勤而盛情的接待，拿德国人惯用的说法来形容，我们这些外国学者真是"给娇宠得像皇帝"。也就难怪，行进在高速公路上，带着家属同游的几位波兰学者经常要引吭高歌。我呢，也来了诗兴，吟成了一首《高速公路》：

高速公路
现代人风度
争分夺秒
你追我逐
受不了
磨蹭拖拉
犹豫踌躇

高速公路
德意志风度
匠心设计
严格施工
容不得
丝毫差错
半点马虎

高速公路
千里坦途
没有
刺眼红灯
挡道毛驴
只闻
车轮滚滚
风声呼呼

合着

快节奏的

摇滚乐曲

高速公路自然代表了德国好的、先进的方面。但 20 天的环德旅行，如上所述，并不只看好的，也看了集中营旧址和红灯区，而我也写了一首《夜游丽佩浜》，记录下了它赤裸裸的狐媚妖冶，光怪陆离，荒淫无耻。

"精神贵族"？

20 天马不停蹄地游览观光，20 天养尊处优的"皇帝"生活，见闻不少，享受不少，体验不少，感想感慨也不少。而我们的东道主洪堡基金会，为此付出的金钱、精力和心思，自然也不少。

他们为什么这样做呢？为什么如此不惜工本，用心良苦呢？我和读者诸君一样，自然也会提出这样的问题。

还不仅如此呢。还不只对这次旅游，对洪堡基金会 20 年来为我们做的一切，对它资助我们的慷慨大度，关怀我们的无微不至，我也经常地、反复地，提出为什么这个问题。

请相信鄙人并不那么傻，也不那么"唯物主义"，得了人家的好处就晕乎乎地忘记了自己是什么人，就以为人家对我好完全是由于自己聪明、可爱。

是啊，人家自然有人家的目的，人家的所作所为自然也服从自己国家的政治需要。问题的关键只在这个目的是否可取，是否光明正大；这个政策是否能促进国际的交流、理解、共处和进步，是否也符合我们自己国家培养人才的政策，是否也对我们的国家有益。

观察了很久，考虑了很久，我不能不做出正面的回答，积极的评价。洪堡基金会的确为世界各国培养了许多一流人才，例如美国等一些国家就有不止一位获诺贝尔奖的科学家，是拿过洪堡研究奖学金或者获得过洪堡奖金；咱们中国的现任科学院院长和教育部的一位副部长，也是洪堡奖学金获得者，就是有力证明。

当然，有人会说这样就培养了精神贵族，培养了亲德派。

我回答，是有这个效果；但我想最好把"精神贵族"改为"知识精英"，并且认为，如果人家培养的是高贵的科学精神，文明精神，各民族首先是他们的知识分子相互尊重、相互学习的精神，能做这样的"精神贵族"没有什么坏处；如果人家的确有许多可亲、可佩之处，值得我们学习之处，亲一亲，学习学习，也没有什么不好。

毋庸讳言，通过各式各样的基金会，德国真获得了不少好处，从世人加深对他们的了解、改变对他们的看法中获得了好处，从国际科学文化交流中获得了好处。这中间，洪堡基金会的工作又做得极为出色。以我为例，它不但帮助我更好地认识了德国文化、德国精神，增加了对它们的亲近感，把德国变成了我所说的精神家园，而且也使我在从事介绍和传播它们的职业时，有了更大的乐趣和积极性。其结果，显然对我们的国家和社会同样有好处，因为它多少丰富了我们自己的精神文化宝库。

第三辑

| 守望与思索 |

衣食住行在德国

民以食为天。即使在不闹饥荒的正常年份，此话如果用来讲我包括重庆在内的四川老乡，也千真万确。走遍全国乃至整个世界，恐怕哪儿也找不到像我所居住的成都有这么多的饭店餐馆，可以讲遍布城乡的旮旮旯旯，真是什么档次什么风味的都有。再说，川菜、川酒和重庆火锅已风行全国乃至整个世界，同样证明四川的饮食文化发达，四川人好吃，能吃，会吃。

记得差不多20年前有次乘火车，听见临座两位显然是三线建设内迁厂职工或者家属的女同志聊天，当谈到对四川人的印象时，其中一位便操着她地道的家乡口音，加重语气且鄙夷而不屑地说："穿得来个个像瘪三，光晓得切！切！切！"

"切"者，吃也。从该女同志的话即可看出，中国之大，不同地域的人并不都"以食为天"，也有把穿着打扮看得比什么都重要的。于是乎，在家里尽管只"切"臭豆腐下泡饭，出门却一定光鲜又时髦。这样倒好，女士们身材苗条，正合今日的时尚，却害得男同胞个个变成了细长细长的豆芽菜。若让四川人反过来评论评论，这就叫作"干绷"，死要面子活受罪！

不过，人各有各的活法，各有各的价值观和乐趣，我看还是谁也别说谁为好。一定要说的话，就检讨检讨自己。拿我现在居住的成都来讲，馆子真是越开越多，吃法越来越怪，四川人本来就矮，而今又"切得来"多了不少大腹便便的小胖子，不是也既丢面子又受罪吗？

"活着不是为了吃饭，吃饭是为了活着。"这话好像出自法国喜剧大师莫里哀的一个剧中人之口，看来有些道理。即使吃也是生活享受之一，却不可为贪图享受而丢面子、损健康、靡志气、误事业。好吃、能吃、会吃的四川老乡该有所节制。

对衣食住行的态度，反映着人们的价值观、生活观、人生观，因此必定会随着时代、社会制度和生活水平的变化而变化。

言归正传，在德国，人们又如何安排衣食住行呢？

先说一个总的印象：德国人生性理智而实际，这种民族性格无疑也表现在日常生活里，加之早在七八十年代经济已发展到了一个很高的水平，因此对待衣食住行的态度，自然与刚刚才解决温饱问题的我们有很大不同。

衣，随意但须得体

按照我们习惯的顺序衣是第一，也就先讲。其实，在衣食住行这"生活四要"中，德国人刚好与我们相反，一般都把衣即穿戴打扮摆在最后一位。你走在城市的大街上，会发现人们的穿着多数挺随意，但却有个性。很难仅仅根据衣着分出贫富贵贱，似乎相互也很少注意人家穿戴什么。在公共场合如果有一些西装革履的人，那多半是在银行或者政府机关坐班的职员。而且，衣着齐楚地来向你乞讨一个马克，"仅仅一个马克"的文明叫花子，我也遇见过不止一位。

女性上了年纪化妆多一些，年轻的基本不化妆，更极少有谁浓妆艳抹，花枝招展；设若有，那一定是在从事某种特殊的行业。多少年来女士们都喜欢深色调的衣服，年轻人中则一直流行牛仔装、T恤和夹克衫。因此，我们按国内的审美标准做了一件红色

哥廷根街头衣着随意的行人

呢子大衣给女儿带去，结果在她那儿压了几年箱子又原样儿带了回来。

男同胞日常坚持穿西装打领带的只是政府首长、大企业家，以及一些老派的教授，如我在海德堡大学汉学系研修时的系主任德博先生；年轻的教授如我的好友顾彬则多少年都穿得和学生一样随便，虽然他也是一位系主任。

还有就是一些可谓领导时装潮流的演艺界人士，他们在诸如颁奖晚会之类抛头露面的场合自然都义不容辞地穿得耀眼夺目，一个比一个别出心裁，一个比一个煞费苦心，但平时一样也挺随意。例如每天都在荧屏上亮相的主持人，衣着风格随节目性质的变化而变化，总的看来却不像特别讲究，而是富于个性。似乎并没有时装店时装厂为他们提供赞助，让他们每次出场都一身挺括、崭新。

不过，德国人也并非压根儿不重衣着，而是看在什么场合。

婚礼葬仪，生日晚会，外事接待，颁奖授勋，以及其他一些礼仪性质的交际、酬酢和庆祝活动，还是得衣冠齐楚。这时男士们多半一身整齐的黑色西装，女士则各显神通，根据不同季节和白天晚上，穿着被视为礼服的不同色调的长裙。但是最最讲究，却还不是这些时候。

记得有一天傍晚七点多钟，我在海德堡老城的正街溜达，突然听见身后传来一阵高跟鞋叩击石块路的清脆足音，正感到奇怪，一群盛装男女已衣裙飘飘地从我身边走过。"啊，原来是赶去看演出的！"我推定。当然这儿说的不是看电影或马戏表演，听广场上举行的摇滚演唱会，而是上音乐厅欣赏古典音乐，或者上歌剧院听歌剧。

记得1984年曾在曼海姆的国家剧院，听过一场以席勒的名剧《堂·卡罗斯》改编的歌剧，对为保持演出时剧场绝对安静而不准拍照，幕间禁止入场等规定留下了深刻印象。但更令我惊讶的却是上下半场之间休息的时候，聚集着观众的前厅里真个一片珠光宝气，男士们全一身笔挺的深色西服似乎难分轩轾，女士们却一个比一个穿戴得雍容华贵，漂亮阔绰，使人恍若置身一个大型的时装或者珠宝展示会。

相反，在旅游地还衣冠齐楚只会显得傻帽儿；而足蹬皮鞋，体育馆、健身房怕损坏它的木地板或者崴着您的脚，则会谢绝你入场。我本人就有过一次被拒之场外的教训。

也就是说，德国人并非完全不重穿着打扮，只是重的方式与我们不同，有时甚至也会出乎我们的意料，难以为我们理解接受罢了。

难以理解的例子如年轻一代的时髦一族，在今天仍严重受到美国亚文化的影响，女装在80年代刮过露肩风之后，又掀起了一轮露脐风。一天在公共汽车上看见一位胖胖的小姐，上身的体恤短得几乎遮不住背脊，下边的黑色长裤腰浅得刚好还能系挂在胯骨上，衣裤之间便露出来巴掌多宽的肥白肌肤。这在今天本也平常，奇的只是白肉的正中还有点儿什么闪闪发亮的东西！忍不住好奇地用眼瞟了瞟，原是肚脐眼儿里嵌着一颗估计是人造的珍珠。我用"瞟"字，是如实记录自己当时的心态；而被瞟的她们，实在是巴不得吸引全车人——当然不包括上了年纪的我——的目光，让大家都好好看看的。

不光女士中有这等新潮、浪漫，青年男士也不乏穿戴怪异者。在前两年发型和穿戴都古怪、邋遢的"朋克"不再时兴以后，戴耳环什么的又开始流行起来，各种别出心裁的戴法已超过了本来拥有首饰专用权的女性。一次乘火车从别处回杜伊斯堡，打瞌睡的我睁开眼来发现自己正对面刚坐下一位粗壮结实的男子，已经三十来岁不再年轻了，身穿一件黑色T恤衫，头上戴着一副听音响的大号耳机，脸上……我不经意地看过两眼之后就再也不敢正视了：他老兄东一只西一只地在脸上戴着金属环子，耳垂上、鼻翼上较常见就不说了，眉梢上、鼻根上和下嘴唇中间还戴着！真不知道怎么好洗脸，怎么好吃喝？他坐在我对面旁若无人，倒是我感到很不好意思。面对这位老大不小还跟着年轻人扮酷以至于走火入魔的德国壮汉，我心里真是感到别扭、难受。这大概证明，本人确实老了。

一般说来，德国人讲究的是衣着得体，而非一味追求漂亮、时髦，更别提高级、华贵什么的了。平时则注重随意、舒适、健康，所以喜欢纯棉衣物，所以牛仔裤、T恤衫之类大行其道。一句话，除为了表示对艺术、对职业、对仪式、对主人的尊重而注意穿戴，平素都自己怎么舒服怎么穿，穿戴主要为了自己，穿戴什么完全是自己的事情，即使打扮再怪别人也不会和无权干涉。这，或许也是西方个人主义和个性自由的一种表现吧。

吃，营养而又卫生

德国人的吃，通常是我们中国人最难认同的。在吃的方面，他们花的时间、精力不如我们多，吃的花样也比较少，远不如我们花样百出，不断翻新，富于想象。

中国一个家庭主妇把主要的时间和精力都花在搞好全家的伙食上，这在现代的德国妇女实在是不可理解。德国人吃的多半是从大小超市买来的熟食和冷冻食品，即使是鲜菜、鲜肉和半成品，加工也无须太多时间，因为炉灶、烤箱、微波炉用起来都省时而方便。一天之中，多半只是晚上下班后的一顿正餐需热吃，也比较丰盛，早上和中午为了不耽误工作，吃的内容和分量大都以疗饥、止渴和保持体力为限。

即使是比较丰盛的晚餐和宴客，除了喝一点酒，例如开胃酒、葡萄酒、啤酒、香槟之类，就只有一人一小碗汤、一份沙拉、一道作为主菜的肉食、一份饭后甜品，再加上做主食的面包、马铃薯、面条、米饭，如此而已。像中国宴席的十几道甚至几十道、上百道菜，在一般德国人看来不是天方夜谭，就是发了疯。因此我们在国内招待德国朋友，不管上什么馆子他们都挺满意，包括成都街边上的那些最大众化的小饭馆。

但是，并不能因此说德国人不重视吃，不讲究烹调艺术和饮食文化。德国有句谚语叫 Die Liebe kommt durch den Magen. 意即"爱情通过胃产生"，就是说饭菜做得可口能讨人喜欢。德国的饮食自有其味道，只是一开始我们不习惯而已。

比较而言，德国的早餐就既丰富又营养而且可口。单说面包店出售的新鲜面包，小麦或者大麦加上各种辅料如芝麻、葵花子、奶油、奶酪、葡萄干等等烤的，味道、花样总有十数种或者更多。我在德国，早上最喜欢吃抹人造黄油和栗子酱的新鲜酥脆的小面包。还有德国的吐司面包，特别是用三种乃至更多种谷物的面粉混合烤制的，不但结结实实，营养也不错。国内的面包则多数软不拉几的松软得跟蛋糕差不多，且一味的甜，偶尔吃着玩儿可以，当饭不行。

德国的早餐不但主食面包花样不少，抹面包的果酱和沙拉、夹面包的生熟肉片以及饮料也种类繁多。在德国的中等人家做客，早餐往往会摆满一桌子，叫习惯了早上一顿总是简单对付的中国客人无所适从。

德国乃至整个欧洲都吃奶制品很多，其中酸奶更有各种风味和各种添加成分，可以一大桶一大桶地买回家自己再调味道，也可一小纸杯一小纸杯地买来马上吃，真是十分方便。每次长途旅行或到户外野餐，我都不忘记带一杯两杯掺有碎核桃仁的，什么时候想吃都行，只要随身带个小调羹。

还有德国人的蛋糕做得呱呱叫，不只花色、品种、味道繁多，也真是好吃。在这方面，几乎每个主妇都有两手绝活儿，你去她们家里做客，如果不是在吃饭时间，主人往往会以茶点招待，讲究一点就会请你品尝家制的蛋糕。我曾应邀参加过一次幼儿园的家长联欢会，惊讶于妈妈们都端来一盘盘像盛开的鲜花一般美丽的蛋糕，整个活动几乎成了一个品尝自制蛋糕的评比会。

德国饮食的优点远远不止这些，但尽管如此，其主食和菜肴不对我们中国人特别是四川人的胃口，却毋庸讳言。此乃从小的饮食习惯使然，要完全适应确实不容易。所以一些短期访问的同胞会对天天西餐叫苦不迭,而长住的人还是要经常在家炒回锅肉、烧猪蹄子、涮火锅什么的。

一般而言,德国的吃更重视营养,更重视卫生和有利于健康,也就是注重吃的内涵。所以,食品包装上必定于醒目处注有可食用期限,以及配料比重和所含营养成分。所以,德国人蔬菜生吃多,为的是避免烧煮破坏营养。所以,不管平日或是节庆,德国人山吃海塞的情况很少。即使上餐馆,也是吃饱为止,万一所点的菜吃不完也真兜着走,不会大盘大盘地剩下。应该讲,这也是德意志民族讲求实际的性格,在饮食方面的表现。

反之,中国人在基本解决温饱以后,饮食更加强调所谓色、香、味、形,也即重视饱口福乃至眼福,把吃变成了一种享受乃至审美活动,因此也就不免以大摆宴席来显示自己的品位、身份和富有;至于吃得是否健康,是否铺张浪费,则似乎不在考虑之列。

那么,注重实际的德国人,是不是也有饮食文化呢?

当然有。不过,这文化在我们看来,也许又不够实际了。那就是他们十分重视饮食的环境、气氛、仪态和餐具。因此,每个城市总有一些历史悠久、古色古香、灯光柔和、气氛温馨的著名餐馆,如浮士德和魔鬼曾经光顾过的莱比锡市政厅地窖酒店,杜塞尔多夫的"猎人之家"牛排馆,维尔茨堡的城堡餐厅等等,成为该城饮食文化的标本。即使在一般的餐馆里,人们也显得文雅,交谈时尽量压低嗓门儿,绝无我们饭馆里的闹嚷嘈杂,更没谁旁若无人吃五喝六地猜拳行令。

由于实行了最低社会生活保障,对于广大德国人来说应该已不存在温饱问题,因为吃的花费可以很少很少,约莫两百马克就可满足一个人一月的基本需求。在城市里仍能见到的乞丐、流浪汉，多数不是游手好闲的酗酒者、吸毒者，就是来自外国的战争难民。

德国人很有口福，本身农业不怎么样，却吃四方食，诸如厄瓜多尔的香蕉，意大利的葡萄，美国的柑橘，泰国的大米，荷兰的乳制品等等。至于餐馆，也是世界各国的都有，其中又以意大利和我们中国的最多。20世纪90年代以前，中国留学生毕业后很难找到固定工作，即使有博士头衔也只能开餐馆，直到近些年情况才开始好转。尽管如此，在一些没有大学的中小城市里，如果走在大街上遇见不像旅游者的中国人，那他或她百分之八九十都是当地中国饭店的员工或者老板。

德国人的不良饮食习惯，在我看只有太爱饮有液体面包之称的啤酒，以致不少人营养过剩，腆着一个大肚子连皮带都不好扎，既不健康也不美观。所以本人坚决抵制啤酒的诱惑，即使因此显得"不够德国"。

住，生活的港湾和个人的王国

住，一般说来，在德国被排在了"生活四要"之首。这大概与人们普遍接受"家庭是人生的港湾"，是"个人的王国"这样一些观点不无关系。在历来崇尚个性解放、个人自由的西方，个人真正要解放、要自由，确实也只能在自己的家里。于是，德国人历来重视建设自己小小的家园，营造家庭的温馨环境和气氛，这从我们参观的一些已改为博物馆的名人故居便可以看出，因为这些故居的主人，如贝多芬、马克思、席勒等等，并不出身富人家庭，其恢复了旧观的住宅拿我们的标准来衡量仍然相当阔绰。特别是多次在战火中亲历过痛失家园之苦，现代德国人对家似乎更加珍惜，对解决好住的问题似乎更加下功夫了。而子女成年以后，为了追求个人的自由，也大多离开父母单独居住。

我第一次走进德国人的家庭是在 1983 年，主人夫妇都是我曾任职的四川外语学院的外教，也即当时所谓的 Experte（专家）。男的一位系来自民主德国的移民，便被照顾住在称作 Sozial-wohnung 的社会福利房或救济房里，房租异常的便宜——记得每月租金才三四百马克，相当于两三个单间大学生宿舍的租金。这套住宅地处交通方便的法兰克福近郊，有二大一小三个房间，一间大的是夫妇二人的卧室，相当宽敞；一间小的比较窄，平时做书房，来了人铺上席梦思便当客房；另一间大的也相当宽敞，做起居室，用途相当于我们的小客厅兼饭厅，客人多了拉开沙发同样可以睡觉。厨房、卫生间一应俱全，所差的只是自己的花园，然而屋后却有一个种满花草的阳台，从阳台望出去则满眼的绿树，让人感觉十分惬意。

在德国，住这样的公寓套房算是差的了，女主人曾带我去看她在乡下的父母，两老的一幢小房加前后花园，就完全为另一个档次。

不过，上述的福利房，并非我在德国见过的最差住房。最差的住房在西柏林，而我所去过的几处，房客都是中国留学生。这不奇怪，柏林战争破坏特别严重，战后又为四国占领，西柏林则形同一块在民主德国包围中的飞地，要新建住宅困难可以想象，于是不少老破房子便马马虎虎修好了派用场。1993 年在一对留学生夫妇家里小住，算是认识了不少文学作品里描写的柏林 Hinter-hof（后院），体验了这种由高楼围成的洋四合院里的生活。

这种住宅中光线、空气最差的自然是后院，从前也大多住着工人或者贫民。那里的房子不成套，厕所是公用的，要么在过道上，要么在楼梯的拐角里，夜里方便起来实在不方便。房里的地板已踩得嘎吱嘎吱响，厨房、淋浴都是临时设施。不过尽管如此，对于需要省钱的中国穷学生和访问学者来说，已经很不错，到底也有了遮风避雨和睡觉的地方。

一般的德国人，对住的要求就高得多了。我后来拜访过的德国家庭，几乎没有不窗明几净，设施齐备，陈设讲究。差一点的也会是一套三四居室的住宅，稍好些的就拥有一幢自己的房子即所谓 Eigentumhaus。多数人从开始工作起的奋斗目标，就是购买或者申请地皮自建一幢个人私有的房子。而这，又得到政府多方面的支持和鼓励。

鼓励的办法，除了批地和贷款，政府还每年补贴每户 5000 马克，总共补贴八年。如此一来，多数人都认为买房比租房合算，而且越早买越合算。也就难怪，一些看上去景况并不特别优越的工薪阶层人士，也有自己的一幢小楼，而有楼又必定有自己的花园和绿地。至于教授、医生和政府官员等中产阶级，住房就更讲究一些了，不但更加宽敞，家里边还可能有自己的小桑拿和小游泳池。更上一层的大企业家、高官、贵族后裔等的园林式豪宅和宫苑般的府第，这里就不讲了，因为毕竟只与一小部分人有关系。

再说说购房贷款，我感觉德国人住的需求能得到很好满足，与此密切相关。政府鼓励不说，各家银行似乎也争着以优惠的条件向需要的人发放贷款。而且，只要有稳定的工作和收入，外国人也一视同仁，不管你是否已入德国籍或者拿了绿卡即永久居留。我的一位画家朋友两三年前告诉我，银行主动来动员他贷款购房，因为发现他在该行的存款一直保持着相当的数量。朋友动了自建新房的念头，只是后来考虑到两个儿子正上中学，搬迁新地可能影响学业，才推迟了贷款建房的事。

小女和女婿却动作更快，一年多以前决心购建自己的房子，去年夏天已乔迁新居。当时我和妻子刚好也在，每日的功课就是去看工人铺设区内道路的进度。今年再来一切设施都已齐备，整个小区真是干干净净，秩序井然，一切严格按照协议和规划，该绿化的绿化了，该装的路灯均已装上，家家户户俱已在自己屋后的花园铺了草坪，种了花、树，有的还自建了儿童戏水池和秋千架，门前的两小块空地也各显其能地进行了绿化、美化。

为了这幢居住面积150多平方米还带地下室、车库、花园的小楼，小两口除了首付购房款四分之一外，以后尚须每月付约2500马克，20年内全部付清，照他俩目前的收入看没有什么问题。也就是说，不要20年，这幢在德国朋友看来也相当可以的房子，就是他俩的了。反之，如果是租住一幢条件相当的楼房，每月租金至少3000马克，钱花得更多不说，若干年后仍是个连一片瓦都没有的无产者。哪个合算不言自明。

再说，即使20年内付清房款有困难，仍可以继续贷款。于是不少人就钻这个空子，一辈子靠贷款过幸福生活，有钱也不急着还债，而是用去旅游和提高生活质量。例如我认识的某位教授，花园洋房已经住了几十年，一边从一家又一家银行贷款说是为了还建房债，一边却经常地周游列国。由此可见德国人乃至所有西方人的借贷观念与我们完全不一样，不少时候贷款购房成了提前消费和高消费的捷径和手段。政府呢，似乎也睁一只眼闭一只眼，反以此刺激了消费，促进了经济的发展和繁荣。

德国人的住令人羡慕也是我们望尘莫及的，主要倒并非面积、内部装修和设施，而是整个的大环境。以我的画家朋友以及小女的住宅为例，都在离市中心十来分钟车程的小镇或郊外，交通方便不说，走五分钟又都进了一座小森林。特别是女儿这地方，旁边还铺展着一片片开满野花的小荒原，白天头上是蓝天白云，傍晚则经常能见落日和霞光，如此的景色对常年住在国内大城市的我真是见所未见。还需要说明的，这儿并非如国内房地产商标榜的所谓"高档住宅"，而是一个中等城市的普通居民区，且住户多数年纪较轻。

考虑到年轻的住户多半有小孩，几乎每个居民区都开辟了儿童游戏场，虽说是小小的却自成一体，场内多半是沙坑、秋千、绳梯、小土山等等应有尽有，给了孩子们一个自由活动的小天地。

德国人居住环境之优越，除了当局历来重视生态环境的维护和改善，管理井井有条，住户们的公德意识也起了重要作用。我见小区内的道路总是干干净净，便问是否雇有专人打扫，就像我们川大的宿舍区那样。女儿回答没有，也用不着，因为人家绝无"进门脱鞋子，出门踩鸡屎"的情形。不仅如此，还家家都注意门外公共地区的美化。即使在自己的家里，只要是花园和窗口等别人看得见的地方，同样得注意观瞻，并且在园子里还须按规定种上一定数量和品种的树。至于森林里众多的野兔，荒原上成片的野花，同样被视为公共生态的一部分，谁也不好去捉去摘去动。

住在女儿家里两个多月，当然也发现有缺点：每天傍晚都要和妻子出去散步，最讨厌的就是不断碰见有人遛狗。对于遛狗人来说，他是不遛不行，不遛就会被揭发虐待动物，就违反了动物保护法；而我们却因此得时时提防踩着狗屎，冒给狗咬的危险。德国的狗种类繁多，大的可以像一头狗熊，十分可怕；好在狗主人一般都认真看管着，出事的可能性不大，可是也并非绝对没有。

再就是邻居们从不串门儿，尽管见面都客客气气打招呼，这在我们也不怎么习惯。

通过一个"住"字，德意志民族勤劳、能干、富有纪律性和公德心以及做事认真彻底等优秀品质，得到了充分的发挥。我女儿的德国邻居，很多都是自己动手装修新房；遇到人手不够，工种不齐，亲戚朋友便会来帮助。每天下班后和周末，便能看见不少住户忙着在侍弄园子。多数人的车库因此也增加或改变用途，成了工具房甚至小工场。就这样，一分辛劳，一分收获，德国人便住得特别舒适、特别美，把一个家真正经营成了自己幸福的港湾。

行，天上地下，方便准时快捷

作为来自发展中国家的外国人，我感觉德国的发达、先进，更多地体现在了"行"的方面。几乎家家都有小汽车，不少家庭还不止一辆，这在今天的中国人看来，也许已不值得惊讶；更令人羡慕的是，早在十多二十年前我第一次来德国时，人家便有了真正四通八达的公路网和完备的相关设施。这儿只想强调，一家人有了车，在节假日做近、中距离的旅游，有多么方便、舒适，特别是还顺带着野餐。这样的旅游和野餐，在我真是一大享受。

在德国，即使像多数的中国留学人员没有自己的车，也照样可以享受生活，因为公共交通十分发达。公交车不但宽敞又舒适，车上乘客经常是稀稀拉拉，而且严格按照站点上悬挂的时刻表运行，几乎做到绝对准时，哪怕一个乘客没有。而准时，又是一个公认的德国人特点和优点。

要说公共交通的缺点，似乎同样与德国人的民族性有关。那就是票的种类繁多，票价计算复杂，而且往往是一个地区一个花样。初来乍到的人不经过长时间的认真钻研，也像德语和德国的诸多法律、法规一样，是很难搞清楚的。

难尽管难，尽管我自己也总是搞不很清楚，却仍然要劝到德国来留学或讨生活的人好好钻研、学习。因为学通了，例如懂得花十六七马克买一张 Tagesticket 即"日票"，就可在杜伊斯堡和杜塞尔多夫等临近城市之间随便坐一整天公交车，换乘各种市内车辆也无须再买票，而且一张票可以管到五个人，不必每个人单独为来回一趟花 12 马克甚或更多的钱，真是节省了不少。相反，学不通，则可能因坐过站挨罚，前些年罚 40 马克，现在已提高至 60，可不是一个小数目。

我本人没挨过罚，却眼睁睁看见一位来法兰克福机场接我的德国朋友，为了我的缘故当众挨罚的尴尬，我也分担他挨罚时的难堪和痛苦。车上虽不是经常查票，可一旦遇上又被发现违规便只好乖乖掏钱，不然得登记护照号码和身份，而连登两次便入了另册，成为警察局特别关照的对象。一个人如果不是没头没脸的难民和流浪汉，谁又甘愿落到这一步。

初到德国，铁路交通最令我叹服。乘火车旅行跟乘飞机一样舒适，且车站多在市中心，车票随到随买，进站出站自自由由，检票是等你在车厢里坐得安安稳稳以后。万一你没来得及买票或坐过了站，在列车员处补票就是，不会挨罚，也不用难为情，大概补票属于正常，真正混火车长途旅行的人极少。

最值得称道的是火车站上的售票服务，售票员就坐在你眼前，对你有问必答，有求必应。例如长途旅行你须知道中转的时间、站点，他就打印一张单子给你带上，让你一目了然。除了售票台，各大车站都有问询处和旅行中心，也提供类似服务。近年来售票的办法又有改进，就是大站都设了不少触摸屏的电脑售票机，旅客只要用指头点几点荧光屏，就可买车票，或者查询到车次、票价和时间。

德国的火车比我们快得多，而且档次既多又分明。拿快车来说，除了一般直快，还有地区间的快车，大城市间的快车即所谓Intercity，大城市间的特别快车即所谓ICE，真是一个比一个快捷。当然，乘后两种特快都得加钱，但所加并不多，每一张 Zuschlag 仅 7 个马克。1994 年，联邦政府决定建造从柏林经什未林到汉堡的磁悬浮快速列车（Transrapid），计划于 2004 年之前竣工。届时，这条长达 285 公里的路段上，每小时同一个方向就将有六个班次开行，列车时速最高可达到 500 公里，也就是从柏林到汉堡只要半个多小时。

除了跨州的远程车和国际列车，大城市多数还有本身的地铁 U—Bahn 和城市轻轨列车 S—Bahn，与汽车和铁路组成一个营运系统，对人们出行真是再方便不过。而所谓 S—Bahn，在市区部分差不多就是我们某些大城市如上海、北京也曾有过的有轨电车。它在德国的大中城市几乎都保留了下来，波恩有，海德堡有，杜塞尔多夫也有，且多数都是战后修复的，不仅帮助解决市内交通的相当一部分问题，而且成为一个勾起人们怀旧之情的景观；不知为什么我们就非得通通地拆除。

德国国土不大，再远火车也能朝发夕至，因此卧车极少，多半只在国际特快加挂。同时车厢则严格分为一等、二等，吸烟席和不吸烟席，每次上车前最好都看清标志。我们当然都选乘二等车厢的不吸烟席，而且多以无须购加快票的地区间快车为满足，因为对于中短程来说多花 7 马克却快不了多少，不值得。只记得1990 年 9 月，在德奥边境的阿尔果开会后回波恩，一个人坐在大城市特快的车厢里，不想列车员来验票后告诉我说：我坐错了车厢。我不禁一惊，因为两年前在民主德国的莱比锡曾有过无意误坐一等车而挨罚、受奚落的教训。见我表情不对，列车员赶快有礼貌地补充说，我所持的是一等车票，眼下的车厢却属二等，只要我愿意，可以换到一等去。可我并不愿意，因为二等几乎和一等同样舒适，何况车厢里就我一个人呢。乘一等车，通常都是钱花不完的富豪或者有身份的人物，我显然不属此列，可依然对把我当成了贵宾对待的主人心存感激。

虽说并不担心挨罚，乘火车还是值得认真研究车种、票价和路线，因为经常有季节性的或其他的优惠，那真是名目种类繁多，规定具体详细。例如有一种票价才 35 马克的所谓 Schönes-Wochenende-Ticket（"美好的周末优待票"），特别适合团体做短途旅游，因为可供五个大人或一对夫妇带领若干 17 岁以下子女一道使用，而且不限转车次数和线路，只不过仅仅在星期六或星期天其中一天的 24 小时有效，还不能乘坐特快。即使有这些限制，仍是极为合算的，因此颇受团体和人多的家庭青睐。特别是在夏季，类似的特价优惠票很多，而且年年有新花样。

今年我和妻子去维也纳开会，买的是一种专供人们去奥地利旅游的 Superpreis（特价）优惠票，我全票 269 马克加妻子半价优惠的 135 马克，两人总共才 400 马克多一点，远远低于一个人往返一趟的正常票价。凭这种有效期为一个月的票，可以从德国的任何一个城市去奥地利玩，人要是住在北方比如汉堡就更合算了。

在德国常乘火车最好买一张 Bahnkarte（铁路卡），有了这张只能供本人使用的卡，在一年零一个月中买票都打对折。"铁路卡"前年 240 马克一张，今年涨到了 260 马克，60 岁以上的老人则半价优待，其配偶即使年轻一些也享受同样的优惠。有了这张卡，在 13 个月中上哪儿坐火车都半票，130 马克的"投资"是很容易"赚"回来的，因为只要从波恩跑一次柏林或汉堡就够了。1998 年我多次来往于魏玛与杜伊斯堡之间，就没少持铁路卡买半价票。近年来，"铁路卡"又增加了一个新功用，就是当信用卡使，可以存、取款，可以适量透支。

德国铁路不只优待老人，也优待多子女家庭、学生和 27 岁以下的年轻人。这样，便有人钻空子，其中特别是我们某些不自爱的同胞，明明已经是老头老太还继续拿着学生证混优待车甚至不花钱的车。联邦德国以自己是个福利社会为自豪，其福利制度已暴露出来种种弊病，一直为国营的 DB（德国铁路）也未能幸免，因此年年亏损。而今，它正在进行私有化，但愿结果是提高原本不错的效率和服务质量，而不是相反。

综上所述，衣食住行的情况全都反映着德意志民族的性格，而最让我羡慕的是他们的居住环境，最令我赞赏的是他们的"行"，即四通八达的公路网和舒适、便捷的铁路。

2000 年 8 月　缪尔斯

鲁尔区内看环保

鲁尔区是德国乃至欧洲最大的工业区，根据以往地理教科书上的说法，主要以冶金、采煤、化工等传统的重工业闻名于世，加之又是整个欧洲人口最密集的地带——每平方公里多达约5500人，在我的想象中生态环境一定也像咱们的重庆、沈阳、鞍山等重工业城市一样，是很差很差的。因此，六七年前，女儿先斩后奏，从环境优美的古老大学城马堡迁移到杜伊斯堡，我和妻子都大为不满，心想这不明明是拿自己的呼吸器官和健康开玩笑吗！须知，以前我到德国长住的都是海德堡、波恩这样的历史文化名城，不仅环境幽雅、舒适，风光也异常秀美。而鲁尔区，杜伊斯堡，想必是烟囱林立、煤味儿、化学品味儿刺鼻，粉尘四处飘飞，隆隆机器声盈耳……

篱笆街与国王林荫道

真是不看不知道，一看才发现：现实的鲁尔区，今天我眼前的鲁尔区，完完全全是另外一个样子！

不错，车行在高速公路上，仍看见莱茵河和鲁尔河两岸伫立着不少的工厂和烟囱，而且有的烟囱还在冒烟，但冒的只是白色的轻烟，对蓝天白云似乎并没有多少影响。而各种等级的公路两旁，如果没有茂密的森林，也一定镶嵌着一条绿色长廊，不是一行行的树木，就是一片片如茵的草地。至于人们生活的城市里，

德国环保一瞥：太阳能飞机翱翔长空，森林、草场铺盖大地

清洁、舒适、美观，则和鲁尔区以外的其他城市没有什么两样。

　　早先我女儿女婿住在杜伊斯堡市内的赫肯街（Heckenstrasse，篱笆街），出门往左走三五分钟就可看见一块圆形的蓝色路牌，牌子上半部分是一个女人牵着小孩行走的白色身影，下半部分是辆白色的自行车图标，表明在横穿住宅区的小马路的侧边为一条供人们散步休闲的小路。这条禁止一切机动车通行的小路宽约一丈余，两旁立着参天大树，一棵接着一棵，树干粗得一个人没法合抱，树冠已叠在一起，投下来密密匝匝的浓荫，树龄少说也有几十年。

　　顺着这条路往右走，便接上颇为气派的国王林荫道，中间有约二十米的绿化带，同样是四行巨树遮天蔽日，绿草铺地，人行走起来十分惬意；供开车的则是绿化带两旁的各一条单行道——想必一两个世纪以前，在道上行驶的真是王公们的马车吧。

　　沿着这条漂亮而又气派的林荫道，我常常步行或骑车去两三公里以外的火车总站或者市中心。走着走着不禁心生怀疑，这难道真是在重工业发达的鲁尔区么？真是在提森钢铁公司的老根据地杜伊斯堡么？

其实，并没有什么值得怀疑。其实，这国王林荫道，也不是杜伊斯堡唯一环境幽雅的街道。顺着上述散步的小路向相反的方向走，就到了同样是有着古老、高大行道树的 Schweizer Strasse（瑞士大街）；而在街的对面，便是帝王山（Kaiserberg）——城市边上一片满眼绿意的平缓山冈。山脚是一幢幢造型各异的别墅，还有一座对公众开放的植物园；山上则为人们休闲、健身和亲近自然的好去处。

可别以为我女儿女婿是什么阔人或者"成功人士"，他们搬进篱笆街时还是两个靠打工养活自己的穷学生。别以为他们运气好，住进了什么"高档住宅区"，杜伊斯堡像国王林荫道、瑞士大街和帝王山这样生态环境优美的地方还有不少，例如将六个湖泊连成一片的蔚岛体育公园、杜伊斯堡大学校园和市立动物园一带，环境、风光都十分不错，而篱笆街，只是个平平常常的街区。

缪尔斯荒原的霞光

1999年，女儿女婿改善住宿条件，搬到杜伊斯堡附近一座只有十万人口的小城，也就是曾经为褐煤开采区的缪尔斯市，住在"缪尔斯荒原"旁边的一个新建住宅区，周围的环境就更加好了。所有住户都有自己的小花园不说，旁边还留出了大片的公共绿地，再往前走几分钟就是一座方圆几公里的小森林，平时去缪尔斯市中心如果不乘车，便可从森林里穿过。而且在森林的边上，真还保留着两三片比足球场大的荒原；荒原上长满齐腰深的野草，开放着五颜六色的野花。对生长和常年待在大城市的我来说，这货真价实的荒原的确只是在电影、电视里见过。

还有哪，生活在成都、重庆，平时很少抬头望天，因为那天空除了骄阳似火的盛夏多半是灰蒙蒙的，实在没啥好看。住在缪尔斯度暑假，除了下雨的日子，我几乎每天都要仰望几次天空，要么欣赏飘飞在万里碧空中的气球和滑翔机，要么对着浩渺无际的蓝天、形态多样的白云遐想。特别是傍晚时分，荒原的地平线上但见落日熔金，如果正好有云彩给半遮半掩着，则会从云缝中透射出道道霞光，有时明亮银白，有时灿烂金黄，衬着下边的红房绿树，真是美丽极了。我把自己的发现告诉妻子、女儿，她们也看得出了神，上了瘾，一再庆幸这个住宅区选得不错。妻子和我，则完全打消了鲁尔区环境不好、生态恶劣的成见。

自然公园与炼铁高炉

说成见也不尽然。鲁尔区的生态环境可并不一直这么好，而是近二三十年来政府执行了严格的环保政策，经济界、企业界和广大民众积极配合的结果。

拿经济界、企业界来说，从 60 年代起一些技术老旧、污染严重的工厂便实行了关停并转。而今，鲁尔区乃至整个北莱茵—威斯特法伦州都已调整改变了产业结构，不再以传统的褐煤采掘和钢铁冶炼为其工业基础和经济支柱。例如蒂森和曼内斯曼这样的大跨国公司，早已放弃铁和粗钢的生产，而是一方面努力开发技术含量高、影响环境小的新钢铁产品，一方面将资金和力量转而投向了新兴的产业，像电子产品制造和信息技术等等。鲁尔区目前仍在生产的矿场仅剩 14 座，煤炭和钢铁行业的从业人员已从居民的八分之一，降低到了今天的二十五分之一，而新兴的信息业和信息设备制造却实现了飞速的发展，年年成为营业额增长最快的产业。在我们居住的杜伊斯堡和缪尔斯地区，已废弃的露天褐煤矿场和高炉、平炉随处可见。

伤脑筋的是，怎样处理和收拾这些不再有用的庞然大物呢？怎样清理那大片污染了的土地呢？

德国人真会动脑筋！过时的高炉和其他设备廉价卖给发展中国家，甚至无偿赠送也行，只要你自己来拆，来运，这样至少可以节省大笔的拆卸和清场费用。像我们中国和南非，就接受过这样的赠予。

实在没人要的也有处理办法。上星期女儿开车带我们去杜伊斯堡的 Landschaftpark（风景公园）玩，走到一看才知道是一家钢铁厂的旧址。虽然四周也绿树婆娑，空气清新，可供参观的却是一座 60 年代就已停止冒烟的高炉及其附属设施。

我们站在两座高高的炼铁塔下，细读竖立一旁的解说牌，了解了这俩钢铁巨人的历史和曾经有过的用途，以及在四周散布着炉渣的贫瘠土地上，种的是哪些适合生长的树和灌木等等。在整个园区，这样的解说牌有好几十块，如果有时间耐心浏览，就可以对生铁冶炼的整个工艺流程了解个大概。

除了博物馆似的科普教育作用，这个公园我想还是原来的职工聚会和怀旧之地。因此一间旧厂房或管理处里便开着家啤酒馆，看样子生意也十分兴隆。晚上则在一片旷地上放露天电影，票价虽比城里的电影院便宜不了许多，却有成群结队的青年男女高高兴兴地前来光顾，原因可能是在野外看大屏幕更加潇洒和浪漫吧。

至于那大片大片的露天褐煤坑，则蓄上水要么变成了一家家游泳场，要么变成了片片绿树环绕、天鹅游弋的湖水。刚住到缪尔斯时，便发现附近供居民垂钓、荡舟的湖泊特别多，现在知道了它们的成因，才感到德国人真是聪明，能想出这样省事省钱而又一劳永逸、一举多得的绝好办法。

在改造有害环境的陈旧产业的同时，鲁尔区还大量植树造林。上面讲的这些湖泊四周和公园里边无不林木葱茏，但树干看上去都还不甚粗壮，显然是近十几二十年才栽种的。还有我女儿住宅近旁的小森林，虽也已遮天蔽日，野兔成群，单独的一棵棵树却不大，与林外通缪尔斯市中心的干道两旁那些两人方能合抱的巨树相比差远了，说明同样是新近才植造的。

写到这儿，不禁想对德国人如何爱护树木和森林多说几句。

德国国土的总面积将近 3600 万公顷，除去大约一半用于农业，目前的森林覆盖面积约 1040 万公顷，也差不多快三分之一，如果再加上有意保留的荒原、草场等其他绿地，剩下给建筑和道路的占地比例就很小了。也正因此，每次乘飞机不管是在哪个大城市降落，法兰克福也好，慕尼黑也好，杜塞尔多夫也好，从舷窗下望，映入眼帘的首先是大片大片的绿色。这当然并非短时间突击植树所能办到，而是德国人历来重视植造特别是保护森林的结果。

德国人的祖先日耳曼人古时候生息繁衍在条顿森林中，当对同样是有生命的林木怀着特殊的感情。不管是著名的格林童话还是其他文学作品，故事发生在森林中的都非常多。背着背囊、拄着木杖、穿着短裤长袜在森林中徒步漫游，不但是德国民间的传统运动项目，而且堪称生活的一大享受，像 80 年代初任联邦德国总统的卡斯滕斯，就以酷爱漫游并在漫游途中接近民众而颇受好评。

德国自古就有保护森林的严格法律法规，并且在多森林地区设了专任的林务官，例如在施笃姆等作家的一些小说里，就常有关于林务官和护林人的描写。因此德国一些原始老林如黑森林、图林根森林、巴伐利亚森林等等，至今仍保存完好，生长茂盛。1975年，联邦德国进一步制定和颁布了《保护森林和促进林业法》，更明确规定非经州一级的主管部门批准，不得开垦林区和将林区改作他用；森林拥有者在采伐后则有责任重新育林。

1983年我到海德堡住了一年多，那时德国媒体几乎天天的话题都是酸雨引起的"森林死亡"，问题似乎已经非常非常严重。的确，到森林中漫游，在德国朋友的指点下，也这儿那儿能发现一些画上记号的病树，树冠确实已发黄甚至光秃。但是，说整个森林正面临"死亡"，当时在我看真有些言过其实。

现在不再讲"森林死亡"了，说明问题已初步得到解决或者至少有了显著改善；而之所以能解决和改善，就因为当初民众、媒体和有关当局及时地与其说是"言过其实"，不如说格外地重视。目前有关部门仍未掉以轻心，对工业和汽车尾气造成的污染一直实行严格控制，在每座城市都建立了空气检测站，基本禁绝了汽车使用含铅的汽油。

再说我女儿所在的住宅区刚建成，周围便按规定由承建商种上了适合生长的绿化树。树与树之间的间隔距离一样，想必种之前是对枝干和树冠将来伸展的范围做过预测。目前树干还只有我的胳臂粗；为了让它笔直向上长，不给风吹歪刮断，不遭受人为损伤，且看人家采取了多少措施：首先，每棵树两旁各插着一根比树干更粗壮的两米高木棒，再用巴掌宽的厚帆布条把树干拴牢在木棒上，使其根本无法歪斜晃动；其见，更特别的是，在树干突出地面约半米高的部分，还套着个打有很多透气圆孔的厚塑料筒子，以避免松土时工具可能碰伤树干；第三，设若是在停车和行车的路边，木棒之外又多了两个粗铁管弯成的三角，挡住可能不小心撞上来的车杠、车轮，并且在一米见方的泥土周围用砖砌了个框子，真个叫规规矩矩，界线分明。

受着如此精心的呵护，树们能不心存感激，一个劲儿地往上长么！德国四季分明，雨水充沛，土壤肥沃，相信过不了几年，我们再来看女儿女婿时，住宅小区的树也和他们花园里的树一样将会长高长粗，长得枝叶繁茂。

鲁尔区何以湖泊众多？

除了植树绿化、保护森林，鲁尔区当然同样注意水的清洁和保护。上面已提到变露天矿场为湖泊，还须补充的是，这个地区有莱茵河、鲁尔河等多条河流流经，不但内河航运发达，水资源也丰富。工厂企业必须严格执行净化工业废水的规定就不说了，就讲我现在住的这个地方，还划定为了地下水的保护区，其保护措施之一便是禁止在区内冲洗汽车。我先后两次总共在此住了小半年，确实未曾发现有任何违反规定的情况。

在鲁尔区的大城市，也和德国其他地方一样有不少公园，园内也一样见得着水鸟和游鱼逍遥的池塘，树林间蜿蜒曲折的溪流，晴空下漱珠吐玉的喷泉。设若你走得口渴了，还不妨凑过嘴去饮一点石盆或铁槽里汩汩往上涌的自来水。放心，这儿的自来水很清洁，市政当局安排了这样简易而卫生的饮水设施，为本地的居民和外来的旅游者真是考虑得十分周到。

还有对于噪声，同样进行着严格控制。住在杜伊斯堡和缪尔斯的日子已经不算短，不管是市内还是郊外，不管在高速公路抑或乡村公路，从来听不见鸣喇叭的声音。因为交通秩序井然，根本没必要嘀嘀嘀地警告横穿公路的行人或当道的非机动车辆，更没有用以此来呼唤人的习惯。而无缘无故地按喇叭，照规定是要受罚的。

工厂、工地自然难免机器的轰响，但住宅区绝对要保持安静，夜里不允许施工，就连给草坪剪草也不能在邻居们都休息的周末和节假日进行，因为剪草机也会发出噪声。

女儿的房子紧挨着小区的幼儿园，白天开着窗户听得见园内不时传来孩子们的笑闹声，但并不让人讨厌，相反却给清丝雅静的环境增加了一点儿生气。不过，每当园里要开家长联欢会什么的，便会给周围的住户送来信函，对可能产生的扰攘事先表示歉意。反之，若是夜里还开着门窗抑或在花园里引吭高歌，大声嚷嚷，要么在聚会时播放摇滚乐，那就等着人家通知警察局来清候你吧。尽管德国的门窗都真能隔音，你却无权剥夺人家开窗的自由是不是？

至于对环境同样可能造成大害的工业垃圾和生活垃圾，正如读者多半已知道的，西方工业化国家都得到了较好的处理，鲁尔区也不例外。为减少工业垃圾，颁布了有关土地保护和商品包装等一系列的条例法规，不但取得了清洁环境的效果，还促进了资源的节省和再利用，效果非常显著。

多说一点天天都接触到的生活垃圾。鲁尔区尽管曾盛产褐煤，居民使用的却早已是电或者煤气，不再有煤渣煤灰。其他家庭垃圾则严格分类收集：像金属、塑料容器、塑料包装之类的废弃物，得装在市政部门免费提供的专用袋中捆扎好，每月一次定期放在家门外等待回收，以便再生利用；菜根菜叶、剩饭残渣之类有机废物也要先用自购的垃圾袋装好，然后才投入每家必备的绿色垃圾桶里，定期由收费的清洁车来运走；废书废报纸以及为数不少的宣传广告，还有同样很多的玻璃酒瓶、油瓶，以及自己不再穿的烂鞋旧衣服，则要送到附近的收集场去，分门别类扔进不同的大容器。例如玻璃瓶就分白色、绿色、棕色，各种颜色的得扔进不同的铁罐里。扔瓶子时不免叮当作响，有了噪声扰民的问题，便又规定出投扔的时间。真是什么都有规定，任何小事都一点儿不马虎——这，看来正是德意志民族的个性。

就是靠了这一点儿不马虎的个性，靠了重视森林保护的传统，靠了鲁尔区人的勤劳和聪明才智，今天这里的环境才变得这样的清洁、舒适，这样的优美、可爱。而从这个环境改善起来显然更为困难的传统工业区，当不难看到整个德国在国土治理和环境保护方面取得的骄人成绩，看到德意志民族许许多多的确值得世人学习的优点和长处。

2000 年 8 月　缪尔斯

五彩缤纷　风景独好

我从你彩色的欧罗巴

带回了一支芦笛……

第一次读到艾青的这句诗，欧洲便在我心中激起了美好的想象；只是德国，曾经在第二次世界大战中饱受血和火煎熬的德国，从美英飞机的轰炸和苏军坦克的碾压下幸存下来的德国，还会是彩色的么，还会是充满田园牧歌般诗意的么？

1982年首次旅德之前，心中充满了疑问，对上面的问题真是没法回答，没法想象。也正因此，一踏上德国的国土就受到了强烈的震撼，体验了一次真正的视觉冲击，心灵冲击，文化冲击：德国怎么仍然这样美，这样色彩缤纷?! 从普普通通的民居，到历史悠久的著名建筑，怎么都保存完好，确切地说怎么都恢复了昔日的容颜和光彩呢?!

关于构成德国丰富色彩的蓝天白云、青山绿水，在《莱茵情思》和《鲁尔区内看环保》等文中，已经谈得很多了，现在再说一下德国给观光者留下强烈印象的各类建筑以及建筑艺术。

巍峨庄严的大教堂

1982年以后的近二十年又十多次旅德，游览观光过的城市多不胜数。不管它们是大是小，知名度如何，每到一地总会看见一些或美丽，或古老，或美丽古老兼而有之的建筑，大至宫苑、教堂、市政厅，小至一般民宅，无不风格独特，多彩多姿。我想，即使我是一名画家，一位诗人，即使我用十年二十年的时间去看、去画、去写，也没法把它们的风采雄姿全部描绘出来啊！面对从战争的废墟瓦砾中再生，不但姿色迷人而且历史文化内涵丰富的德国，不由你不发出赞叹。

举世闻名的科隆大教堂，这德国哥特式建筑的典范，它那直插云天的一双塔楼，那不胜繁复细腻的拱门浮雕装饰，那营造出堂内神秘神圣气氛的彩绘玻璃长窗，都早已载入建筑和文化史册，凡到德国的人都会前去瞻仰，无须再做介绍了。我这儿只想说，在基督教世界里，第一重要的当然是同样宏伟壮观的梵蒂冈圣彼得大教堂，但以教堂本身——即不包括前边的广场——建筑艺术的精湛而言，科隆大教堂未必就输于梵蒂冈的圣彼得。

除了科隆大教堂，我参观过并留下深刻印象的教堂还有乌尔姆大教堂、亚琛大教堂、明斯特大教堂、艾尔福特的圣玛利亚大教堂、汉堡的圣米歇尔教堂，以及巴伐利亚众多的巴洛克教堂。它们各有引人注目和令人难以忘怀的特点。

1984年参观的乌尔姆大教堂也属哥特式，只有一座直刺云天的钟楼，但高度不仅超过了科隆大教堂，而且系世界第一教堂高塔。特别是堂内祭坛两侧诵经凳上那些栩栩如生的木雕圣者像，以其精湛的艺术深深折服了我。此时此地，从博学的导游口里知道了旅游德国和欧洲到哪儿都少不了看教堂的原因：

近代以前德国乃至欧洲的文化、学术为教会所垄断，各门艺术自然首先为教会服务，所以文化艺术品的精华全集中在教堂里，到德国旅游如果也关注文化艺术，特别是古典的建筑、雕塑和绘画艺术，就不能不看教堂。

雕饰精细繁复的科隆大教堂正门

从莱茵河远眺大教堂

正因此，我以后参观教堂都比较用心，本文谈德国的建筑艺术也从无所不在但却风格多样的教堂开始。

亚琛大教堂历史最为久远，乃奉卡尔大帝（Karl der Große，747—814）的旨意在 8 世纪下半叶动工修建，公元 805 年已开堂使用。它是一座典型的罗马式教堂，其内部的八角形中庭拱顶高大壮观，并有一间相当可观的珍宝室。祭坛下面的地厅是一些德国老皇帝的长眠之所，海涅在讽刺长诗《德国——一个冬天的童话》第三章曾经道及。因此，一到亚琛我就想该去看看这座著名的教堂。其时天气不怎么好，时间又已近傍晚，阴沉沉的教堂中似乎真有诗人海涅当年曾经感到过的压抑感。

明斯特的圣保罗大教堂没有哥特式高高的尖塔，整个建筑都显得朴素，但占地面积巨大，特别是堂内祭坛左侧外墙上一只年代久远、功能众多的大壁钟，给我留下了难忘的印象。还有，主持此教堂的圣咖伦大主教曾勇敢对抗希特勒的暴政，死后也安息在祭坛下的墓室里。顺便说一说，大教堂附近另有一座圣拉姆贝尔提教堂，任何到过明斯特的人都会注意到，因为在它的哥特式尖塔南侧，至今还悬挂着一些在 1536 年把"再洗礼派"信徒关起来处死示众的铁笼子，给后世讲述着一段德国乃至欧洲历史上教派之间残酷斗争的历史。

建于 1174 年至 1476 年的艾尔福特的圣玛利亚大教堂，坐落在市集广场旁边的教堂山上，得地势之利，显得格外的高大宏伟。信徒们要攀登数十级台阶，才能到它的大门前，加之紧邻着还有一座圣塞维里教堂，两者合在一起便尖塔如林，构成了德国中世纪遗留下来的最显要哥特式建筑群之一。

汉堡的圣米歇尔教堂不如前面讲的那些大教堂历史久远，宏伟高大，但却是北德地区最美的巴洛克风格教堂之一，而且据说它的管风琴之大也在德国名列前茅。汉堡人都亲切地称这座教堂

巍峨壮丽的艾尔福特教堂群

为"米歇尔",因为返航归来的海员们一进入易北河口,第一个看见的故乡景物就是它,在他们的心目中这个米歇尔就成了汉堡人家园的化身,就像是他们一位可以直呼其名的亲人。

德国是笃信基督教的国家,历史上与罗马帝国以及梵蒂冈为中心的基督教有着千丝万缕的联系,16世纪又成为马丁·路德发动宗教改革从而诞生了新教的地方,基督教的信仰在整个国家的政治和社会生活中影响巨大深远,简直可以讲无孔不入,无论城乡,哪儿只要有人居住,哪儿就有教堂。一座城市教堂的多少及其建筑的气派、规模,往往就反映出这座城市居民的多少,殷实富庶的程度,及其在德意志帝国内政治地位的高低。像乌尔姆,就因为曾经是一个十分富庶的城市,所以才有可能斥巨资从1377年动工修建教堂,历时两百多年于1529年才终于完成,并在19世纪进行了大规模扩建。它凝聚着几代人的心血、智慧,展现着工匠们的高超技艺和市民们的巨大财富。

至于像科隆、美茵茨、特里尔等城市的大教堂之所以宏伟气派，还因为都曾经是具有选帝侯资格的大主教驻节地，在所谓日耳曼民族的神圣罗马帝国内，政治地位极为显赫重要。

德国的教堂数不胜数，我所进过的著名教堂也记不清有多少，万难一一记述。但其建筑风格，大致可分为罗马式、哥特式和巴洛克式以及由巴洛克式衍生出来的洛可可式四种。在这四种风格样式中间，又有新与旧、南与北之分，各种风格相互渗透、融合的情况也不少，我这建筑艺术的门外汉不过略知皮毛，不敢细讲下去。我只觉得要看最富德国民族特色的哥特式教堂最好到科隆，原因之一是在大教堂的旁边还耸立着一座看上去几乎同样高的圣马丁大教堂，典型的罗马式，可以一目了然地进行对比，而从对比中不难发现这两种风格的显著差别以及联系。

至于要参观巴洛克和洛可可风格教堂，最好去南方的巴伐利亚。那儿的一座座巴洛克教堂不论大小，无不有着金碧辉煌的祭坛，偏重红黄蓝三色的穹顶画，闪闪发光的大理石地面和圆柱，以及繁复细腻的雪白石膏雕饰，真是叫人眼花缭乱，目不暇接。例如由建筑大师巴尔塔萨·诺伊曼设计建造的维尔茨堡大主教府邸教堂，规模虽然很小很小，却和他所设计建造的府邸内那座著名的大楼梯间一样，堪称德国巴洛克建筑艺术的杰出代表。

如果从色调区分，罗马式的教堂和其他建筑一样多为赤红色，哥特式教堂多为黑色、灰色和暗红色，巴洛克和洛可可式的教堂多为白色或浅黄色，但顶子和罗马式的教堂一样也是黑的。因此教堂多的地方，蓝天或苍穹下边色彩也会丰富一些。

富丽堂皇的宫苑府邸

在德国参观了教堂，一定还会游览一些帝王宫苑，贵胄府邸。

教堂多应该讲是欧洲各国共同的特点，王侯宫苑比比皆是则为地处中欧的德国所独有景象。原因是统一的国家一般只有一个帝都，如法国的巴黎，英国的伦敦，比利时的布鲁塞尔等等。德国则不然，历史上曾分裂为成百上千的小国，而每个小国的国君，不管他所统治的是王国、公国、侯国或者仅仅只是一个相当于我们一个县的小小伯爵领地，都得有自己的 Schloß，而且往往不只一处，因为还要分经常住的和临时住的，夏天避暑的和冬天御寒的，临近水边的和便于游猎的，可谓名目纷繁，穷奢极侈。以大诗人歌德曾长期效力的萨克森魏玛公国为例，当年人口虽不到十万人，其公爵一家在小小的首府魏玛城内及其近郊就有三座规模都不算小的 Schloß，既除城内常住的一座以外，还有一座消夏的 Schloß Bellvedere（美景宫），一座在埃特斯贝格山过冬的 Schloß。

所有这些 Schloß，我们图省事通通翻译成皇宫或王宫，严格讲是不对的。像普鲁士国王在柏林的夏洛滕堡宫和波茨坦的无忧宫，自然都是王宫；巴伐利亚国王在慕尼黑的宁芬堡宫（Nymp-phenburg）和新天鹅岩的童话宫堡，前者在1886年一建成就可称路德维希二世的行宫，始建于1664年的后者在1806年之前却只能叫公爵府邸，因为巴伐利亚到了这一年才成为王国。同样的道理，魏玛的 Schloß 实际上都是公爵府，科隆大主教奥古斯特·克勒门茨在科隆远郊布吕尔著名的 Schloß Augustusburg，也只能是大主教行宫。

在这无数的宫堡府邸及其附属的园苑中，堪称艺术杰作的实在不少。其中如在布吕尔的大主教府邸奥古斯图斯堡宫，我们也许十分陌生，却已和著名的维尔茨堡宫一样，列入了联合国教科文组织的人类文化遗产名录。它们一如我们的明清故宫，虽都曾是一小撮统治阶级作威作福和过豪华奢靡生活的禁地，但却为包括一代代艺术家在内的广大劳动人民所创造。只不过在德国，它们多数都很好地保存了下来，成为今天人们的宝贵财富，不像我们，历史尽管悠久得多，几千年来也曾有过无数大大小小的国都，但今天还能供人游览参观、怀古鉴史的已屈指可数，令人感喟、痛心。

德国，土地面积和人口差不多只相当于我们一个大省的德国，立国的历史充其量不过一千多年却后来居上的德国，能让人驻足欣赏以至流连忘返的宫苑府邸之多，恐怕要算世界第一了。这倒不仅因为它在历史上曾经长期分裂，更应归功于它勤劳智慧的人民，归功于它历代的治国者。他们显然有着很高的文化艺术素养，懂得保护和珍藏自己的文化和历史。而这，我认为也是德意志民族异常优秀的一个重要例证。

比起教堂建筑来，宫堡府邸大都色调更加明快热烈，造型更加优美悦目，因为统治者不管是世俗的或是教会的在此奉行的均是"欢乐在人间"的原则。

例如，巴伐利亚的路德维希二世国王，他的大名我们很多人可能不知道，但却很少有谁没在电视里或图片上领略过他那新天鹅岩堡宫的迷人风采。万绿丛中的这座白色宫堡，不仅外形秀丽俊俏，在众多宣传品上成为美丽德国的象征，其艺术气息浓重的内部装修更加精美绝伦。这位酷好艺术的国王建造豪华宫殿简直着了迷，上了瘾，他在林德霍夫还建了一座洛可可风格的小宫殿，在赫尔恩基姆湖的岛上还建有一座新古典主义的行宫，慕尼黑著名的宁芬堡宫也经他扩建改建而变得更加美丽。

为了自己的雅好，也为了炫示自己王国的富有显赫，路德维希二世临死前已耗尽国库的储备。他崇拜法兰西国王路易十四，在赫尔恩基姆湖建的宫殿处处都模仿凡尔赛宫，但宫中镜厅的长

童话般的新天鹅堡官

罗藤堡之春

度和豪华装饰却超过了凡尔赛宫。在生活奢侈和肆意浪费民脂民膏方面，这位国王无疑是个昏君，41岁时即被宣布为神经错乱而失去施政权，并且在几天之后神秘地溺死在了湖中，但其所留下的堪称艺术瑰宝的座座宫殿，却也和全德国的无数类似建筑一样，自然地成了国家、民族长久存在的财富。这类建筑中一些特别有价值的变成了珍贵文物和旅游景点，供广大国内外的民众游览、观光、欣赏。

　　值得一提的是，到这些宫廷、府邸和园苑参观和休憩，也绝大多数都和进教堂一样不需购买门票，因为它们乃是公众的财产。更有一些宫殿、府邸直接做了学校或博物馆的场地，像波恩大学和明斯特大学的主楼，都设在气派非凡的王宫里。

　　在点缀风光这点上，多为黄色、白色、红色的宫堡和府邸比教堂的作用大多了。它们本来就多半建在风景优美的地方，而且常常还有附属的林苑。只要到过以风情浪漫著称的海德堡，谁会不记得半山上绿树环绕的那片红色宫室，尽管它早已是一座废墟——莱茵河上的那些古堡也多半是废墟。说来实在令人感叹，德国人竟对废墟如此珍视，竟利用得如此得当，不，简直是化腐朽为神奇！真是很难设想，如果在海德堡的王公遗址上，今天耸峙着的是一幢现代化高楼，会是什么效果。海德堡还成不成其为海德堡？它是否还会有令国内外游客趋之若鹜的魔力？

至于德国与宫殿府邸连在一起的园林建筑，大致可以分为英国式的和法国式的。前者多少受了中国园林艺术的影响，讲究自然天成，例如魏玛伊尔姆河畔的公爵府园林就小桥流水，不无曲径通幽之妙。后者即巴洛克园林，巴黎凡尔赛宫的后花园为其典范杰作，对法国的时髦亦步亦趋的德国王公贵族建造这类宫苑也更多，如慕尼黑的宁芬堡宫花园，布吕尔的奥古斯图斯堡宫花园等等便是其中最著名的。巴洛克花园虽也花树繁茂，池水轻漾，但都过分的人工化和矫揉造作，满眼几何图形，缺少自然意趣，对我来说似乎也没有太多的逛头，更无逛罢这个再游那个的必要，因为它们只有规模大小、喷泉多少之别。

气派豪华的市政厅

从建筑艺术着眼，在德国还值得特别留意每座城市的老城。老城一般也都是步行区，其中心往往为市集广场。如果说前面讲的教堂、宫堡还全是中世纪和封建时代的遗迹，市集广场及其周围的建筑则产生于资本主义已经萌芽的近代。广场上最可观的建筑多半要数市政厅，它的宏伟、讲究象征着市民阶级经济实力的巨大，阶级意识的觉醒，政治地位的提高。像汉堡、汉诺威、吕贝克、不来梅、慕尼黑、纽伦堡等较早出现资本主义的大城市，

慕尼黑的新市政厅和玛利亚教堂

市政厅建筑的气派、豪华不亚于王宫府邸。它们的建筑风格也各式各样，汉堡和慕尼黑的市政厅中央也塔楼高耸，不无德国传统的哥特式建筑的味道；汉诺威1913年才落成的新市政厅坐落在马施湖畔，简直就是一座古典主义风格的水上宫殿；与近在咫尺的哥特式圣彼得大教堂比起来，不来梅市政厅的庄重、气派犹有过之……

顾名思义，市集广场乃是一座城市的市民们进行商业和贸易的场所，除了留有摆摊设点的大片空地，周围必然还有不少固定的商店和商人们的住宅。商人们可算是城市里的贵族，往往有钱也有势，住的同样比较讲究，于是市集广场上便留下了许多有艺术价值和历史意义的民居建筑。像美茵河畔的法兰克福的罗马山广场，那儿的古老店面和商人住宅战后虽只部分得到重建，却和明斯特市政府以及艾尔福特市政厅旁边那些漂亮的巴洛克式富商住宅一样，值得细细观赏品味。

还值得一提的是，德国的市集广场中央几乎都有一座今天仍在出水的古老喷泉，当年肯定考虑的是方便市民饮水用水，今天同样成为一道景观，因为它们也建造考究，富有雕塑装饰之美。我最近见到的是乌佩塔市老市政厅前的喷泉，不但有巨大的基座和水池，还有一组以高高挺立的海神为中心的雕像。再有哥廷根市集广场的抱鹅少女喷泉，纽伦堡市集广场上的喷泉群雕，也值得一观。

除了富有雕塑美的喷泉，市集广场上有时还看得见一些纯粹为美化市容环境，提供娱乐休闲而搞的雕像和雕塑小品之类。它们也和上述的大建筑以及石砌的古老地面一样，尽量原封原样地保留到了今天。

从基本上都完好保留下来的市集广场看，它们的布局和设施大体是一致的。这说明，很早以前德国人搞城市建设已注重规划。

多姿多彩的桁架式民居

最后，还必须说说德国城乡一道最富民族特色的风景，那就是多姿多彩、美不胜收的桁架式房屋建筑。从南到北，它们随处可见，一般都为民居，因此朴实而小型；偶尔也有高大漂亮些的，那多半就是公共建筑了。这种建筑本质上与我国土木结构的老式民居相似，不同的只是有意识地把支撑屋顶架和固定四周外墙的桁木裸露了出来，因此对其一条一根的宽窄大小和排列组合都得讲究。从桁木不同的排列组合和它们漆的不同颜色，还有填实在

色彩鲜明桁架古民居

桁木间的泥墙所刷颜色的不同，便衍生出这同一结构建筑的各种风格和样式。它们的横木多为黑、褐、墨绿等深色，泥墙多为白、黄、橙等浅色，再加上通常都是黑色的人字形斜屋顶，看上去就十分醒目漂亮。

如果说哥特式建筑是德国艺术家的创造，那一座座巍峨恢宏的教堂展现了他们的天才和无数工匠的高超技艺，那么桁架似的建筑则是千百万普通德国人的创造，那一幢幢朴实无华、清新悦目的民居，更表现了整个德意志民族的勤劳干练和聪明才智。正因此，许多桁架式的古老建筑不但保留了下来，而且总是粉刷、油漆得新崭崭的，偶然有一幢两幢立在那儿已令人眼睛一亮，成排成排、成片成片地掩映在绿树后和蓝天下，就构成了一幅幅美丽的图画，令人悦目赏心，忍不住发出赞叹了。

在中部思根市（Siegen）西边有个叫弗乐伊登贝格的小镇，那儿整座山坡上高低错落的全是黑白分明的三四层桁架房屋，在绿树形成的框子中美丽得简直难以形容。这整座小镇因此被政府当作文物保护起来，并在其中最富代表性的房子里布置了展览馆。

还记得在一个下着小雨的傍晚，我们驱车返回杜伊斯堡，中途在一处休息地停下来行方便，不期然看见眼前一两里地外的山坡上面，蒙蒙雾霭之中，静静躺着一座全是由黑白二色的桁架式房舍组成的小村子，有些房内已缀上了珍珠般的点点灯光，那意境如诗如画如梦，既像我们一幅精妙的水墨暮村图，更像格林童话中的某个故事发生地，令我们一行都不由得发出惊叹。当时如果不是天色已晚，不是正下着雨，我们真想去那水墨画中，去那童话境界中走一走啊！

德国北部的吕内堡市和附近的小城泽勒，是闻名遐迩的旅游胜地，而之所以有名主要就因为那儿的桁架建筑整条街整条街地保留下来了。它们的特别之处还在桁木和屋顶一样多为红色的，与白色的墙面配在一起真是美丽。现在这些房屋内大多开着做游客生意的商店和餐馆。溜达在这样的街市上，真有恍若隔世、身在古代的感觉，更何况临街房屋的门楣上或其他醒目之处，还时常刻写着它们的建造年代，早的可在14、15世纪，最晚也是19世纪了。就连泽勒市的古老市政厅，也是一排红色桁架大建筑。站在高处一望，整座城市便呈现着鳞次栉比的一片红色。

说到桁架式的市政厅，我又想起了南部弗朗肯地区的班贝克城（Bamberg）。它红白二色的桁架式市政厅更加奇特，更加闻名，堪称德国建筑艺术的杰作、瑰宝。不信你看，这座四五层的大房子竟大半部分悬在雷格尼茨河的河面上，只有近十分之一的小部分屋基和一面三角墙，由那座通往城内的石拱桥中间带拱门的高大桥墩"黏附"着！

关于这奇特的选址和建造方式，有这样一个传说：古老的班贝克城 14 世纪时已是具有选帝侯资格的大主教驻地，当时市民们想在城里新建一座市政厅，却得不到主教大人的批准，无奈之下才让房子悬在了主教封地之外的河面上，谁知便创造了一个几百年来独一无二的、世人无不惊羡的奇迹。班贝克市内还有许多建筑艺术精湛的教堂和宫殿，但都不如这座市政厅让我一见难忘！

同样桁架建筑的市政厅，在德国古老的城镇相当不少，例如富尔达市的老市政厅等。它们当中还有一座也叫我一见难忘，但不是因为宏伟高大，倒由于小巧玲珑，造型别致；特别是那三个塔尖似的红色顶子，那仅有几根粗大支柱的过街楼似的底层，设计建造都匠心独具。这幢标明落成于 1484 年的古老市政厅，实乃小城米歇尔施塔特的骄傲。

除了桁架式的土木建筑，德国传统民居还以红顶红墙或者黑顶红墙的砖石结构居多，而且外墙多数不"穿衣服"，裸露的红色砖体和白色泥灰缝线横直分明，清晰可见，不但给人一个中规中矩和坚实稳固的印象，在绿树蓝天的掩映下也异常美观。有不只一座小城几乎全是这种房屋，夕阳西下时登高望去，唯见红彤彤的一片。我目前所在的缪尔斯郊外新建住宅小区，也差不多全是这样的红砖小楼。记得十多年前到过青岛，也见着不少这样的建筑，头脑里立刻跳出 20 世纪初德国曾经在此殖民的那段历史。至于一些大城市的富人区，住宅建筑的样式和色彩就更加讲究，更加丰富多彩了。

以上说的自然只是传统的建筑。1919 年，在德国的魏玛诞生了一个包豪斯学派，它所提出的"以人为本"、简洁实用、力求使艺术与技术相互融合的理念，不但开启了德国建筑艺术的新时代，而且长时间地领导着世界造型艺术的潮流，影响造型艺术和表演艺术的其他许多门类，诸如装潢、绘画、摄影、舞蹈、电影等等。

今天遍布世界的平顶、隐柱和玻璃幕墙现代建筑，都体现了包豪斯的理想。拿德国来说，美茵河畔高楼林立的金融中心法兰克福和正在大兴土木的新首都柏林，则是观察这类现代建筑的最佳地点。对于个性突出得叫人难以归类和综述的德国现代建筑，本人更可谓一窍不通，就不讲了罢。

在结束本文前，笔者闭上眼睛，以超过声、光的思维的速度，挂一漏万地浏览了一通自己无数次游历过的德国，只觉得这片美不胜收的土地不啻一座巨大无比的建筑艺术博物馆。它那些色彩鲜明、风姿各异的建筑，和蓝天白云、青山碧水、绿树红花一起，赋予了虽说多灾多难却充满生机和不失浪漫的德意志大地以异常丰富的色彩色调。生活在这多彩世界里的德国人，应该讲十分幸福，创造了这多彩世界的德意志民族，有理由感到自豪和骄傲。

有学者说，美丽的建筑是凝固的音乐，我想发挥一下：富有艺术欣赏价值的建筑，也是看得见摸得着的诗；在这些音乐和诗中，显然也融进了哲理和科学。什么哲理，不同时代和各种风格的建筑中反映出来的宇宙观、人生观和美学观等等；什么科学，在建筑施工时绝对少不了的地质学、力学、材料学，以及自成一门学科的建筑艺术本身！

历次漫游德国所见，给了我一个从书本上未曾得到的认识，一个切身而实际的体验，德意志民族给人类不只贡献了许多大音乐家和大诗人，大哲人和大科学家，还有不少同样伟大的建筑艺术家。德国人重视建筑艺术，因此在介绍古建筑时，总会提到负责设计和施工者的名字，让他们与自己的杰作一起永垂不朽。例如，在我最近参观的有关布吕尔大主教行宫的展览中，就详细介绍了巴尔塔萨·诺伊曼（Balthasar Neumann，1687－1753）的生平和业绩，因为宫中被视为巴洛克建筑艺术瑰宝的楼梯间是他设计的。除此之外，还有许多建筑史上的杰作，如维尔茨堡宫的楼梯间和讷勒斯海姆等地的巴洛克教堂，均出自这位建筑大师之手。为了纪念这位功业卓著的建筑大师，今天通行德国的 50 马克的纸币上，印的就是他的头像。而且，在德国，以建筑艺术家名垂青史的何止诺伊曼一个！

不由得想到了我们的故宫，它的设计师是谁呢？天坛、地坛的设计师是谁呢？南京中山陵的设计师是谁呢？重庆的解放碑——1945 年落成时叫抗战胜利记功碑——和这座城市的标志性建筑人民大礼堂，它们的设计者又是谁呢？不说今天，就在当初恐怕也只有很少人知道。这，是不是也反映出我们不重视建筑艺术呢？不重视的恶果之一，是不是又表现在我们城乡的建筑大都色彩单调，样式平庸，别说赏心悦目，连美观也说不上呢？而建筑的单调、平庸，最后是不是又注定了我们的城乡也缺少姿色呢？

还有，我们的传统民居建筑，正一天天地在消失……

置身多彩多姿的德国，面对珍视自己的建筑艺术传统，懂得保护古建筑就是保存历史文化的德意志民族，想想我们自己，真不能不感到难过，感到羞愧。

2000 年 9 月 1 日

"大富豪"

—— 漫话联邦德国的文物保护

早想写篇文章讲讲德国的博物馆，却一直不知如何下笔。并非因为缺少内容，相反倒是可以写也应该写的太多太多。慕尼黑的德意志博物馆和新、老绘画陈列馆，德雷斯顿的画廊和绿色天穹珍宝馆，柏林的佩伽蒙考古博物馆和国家文化艺术博物馆，杜塞尔多夫的北莱茵—威斯特法伦艺术收藏馆，纽伦堡的日耳曼民族文化博物馆等，无一不闻名遐迩，值得一观，值得一谈！

全世界博物馆最多的国家

德国的城市不论大小，几乎都拥有自己的一家乃至多家博物馆，国立的、州立的和市立的，社区的、协会的、私人的，全国加起来总共三千多座。此外还有大量王宫、教区、教堂、府邸和城堡的历史陈列馆和珍宝馆，还有大量的名人纪念馆以及为数也不算少的露天博物馆和民俗保留地，实际上也都带有博物馆性质，算在一起数量就更加惊人了。就内容讲，它们涵盖了几乎所有行业、所有艺术门类以及人类生活的方方面面，有的即使规模不大却富有特色。上述众所周知的大博物馆尽管为其翘楚，却断断取代不了那些中小博物馆，例如杜伊斯堡的内河航运博物馆，明斯特的漆器博物馆，迈森的瓷器博物馆，以及名不见经传的小镇贝希霍芬的画笔和毛刷博物馆，恐怕确属独一无二。

德国也许是全世界博物馆最多的国家，至少按人口计算是如此。之所以多，除了德国人有珍视自身历史、文化的传统这个原因，也与其曾长期处于分裂状态，至今各联邦州和各个地区、各个城市都具有相对的独立性，广大居民则极富乡土和社区意识有关。在以建立博物馆来珍藏文化历史，并以此提高自己的地位、声望这点上，毋庸讳言，也相互存在竞争，以致各州的首府和大城市都建立有相当规模的博物馆；一些财力雄厚的大都会，如柏林和美茵河畔的法兰克福，还有曾为首都的波恩，更逐渐形成了自己的博物馆岛、博物馆区。

但是竞争并不排斥合作，早在1917年就成立了德国博物馆联盟。根据联盟的章程，所有会员单位都要在文献检索、研究及展品保险、修复等方面，彼此提供帮助。这又进一步促进了德国博物馆事业的发展。

德国人可能是世界上最爱参观博物馆的民族。据统计，现在每年进馆的参观者远远超过一亿人次，也就是说平均每个公民每年参观博物馆十三四次之多，让我们这个人口多出十倍的泱泱大国望尘莫及。

在娱乐活动丰富多彩、信息渠道畅通快捷的今天，人们为什么还进博物馆？为了学习历史知识，为了享受文明和文化成果。

最近，我陪德国朋友帕帕切克夫妇参观了魏玛的歌德故居博物馆和公爵府邸艺术收藏馆。他们看得之仔细认真，看得忘记了饥饿疲劳，真令我这个比他们年轻的歌德研究者感到惭愧。

关于大而著名的德国博物馆国内介绍文字已经很多，来德国访问的人也多半有机会亲临参观，再写意义不大，而且还会挂一漏万，嚼饭喂人，白白浪费时间和精力。但是，作为弥补，我一方面把博物馆和文物保护这两个话题结合在一起，总的讲讲自己

波恩：亚历山大·寇尼希博物馆

柏林博物馆岛鸟瞰

切身的感受；另一方面，对那些一般不大可能读到和参观到的特殊博物馆，则在其他的场合分别介绍，就像前文已经讲到了美茵茨市的古滕堡印刷博物馆，格莱弗堡的德意志古钟博物馆，等等。

缪尔斯，令我肃然起敬的小城

80 年代初头两三次踏上联邦德国的土地，最艳羡的是人家生活的富足、快乐和生态环境的优越。十多年来，随着中国经济的发展，生活上与人家的距离慢慢缩小了，只是生态环境的改善却成效不大，要赶上人家的绿化和自然保护水平，恐怕非半个世纪乃至更长的时间不行。最近几次旅居德国，却发现了德国还有一个更加值得羡慕和学习的地方，一个我们更难追赶、也更应该感到痛心的差距，那就是对于自己民族历史和文化的珍爱和保护！

前边讲的德国博物馆数量巨大，种类繁多，多到超出了我们的想象，多到连边远的乡镇都有，乃是德国人无比爱护自己的历史、文化的一个表现。在那大大小小数以千万计的博物馆和陈列馆里，保管和展示的无论什么藏品，归根结底不都是历史，不都是文化吗？

岂止形形色色的博物馆和陈列馆，在德意志联邦共和国的土地上，包括原为民主德国的一些新州，只要稍微留心观察，又哪儿不见对于历史、文化的爱护和珍藏呢！我简直觉得，整个德国不啻是一座无比巨大的博物馆，走到哪儿都可以学习历史知识，都可以受到文化艺术的熏陶。

我眼下住的城市叫缪尔斯，一个两年前我和妻子还几乎完全不知道的地方，对它国内的读者无疑就更加陌生了。可是哪里想得到，它今年七月却庆祝了建城 700 周年！

真的已经有这么长的历史吗？为什么刚刚 700 年，而不是更长或更短？要解答这些疑问，最好是到设在缪尔斯伯爵府邸里的伯爵领地博物馆里去看一看。

府邸建于 13 世纪，在其古意盎然的厅堂、居室、楼梯间和走廊内，布置了多达 19 间陈列室，展出了从出土文物、文书印信、盔甲武器、生活用品到儿童玩具的数千件实物和图片资料，详细而生动地再现了缪尔斯这块土地两千多年的历史：

考古发现证明，公元前 2500 年这儿已有人类居住；

根据著名的《日耳曼志》记载，公元前约 1000 年，奥德修于漂流途中曾暂住此地；

公元前 11 年至 12 年，奥古斯都大帝的养子德鲁苏斯（Drusus）在此建立了罗马军团的驻地，取名为 Asciburgium，从此确定了缪尔斯在莱茵河左岸的边界；

公元 83 年至 85 年，罗马军团撤离，留下来的要塞、营房为退役老兵居住，并发展成为影响周围一带地区的文化中心；

公元 9 世纪，缪尔斯（Moers）第一次以 Murse 这个名字出现在一份修道院文书中；

公元 12 世纪，缪尔斯的伯爵府邸开始兴建；

1186 年，第一次在文献中提到了缪尔斯的"领主"；

1300 年 7 月 20 日，从普鲁士国王阿尔布莱希特手里，缪尔斯伯爵的宫堡所在地获得了城市权，筑了城墙，开了护城河，正式成为了一座城市——距今正好 700 年！

……

也就是说，缪尔斯建城至今漫长而又坎坷曲折的历史，通通反映在了伯爵领地博物馆的展品中。

真没想到这座对我们来说默默无闻的小城，竟拥有这样一座博物馆！缪尔斯地处鲁尔区，面积不到 68 平方公里，人口仅有 10.6 万多一点，只是北威州的一个相当于我们县级市的小城罢了，哪知确凿有据的建城史真达到了 700 年！

更加令我惊叹的是，在这座小城内凡是有点纪念意义的地方，教堂也好，府邸也好，街区也好，老市集广场也好，老市政厅也好，都竖着一个倾斜度便于站在面前的人阅读的扁平玻璃箱，箱中以精心编选、撰写的图片和文字，简明扼要地介绍了该古迹的历史。

我第一次发现这样的玻璃箱，是在我们这个新建的住宅小区进口处。读罢箱内的有关介绍，我才了解了这个叫缪尔斯荒原的地方近几百年的变迁，知道了它的名字的历史由来。在我住地附近的一幢老房子前也有这么个玻璃箱，一读才知是关于楼内那个"射手协会"。它组建于 1650 年，历史也可谓悠久啦。

这一个个的玻璃箱和上述的伯爵领地博物馆，让我不禁对小城缪尔斯肃然起敬，对懂得珍爱自己历史、文化的德国人肃然起敬！

黑门、七塔之城和"绿蒂之家"

在德国，缪尔斯只是人口超过 10 万的 85 个中等城市之一，实在平凡得很，比它更大、更著名、历史更悠久的城市有的是。大小和知名度就不说了，单讲历史悠久，像特里尔、波恩、奥格斯堡等等都已庆祝过建城两千年。还有魏玛、吕贝克等古城，也由于其丰富、珍贵的历史遗迹得到了很好的保护，整个的老城区列入了联合国教科文组织的人类遗产名录。

以特里尔为例吧，只要到过这座人口不足 10 万的城市，谁会不记得它那些已历经三千年风霜雨雪的古罗马遗迹，诸如黑门（Porta Nigra）和圆形露天剧场（Amphitheater）以及公共温泉浴场呢！在德国，像特里尔似的相当完好地保存了古罗马遗迹的城市，还可以举出弗莱堡、威斯巴登、克桑滕等许多座，至于很好地保护了自己后起的日耳曼民族文化遗产的城市，更是不胜枚举。

再说说吕贝克，它的规模、地位、名声和悠久的历史，更远非缪尔斯可比，却同样地为保存自己的历史和文化花了大力气。例如为了维护它那"七塔之城"的传统风貌，市议会曾正式通过决议：城内任何新建的房屋的高度，都不得超过那七座插入云天的教堂的塔尖。还有那座建于 15 世纪的荷尔斯坦城门，它的一对红砖塔楼在绿树蓝天的映衬下仍显得那样高大宏伟，气象非凡，因此被视为这座富裕、显要的汉萨城市的象征。至于城内一系列富有艺术和文化价值的古老建筑，像老市政厅、圣玛利亚教堂以及著名作家托马斯·曼的故居等，也都得到精心的保护，成为城市的骄傲。

最近两次来德国，颇走了几个过去不曾留心的小城，如科隆附近的布吕尔（Brühl）和棕斯（Zons）、兰河边上的马堡（Marburg）、崴尔堡（Weilburg）、赫尔博恩（Herborn）、林堡（Limburg），德国南部浪漫之路上的诺尔特林根（Nördlingen）和丁克尔斯比尔（Dinkelsbühl），发现它们无不小巧可喜，各有各的引人入胜之处。之所以如此，同样归功于这些城市的市政当局和市民对自己文化遗产的珍视和保护。而保护的对象不限于宏伟的宫堡府邸，还有古城墙、古民居和古老的街市等等。

以一般国外游客难得光顾的棕斯为例，它原为古代驿道上的一处税卡，眼下不过是邻近一个大一些然而同样不怎么知名的多马根市（Dormagen）的一个区，而今不但保留下来了古老的城墙和一座座关门，还有城内的一条仅能通过两辆马车的石砌街道，以及街道两旁的少许店铺和住宅。我们一进关门，便发现不少低矮的房舍上都钉着写有 Denkmalschutz（文物保护）字样的小牌子。我们去的那天是休息日，天气也比较好，但见小不丁点儿的棕斯城内外游人如织，为数众多的饮食店、咖啡座都宾客盈门，说明当地居民们保护历史、文化的努力得到了丰厚的回报。

对于自己的历史和文化遗产，重实际的德国人当然不只于精心维护，还进行了认真的开发和利用。以发展旅游业致富、扬名的蕗尔小城丁克尔斯比尔，它如何将一个三百多年前的传说变成今天吸引国内外游客的"儿童狂欢节"（Kinderzeche），将在后文的《一年四季忙过节》一文中介绍。这儿先说说威兹拉的"绿蒂之家"。今天许多人特别是我们中国的读者之所以知道威兹拉这座小城，恐怕主要因为它是引发歌德的《少年维特的烦恼》创造灵感的地方。而今，小说女主人原型夏绿蒂·布甫在城里的故居，不但完好地保留了下来，而且可以讲是小题大做地建成了一座博物馆，规模还不算太小。展品既包括绿蒂一家的所有遗物，也包括青年歌德在该城工作、生活以及与绿蒂一家交往的文书和物证，除此还展出有各种文字的《维特》译本和研究、评论，等等。80年代初我去参观，看见了郭沫若早期的译本，临走时便将自己的新译送给馆长，令他喜出望外。现在它收集的中译本，恐怕就更多了。到威兹拉旅游的人，我敢说多半是冲着"绿蒂之家"去的，多半为歌德崇仰者，特别是《维特》迷。

柏林人必须回答：修复？拆除？保留？

在德国参观文物古迹的时候，我们常会遇见在进行维修和整新的工作，特别是在地处原民主德国的联邦新州。对于文物古迹的整理修复，办事严谨而又屡经战火洗礼的德国人，可算是真正的行家里手，早已研究发展出了一整套实用的规范和科学的方法。首先，他们对哪些古迹该整修，整修到什么程度，都要进行反复认真的讨论、研究。例如首都柏林，要讨论研究的问题就特别多：

位于市中心选帝侯大街的威廉皇帝纪念教堂，在"二战"中让盟军的空袭给炸毁了，要不要如其他许多著名教堂一样恢复旧貌呢？争论的结果是，不！结果便在前边加建了一座现代风格的教堂，旧教堂残损的钟楼是怎么样就怎么样保留下来，使它成为一面警世碑（Mahnmal），告诫世人不要忘记战争的可怕和战争贩子的可恨。

勃兰登堡门旁的国会大厦，法西斯分子为了制造迫害共产党人的口实，纵火烧毁了它的巨大拱顶，要不要恢复原状？讨论的结论是要修复，但并不全按原状，于是就加盖上一个形状类似却富有现代气息的透明圆顶，使它成为富有革故鼎新精神的德意志民族前途光明的象征，并表明统一后迁来里边开会的 Bundestag（联邦议会），与战前历史上的德国国会划清了界限，有了一个崭新的开端。

还有柏林墙呢？当然要拆掉，但却不妨选留下一段两段，因为它作为东西方之间近半个世纪冷战的产物，本是具有世界意义的历史遗迹，同样富有警醒世人的意义。事实证明，来柏林的旅游者都要看看残存的"柏林墙"。

如此等等，都说明保护、修复是有选择、有计划、有条件的。

德国人完全能够把破坏了的建筑照原样修复，我们参观过的无数王宫教堂和博物馆证明了这种能力。在这些建筑内，常常有它们旧时的照片和遭破坏后的废墟照片对照展出，让人一眼就能看出其修复的水平。

我真钦佩德国人在战后没有把已成废墟的旧时代遗迹"痛痛快快"地清除掉，来个"在白纸上画更新更美的图画"，而是更加劳民伤财地予以修复，修复得和原建筑几乎完全一样，修复得叫你简直看不出破绽。结果就不但保留了历史和文化，还培养了继承古建筑艺术的杰出工匠，意义真是再大不过。在人们格外重视历史文化遗产和旅游成为重要产业的今天，能不承认德国人值得自豪的远见卓识和巧夺天工的艺术才能吗！

富首先富在有远见卓识，富在有勇气

说到修复的水平，说到远见卓识，不禁想起一些德国人在非常时期抢救和保护文化遗产的故事，其中最感动我的一则是：

1944年，希特勒的宣传部长戈培尔发表所谓总体战动员的广播演说，当时法兰克福歌德故居博物馆的馆长一听感到事情不好，知道战火很快会烧到德国本土。于是赶紧安排把故居的全部家具和展品转移到防空洞里，并且给整幢房屋仔细量了尺寸，做了记录，拍了照片，连一些细枝末节例如窗饰和门把手什么的也不放过。

果如所料，位于大鹿沟街的歌德故居让美英的炸弹夷为了平地，然而战后很快又重建了起来，而且建得和从前的几乎完全一样，待我80年代去参观时，展厅、展品全部恢复了旧观，让人很难找出一点劫后余生的迹象。之所以重建、恢复得这么好，无疑多亏了那些照片、资料和图纸；而那位富有远见和勇气的馆长，自然居功至伟。

法兰克福的歌德故居博物馆仅仅是一个例子而已。战后的德国简直满目疮痍，到处都是一片片的废墟，今天不少让我们叹为观止的古建筑如科隆大教堂、明斯特大教堂，漂亮的民居如不少城市的桁架式房屋，都是这样保护和修复的。

哪些该修复哪些不该修复，以及修复到什么程度，德国人对这些问题的把握给我留下了这样一个印象：各地的无数王宫、教堂、府第，绝大多数都整修得色彩富丽，金碧辉煌，看上去简直像新的一样，为的是展示旧时统治者显赫的权势，豪奢的生活，以及建筑师和工匠们精湛的设计和手艺。相反，绝大多数处于山野和峭崖上的城堡却只得到维护而无修复，废墟仍然是废墟，格外地显得老态龙钟，给人一种沉重的沧桑感和历史感，便算起到了它们的作用。至于城镇里的民宅，既保持着古朴的样式却又不时地粉刷修饰，就起到了美化环境，让天天见着他们的居民和外来的游人赏心悦目的作用。

写到这儿，我想到了德意志民族一个最令人折服和钦敬的优点，那就是勇于正视历史现实，过去的污点乃至罪恶决不隐瞒遮掩，该承担的责任一定承担，和我们的东邻日本形成了鲜明对照。这一优点表现在对待历史遗产的态度上，不但有了上面讲的种种警示碑（Mahnmal），有了哥廷根的中世纪刑具博物馆，而且还在魏玛郊外的布痕瓦尔德和慕尼黑附近的达豪等地，保留了法西斯残酷折磨和集体屠杀无辜者的集中营——实际上也是一种博物馆，用它们来不断促使整个民族反省，教育下一代牢记历史教训。

狗肚鸡肠、倒行逆施的日本政客就不去说他们了，我们有识之士一再建议修建"文革"博物馆，让上上下下都来反省总结那民族遭难、传统败坏、良知泯灭的黑暗岁月，为什么就得不到应有的支持和响应呢？

在精心保护和充分利用包括废墟遗址和一般民居在内的历史、文化遗产，严格、自觉地执行和遵守早已制定的有关法规，勇敢地面对历史现实等方面，德意志民族充分显示了自己的聪明才智、文化素养和勇敢精神，值得我们很好学习。

严格说来，德意志民族的历史充其量不过一千三四百年。德意志（Deutsch）这个词大约出现在公元 8 世纪，真正的德意志人的国家，则诞生于公元 911 年，距今还不到 11 个世纪。也就难怪歌德在 1872 年 1 月 31 日与艾克曼谈论中国的文学时会讲："当我们的祖先还生活在原始森林的时代，中国人已经有这类的作品了。"

可是，德意志民族历史虽短，却在许多方面后来居上，特别是在历史、文化遗产的维护、拥有和利用方面，简直成了一位"大富豪"。而这个民族之所以富，首先因为他们有很高的文化素养，有远见卓识，有正视现实和历史的勇气。旅德期间，处处都可见到令你不能不眼红的财富。相反，世界上的多数文明古国，包括我们已有五千年以上历史的中国，由于子孙后代不争气得连祖宗的遗产也守不住，纷纷沦为了破落户甚至叫花子。所幸近十多二十年中国已走上振兴之途，历史、文化遗产的保护和利用有望得到改善。只不过，和全民爱护文化遗产，全国不啻为一个大博物馆的德意志联邦共和国相比，我们差得实在太远太远，要弥补和改进的实在太多太多。

2000 年 10 月　于缪尔斯

跳蚤市场好

旅居德国，逛跳蚤市场实乃一件乐事。

在不甚了解情况的国人看来，去跳蚤市场这样的地方也许有失风雅。记得十多年前，上海有位作家到德国走了一趟，回家就写出一篇观感，对当时某些留学人员热衷于到跳蚤市场捡便宜表示不屑，以为有伤包括他在内的中国人的面子。对此我不以为然，倒觉得这位作家同志是打肿脸充胖子，同时对跳蚤市场不甚了了。

网上看"跳市"

提起跳蚤市场，人们自然会从其得名的这个讨厌虫子——据说它还能传染猩红热什么的——联想到旧、脏、破等等。其实，跳蚤在这里只是个比喻，说的是这种市场没有固定的开市地点和时间，就像东蹦西跳的跳蚤一样。

正因为不固定，所以就有人在市场上兜售一种历书似的小册子，从里面可以查到一年中何时何地将开市。这种年历当然只对职业商贩和热衷收藏的人有用，加之现在"跳蚤"也已上网，销售起来恐怕就困难了。

正是从德国的"跳蚤"网站 www.Netfloh.de 上，我这个爱逛跳蚤市场的人了解到了更多的情况和信息，发现它原来竟有这么多种类，这样多功用。

单说种类。以字母 A 代表的为 Antikmarkt，即古玩跳蚤市场，恐怕跟我们成都杜甫草堂的文物市场差不多，只是后者开市的时间也是固定的罢了。

以字母 C 代表的为 Computermarkt，即电脑跳蚤市场，不但有二手电脑也有电脑元器件买卖，可就是现代化到了相当水平的产物，好像国内暂时还没有。

字母 S 代表 Sammlermarkt，即收藏爱好者跳蚤市场，买卖诸如钱币、邮票、瓷器、绘画和古家具等有较多收藏爱好者的物品。字母 T 代表 Trödelmarkt，也就是最普遍、通常也可能什么都有的综合型跳蚤市场了。本人逛的就主要是这一种，它举办得最多，光顾的人也最多。

德国的跳蚤市场应该已经有很长的历史，80 年代初到德国时发现它已经很兴旺，管理什么的也挺规范，而从网上的介绍看还在不断发展，说明广受人们的欢迎。可以推断，跳蚤市场乃是经济发达和物资丰富的产物，在一个尚未完全解决温饱的国家，人们既拿不出什么闲置或多余的东西去跳蚤市场上贱卖，也没有多少人有闲心和余钱去逛跳蚤市场。

从"跳市"看德国人的性格

具体讲讲逛跳蚤市场的感受吧。首先说一句，我认为小小跳蚤市场不仅体现了德国所谓社会市场经济的多样性，也反映出德国人性格的一个重要方面，即讲求实际。

昨天是星期天，一大早看见邻居潘娜太太和几个女儿在往车上搬东西，以为她们是去旅行和野餐，一问才知道是去摆跳蚤市场，而且潘娜太太只是驾车送孩子们去，真正当摊主做生意的是三个未成年的小姑娘。这在我们中国人恐怕难以理解：潘娜太太虽是位单身母亲，却住着带花园的新房，经济看样子并不差，干吗还要去卖旧东西？而且是让孩子自己去摆摊，不是会让她们早早地沾染一身铜臭气，心灵遭受污染么！

讲求实际的德国人却不这么看问题。多余的东西搁着无用不说，而且碍眼、占地方，到跳市上就算是贱卖得等于送掉，也一举多得，既让它们在需要的人手里物尽其用，也多少换回几个钱，还使自己家里变得宽松又清爽，何乐而不为！

再说，在盛行商品经济的社会里，人迟早要与钱打交道，让小孩子玩儿似的提早介入，从而认识社会的一个重要方面，了解挣钱的艰难还有乐趣，又有什么不好呢？

是的，多数殷实的德国家庭的确是把到跳蚤市场摆摊，当成处理闲置物品的手段，当成锻炼孩子的机会，当成星期天的一种生活乐趣。就因为这样不时地卖掉多余之物，德国人的家里总是宽敞而清爽；就因为目的不在赚钱，跳蚤市场上的要价通常都极为便宜，有时简直等于白送；就因为意在寻乐，本来不相识的摊主与摊主便常常在遮阳伞下谈笑风生，在收取了哪怕只是一个马克以后还要对顾客说声谢谢。买到便宜的人自然快快乐乐，卖的人也分享着别人的快乐。德国有句俗谚：Geteilte Freude, doppelte Freude! 意即"与人分享快乐，加倍快乐！"难怪很多德国人都喜欢逛跳蚤市场，喜欢在跳蚤市场摆摊，而跳蚤市场上，也总是热热闹闹、快快乐乐的。从跳蚤市场，可以了解西方发达国家的部分人情世态。

受了潘娜太太的启发，当天下午我们也去逛了设在缪尔斯市老城的"跳市"——从80年代起一些中国留学人员就这么简称跳蚤市场，并将在那儿买东西相应地叫作"跳"。

一到缪尔斯这座小城的步行区，但见那条主要街道的街口已经摆上了摊子。平素在星期天，由于商店都按规定歇业，这步行街和整个老城，拿德国人的话来说，也与所有德国城市一样地"死掉了"，而今天却热闹非凡。一公里多长的街道两旁全是摊子不说，两侧的横街照样也没空闲，让无须缴占地每米十马克摊位费的小孩儿们练起了摊儿。

老城中人比平时多多了，摩肩接踵地跟我们国内赶集一个样。各个摊子上五花八门，多数是些家庭用的小东西，摆摊的也基本上是普通市民，而不是买卖旧货的商贩。这正合我意，因为靠摆跳市为生的商贩不但要价比较高，东西也来路不明，说不定真是从人家扔的废物中拣来的，存在卫生方面的问题。

我们从街口逛到街尾，一路上观赏挑拣，讨价还价，足足花了两个小时才把这说来并不算大的市场逛完。其他慕尼黑、柏林等地的著名大跳市，规模不但比它大好多倍，而且基本上是每个周末在固定的地点举行。可尽管如此，傍晚收兵回营，我们一行还是大有斩获。跟十多年前的穷学生不同了，我们这次"跳"的都是些好玩的小东西，诸如富有德国特色的小花陶瓷啤酒杯，金属小烛台，以及做工精致、造型可爱的马戏小丑等。

特别是小丑，大大小小、男男女女的一下子买了十多个。这是一种我们近两年才发现和喜欢上的一种工艺品，好像也只在德国特别多，不但拥有众多的收藏爱好者，还有专门出售的商店。我注意到了，每一个小丑的身后或腰间都有个小布条，说明他或她的制作材料和出产国，但特别强调的却是这并非儿童玩具，而是给爱好者们的收藏品。我还注意到，在专卖店中，这样的收藏品价格昂贵，一个并不起眼的也要好几十马克，而我们跳来的平均还不到两马克一个。

价格便宜还不最重要，我们"跳"来的小丑确实是好，不但小手儿、小脸儿多数是烧瓷的，衣服也十分漂亮，而且模样儿都挺可爱，要么鼻头红红的引人发噱，要么哭不拉稀的令人爱怜，要么雍容华贵、娇媚妖娆，又一眼可以看出不过是个马戏班的女戏子。

我们现在"跳"的，就是这类没有什么实际用场的小玩意儿，压根儿与十多年前不同。并且我发现，现在生活在德国的中国人，都经历了差不多同样的变化，而这个变化也反映出我们国家的发展，所以想在此说一说。

中国人："跳"在今天和昨天

80年代初，我在海德堡大学研修了一年多。海德堡是中国留学人员最多的德国城市之一，但这些人平时很少有机会碰面，相互碰着多半是在赶跳市的时候。

那年头儿可真是叫"赶"，因为一听说哪儿有跳市，即使远在其他的城市如曼海姆等，大伙儿也要邀约着三五成群地赶去，而一到市场上，还会碰见一些认识和不认识的中国面孔。

不，还不需要看面孔，只要看见哪儿有一群米黄色的风衣，就可以断定哪儿是自己的同胞。那年头儿，穿米黄色的风衣可以说是中国男女留学人员平时外出的标准打扮，因为它既挡风遮雨，又耐磨耐脏，且不失时髦和气派。可惜的只是大伙儿都一窝蜂地穿，聚在一起就真的煞风景。

那年头儿，一般男同胞最爱"跳"的是大衣、西服，因为当时国内的西服既贵又不像样。例如本人1982年领"制装费"在北京专做出国服装的红××××度身订缝的一套，藏青色纯毛牙签呢料子倒挺高级，只是下摆短翘翘，肩膀溜溜圆，袖管胖乎乎，穿在身上实在不中看，结果当然只能压箱底。相反，跳市上花几个马克挑来的虽然成色稍微差一点，穿起来却漂亮、挺括、精神，于是多数人都只好也实际一点，只好去"跳"了。

那年头儿，一般留学人员在上缴给使馆和国内的单位以后，剩下的奖学金只有六百来马克，实在是囊中羞涩啊。就算我这样钱比较多又按德国规定不得上缴的洪堡奖学金获得者，也充其量只敢在夏季和冬季结束的大减价期间，去 A＆C 这样的服装超市买两套混纺西服，而有可能"跳"到合适的时机也多半不会放过。

女同胞呢，也同样实际，最喜欢"跳"的仍为服装，特别是当时国内还比较稀奇的毛衣。她们不光"跳"来自己穿，还要带回去送兄弟姐妹、七姑八姨哪。

那年头儿，出国实在不易，出了国回去，不带点东西送亲戚朋友实在不行。正因此，回国托运的行李往往超重，行李中除了"跳"来的衣服，往往又还有用赶跳市省下的钱购买的电视机、收录机。

随着我国近年来经济的飞速发展，不但什么东西都有了，而且还异常便宜，拿西服来说已经做得与德国的一样漂亮。现在男女同胞逛跳市谁也不屑再看那些衣服了，即使价钱多么贱，成色多么新。现在逛跳市变成了主要是好玩儿，同时还多少带着点怀旧的情绪。

淘书与掘宝

在当年一块儿逛跳市的同道中，有两位北京外语学院的老教授。从他们那儿，我知道了还不妨在跳蚤市场淘旧书。

同样的道理，在满摊子全是书的旧书商那儿，价格都比较贵，一般相当于新书的半价；而普通市民卖的则便宜得只及新书价格的几十分之一，对用得着的人来说实在太合算。例如，我花很少的钱就收集到一些带插图的格林童话版本，还有一套同样有插图的《豪夫童话全集》，结果都在国内出版我的译本时相应派上了用场。

此外我还收藏着一本有关中国的画册，都是外国摄影家在70年代以前的杰作，看起来很有意思，经历过五六十年代的中老年朋友见着定会生出无限的感喟。近年来国内老照片走俏，很想也翻译、整理出来凑凑热闹，只可惜琐务缠身，决心难下，白白错过了机遇。

前几年，还有不少懂行的同胞在德国的跳蚤市场上搜寻新中国成立前后的老邮票，并从中赚了钱，例如四川外语学院一个60年代初毕业的学生。女儿小时候曾在我们鼓励下培养起集邮的爱好，她到德国后就由我接过来继续集，听说跳市上能买到中国老邮票也开始留心，只可惜为时已晚，收获甚微。但是也非绝对碰不到，只是可遇不可求罢了。还是小女有运气，在一个寒冷的冬天，她跟朋友去逛马堡的跳蚤市场，不经意间就跳到了编号票序列中的《智取威虎山》和《白毛女》各一套。由于小时候有过接触，知道这些票的价值，加之要价一点不贵，便当即买了下来。

还有一些精于此道近乎专业的淘金者，常年在跳蚤市场上收进卖出，以此谋生。这种人有时候也真能掘到宝贝。

在前不久的德文《彩色画刊》（Bunt）1999年10月7日出版的第41期上，有一篇题名为《跳蚤市场造就的百万富翁》的报道，就讲了两个有名有姓的法国人的故事。他俩在跳市——估计多半是古玩跳蚤市场——花大约400马克买了一幅达·芬奇的

作者在旅途中淘书

《童贞玛利亚与圣婴》，卖者言明是仿作，他俩却心存怀疑或者说侥幸，结果拿去一鉴定却是真的，拍卖下来两人顿时成了百万富翁。

在同一篇文章里还讲了三个美国幸运儿，他们的情况差不多，同样以约400马克买了一幅疑为印象主义大师莫奈的油画，并深信并非赝品而是真迹，结果拿到网上一拍卖就获利万倍，三人全成了百万富翁。

不过故事就是故事，信不信由你了。再说，那样的好运气绝非人人能碰上。我们逛跳市，还是抱着去看稀奇和好玩儿的心态为最佳，这样总会有所收获。

上面的故事告诉我们，美国和法国也有跳蚤市场，奥地利首都维也纳在好吃集市（Naschmarkt）的跳市我自己逛过，而巴黎塞纳河河畔的古玩跳蚤市场则更有名。还是本文开头说过的那句话，要到经济发达和物资丰富到了一定的程度，跳蚤市场才会应运而生并且长期存在，持续繁荣。对了，社会秩序和治安环境还得相当的好，不然，小偷窃贼们又会多了一个销赃的场所。

前些年国内也尝试过开办跳蚤市场，但很快烟消云散，原因显然是条件未具备，时机不成熟。但我相信，随着我国经济和社会的进一步发展，人们对处理、调剂家庭多余物资的要求越来越迫切，各类跳蚤市场终会在我国发展起来，因为它确确实实是个好东西。

旅居德国已十多年的著名油画家程丛林来我女儿家做客，我们一边烫火锅一边谈在德国生活的观感。我把本文中对跳蚤市场的观察和想法告诉他，很高兴得到了这位堪称老德国的艺术家的完全赞成。程先生还幽默地向我们介绍他的砍价经验，即绝不拿眼睛正视自己真正想买的东西，而要采取孙子兵法的声东击西和攻其不备战术。他还告诉我，在跳市买古旧画框真是物美价廉，因此成了他的一大乐趣。

高雅的艺术家趣味，了不起的艺术家眼光！把逛跳市与自己的专业结合了起来，我想更会其乐无穷吧。

古堡夜会

在《莱茵情思》一文中，我们已从游船上遥望沿河两岸的无数古堡，领略它们各自不同的风采，知道了它们的历史由来。不过，并非只有莱茵河地区才古城堡众多，整个德国甚至包括曾经属于德意志帝国版图的周边地区和国家，因为古代同样存在过无数封建小邦（曾经有过一个以征战为生后来沦为了山大王的骑士阶层），所以也都古堡林立。这样的情况，明显反映在这些地区和国家有无数带"堡"字的地名，诸如德国的汉堡、杜伊斯堡、勃兰登堡、马格德堡、维尔茨堡和奥格斯堡，奥地利的莫扎特出生地萨尔茨堡，法德边境上的欧洲议会所在地斯特拉斯堡等，更早已为人们所熟知。

堡乎？山乎？岩乎？

读到这儿，细心的朋友一定会发现，有几个至少是同样著名的德国城市如纽伦堡、海德堡，对了，还有那座德国大哲学家康德度过了一生、现为德国和立陶宛边境上的俄国飞地科尼斯堡，竟然没有提到。可这并非笔者疏忽大意抑或轻视它们，而仅因为其原来的德文名称本无"堡"意，是最初的汉译名误 Berg（山）为 Burg（堡），人们一直将错就错用到今天，想改已经改不过来了。笔者的恩师冯至先生于 20 世纪 30 年代留学 Heidelberg 并且取得博士学位，深知该城没有堡只有山，因此坚持在自己的著述中将误译改正过来。然而，以他崇高的学术威望尚且劳而无功，人们还是只认海德堡，不认"海岱山"，尽管后者显然更符合实际和富有诗意。习惯的力量难以抗拒，由此可见一斑。

误 Berg（山）为 Burg（堡）应该讲情有可原，堡多半建在山上，Burg 与 Berg 之间必定还有词源学的关系，这里就不细加考证了。单只说还有许多不带 Burg 的德文地名，如什么 Fels（岩）什么 Stein（石）等，因为确有古城堡耸立其上，并且由此而远近闻名，例如巴伐利亚地区风光如画如梦的 Neuschwanstein，山上就有路德维希二世国王建造的一座"童话宫堡"，并因此变成了享誉世界的旅游胜地，人们便干脆称其为"新天鹅堡"，而不硬将 Stein（石、岩）译出来了。

Greifenstein 小而无名，却令我难忘

言归正传，本文要讲的古堡也叫 Greifenstein，在黑森州著名的城市马堡、林堡附近，本身却名不见经传，是个旅游者难得光临的地方。我和妻子之所以去这样个偏僻所在，是受幽居在那儿的德国朋友帕帕切克夫妇盛情邀请，而女儿女婿又一定要我们去享受几天世外桃源般的宁静生活。

"爸爸一定会喜欢的。"女儿反复保证。

午饭后从缪尔斯出发，女婿开了近三小时车，终于到了 Greifenstein，但为找到他们曾经去住过的山中幽居，仍花了半个小时，因为那地方实在很小，而且一名多用，Greifenstein 不但指一座小山上的古堡废墟，还指山脚下的小村子，还指以这个村子为中心的整个 Gemeinde，即包括几个村子的社区。

汽车开上一条弯曲、狭窄、据说冬天积了雪就不再好走的山

马丁·路德翻译《圣经》的瓦特堡

路，终于抵达帕帕切克夫妇住的 Greifenstein 村，终于停在山丘边一幢独立的住房前。主人高兴地迎接着我们，稍事寒暄，就领我们去他占地宽广的园子里品尝现从树上摘下来的紫红色大李子，味道实在是鲜美极了。

但更叫我兴奋的，是在他家那充满山乡情调的阳台上，一抬头就在左边不远的岩头清清楚楚看见那座黑色古堡的废墟，在白云飘飞的蓝天底下是那样古意昂然，伟岸高大。

回忆起来，这远非我见过的最大、最有名或者最漂亮的古城堡。在此之前，我参观过的古堡已经很多。例如雄踞于艾森纳赫城外林木葱茏的山峰上的瓦特堡，我在 1988 年和 1998 年已两次登临。16 世纪初的宗教改革家马丁·路德，曾为躲避迫害而藏在堡上的一间小屋内，用近一年的时间成功地把《圣经》从拉丁文译为德文，从而给统一的现代德语打下了基础。瓦特堡不但对于德意志民族和所有德语国家的人民来说是个圣地，对我这毕生研究、教授和翻译德国文学的人亦然。

Greifenstein 这个小小的城堡废墟，与瓦特堡完全不可同日而语。即便我曾在其脚下住过好几个月的波恩哥德斯堡吧，也比它有名不知多少倍。但是，这个无名的小堡却给我留下了格外深刻的印象。须知，它让我看得最为真切，我不但可以在或早或晚的不同时辰慢慢观看它，欣赏它在不同天气条件和光影背景中的形象变化，还在帕帕切克先生陪同下去堡中认真参观，特别是还正巧有机会参加堡里一个仅限于男人们参加的晚间聚会，亲自体验了一下堡内的生活和气氛。

令人惊喜的意外发现

参观是在到达当天的下午五点左右。由厚厚的墙垣围护着的古城堡，除了两个连在一起的圆柱形望楼看上去基本完好，其他供起居和聚会的建筑只剩下空荡荡的四壁。由于地势高峻，站在堡跟前的院子里就可以遥望山下边的基森、威兹拉等城镇。堡本身虽说供参观的东西不多，我们只是在望楼内显得有些危险的木梯上走了走，却让我有了一个令人惊喜的意外发现：帕帕切克先生已无数次来这个中世纪的古堡，讲起它以及它院子里那个小教堂的历史来如数家珍，但就是没能解释 Greifenstein 这个名称的含义。谁知走着走着，突然发现在一间斗室的墙壁上挂着一只铁皮镂刻的怪鸟，雕头狮身，我不由一怔：啊，这不正是歌德在《浮士德》第二部中写到的那种雕头狮格莱弗（Greif）吗？这种希腊神话中似鸟非兽的怪物，它出现在《浮士德》里也不止一只，复数为 Greifen，这座以它命名的古堡因此正确的中译名就该叫格莱弗堡，而非根据读音可能译成的格莱芬堡了。

听了我对自己发现的解释和分析，帕帕切克先生连声赞叹，不得不承认我这个中国人对歌德和德国文化历史的了解，比包括他这位工学博士在内的一般德国人多。

和其他许多古堡遗址一样，这座小小的格莱弗堡只剩下了断壁残垣。据介绍它建于 12 世纪之前，1200 年首次出现于文献记载，后几经改建扩建，一直是当地一家权势显赫的伯爵的宫堡。1693 年，最后一位堡主迁到了临近的布劳恩堡（Braunfels）居住，从此格莱弗堡便开始破败，经过几百年的风吹雨打，终于变成了一座废墟。直到 60 年代末，才开始得到很好的维护和充分的利用，不但堡内经过整修的巴洛克小教堂至今都是附近村民赶弥撒的场所，而且还于 1984 年在城堡大门边围墙角上的哨楼内，常年设了一家"德意志古钟博物馆"（das Deutsche Glockenmuseum）。

"德意志古钟博物馆"

我们重点参观了这家罕见的博物馆，知道它的创办者和资助者，是山下镇上一家已有几百年历史的铸钟厂。在古碉楼一层层的圆形石屋内，展出的除去该厂自产的件件精品外，还有从各地搜集来的各式各样珍贵古钟，其中年龄最大的诞生在 11 世纪，已经快称千千岁了。我和帕帕切克博士在这位老寿星前合了一个影，还忍不住举起锤子来轻轻敲了一下，石墙内果然回荡着浑厚而悠长的铜钟之声。

这样的古钟博物馆，据说在德国不止一家，但名不见经传的格莱弗堡的这家，却是藏品最丰富的。我们国家无疑有着更悠久的铸钟历史，所铸的钟也更大更多样，遗憾的是至今还没听说哪儿有一家"中国古钟博物馆"，但愿是笔者孤陋寡闻才好。

参观完我们应邀去临近的小城赫尔博恩吃晚餐。随后女儿女婿就赶回去了，我和妻子则留宿山村，在周围一派寂静中平生第一次与月光中的堡影相对，神思不由得飞回到了中古时代的德意志……

第二天，在主人的陪同下游览了兰河河谷中的崴尔堡（Weilburg）和林堡（Limburg），发现青年歌德曾经流连忘返的这片土地果然风光旖旎，风情浪漫。只因天下着雨，晚上又要参加格莱弗堡的聚会，我们才未去踏访另一座较有名的古堡布劳恩堡和威兹拉（Wetzlar），尽管后者正是著名小说《少年维特的烦恼》的故事发生地，城里还保留下来了一幢如今已成为博物馆和该城居民骄傲的 Lothehaus（"绿蒂之家"）。

马厩内的"壁炉围坐"

晚上八点不到，帕帕切克先生领我准时上了几乎不见人影的古堡，穿过侧面一道小门，进入一间灯光昏暗、烟雾缭绕的石拱顶长厅，只见在摆成 n 字形的长桌边，已经坐满了人，且清一色的都是光棍。原来，这是一个名为 Kaminrunde（"壁炉围坐"）的男子社团一月一次的聚会，地点照例都在由古堡的马厩改成的啤酒馆中。所以照明的只有从拱顶上垂下来的几盏吊灯——幸好已经用电，而不再点火把或蜡烛，不然全无窗户的厩内更会烟气逼人。可德国朋友们偏偏喜欢这个情调，这种气氛！而我呢，虽然闷得恨不得马上逃出去，却对他们在这样怪异的环境中究竟要做些什么，好奇得要死。

聚会者继承德国人守时的优良传统，八点整果真到齐了。第一项议程是集体进餐，啤酒馆的女招待送上来一藤筐一藤筐的炸猪排，任随大家根据自己的胃口大小取食；饮料则是各人单独付账的啤酒。随后便响起一片刀叉杯盘的碰击声和大快朵颐的咀嚼声，因为大伙儿都是空着肚子来的。

不到半小时用餐就结束了。一位显然是主席的中年人随即从正中间的座位上站起来，摇了摇拎在手里大而古老的铜铃，让正在交谈的会众安静下来听他发表讲话。他首先对与会者和我这远道而来的贵宾表示欢迎，然后报告了一个月来的财务开支和调整领导分工等协会事务，整个用时不到20分钟。

接下来便是当晚聚会的主要节目：看两部录像片，一部介绍该地一家工厂如何生产形形色色的和各种用途的蜡烛，一部反映的则是另一家工厂制作各式巧克力饼干的情况。整个工艺流程记录得很详细，配音解说也颇专业。来自各行各业的与会者看得津津有味，我则增加了不少知识。应邀来放映的是一位名叫施耐德的老先生，制作录像短片看来乃他退休后的业余爱好。

录像放完了，马厩内响起掌声，接着协会主席代表大家对施耐德先生表示感谢，并赠送给他一幅装好框子的格莱弗堡素描画作纪念。这时帕帕切克先生告诉我：他们的"壁炉围坐"差不多都是这样的内容；他们民主选举的主席是一位律师，成员大多是知识分子和企业主，所以活动比较注重文化内涵和信息价值。他还讲，下次我如再去他那儿，他将建议协会主席邀请我给大伙儿讲讲歌德与中国的关系。

果真如他预先对害怕跟德国人一起泡酒馆的我说的，"壁炉围坐"这个男人小社团的集会活动仅仅两小时便干脆利落地散了。走到城堡院内的矮墙边，但见山下的旷野上这儿那儿地点缀着繁星般的灯火，那是兰河河谷中一座座和平宁静的城镇。夜风徐徐吹来，让人顿感神清气爽。刚刚结束的古堡夜会留给我美好印象，我感到珍视传统的现代德国人文化素质的确不低。眼前宁静、温馨、祥和的景象，则加深了我的一个认识：在这块曾为战争温床同时也饱受战火煎熬的土地上，对于这个好不容易才从血泊和废墟中顽强地站起来的民族，而今和平、富裕的幸福生活实在来之不易！

三个德国人聚在一起多半会干什么？

归途中，我想到 Greifenstein 这座名不见经传的小堡竟得到如此不错的维护和利用，奇怪它所在的 Greifenstein 村哪来这么大的财力。须知，男女老少加在一起全村人口才八百多一点，而古堡每年的维护费用可不是个小数！

"咱们成立了个 Burgverein（古堡协会），"针对我的疑问，帕帕切克先生不无自豪地说。"从 1969 年起开始负责维护这个对我们来说极为珍贵的古迹，协会的几百名会员每年都要缴纳会费，同时会员中的企业主和有钱人还额外地自愿捐款。但光这些钱仍然远远不够，更重要的还得每年造出维修计划和预算，据以向 Greifenstein 所属的黑森州和威兹拉县的有关部门申请资助。也就是说，古堡遗址的维护经费主要来自政府补贴，但整个工作却是由咱们的协会，也就是热心于保护故乡历史文化遗产的本村村民和其他民间人士自觉在进行。"

听到这儿，我终于明白了德国全国的文物保护工作何以做得这么好，同时还由"古堡协会"想起了一个笑话：

设若问：三个德国人聚在一起多半会干什么？
回答是：成立个协会呗！

既曰笑话，当然不免夸张，但它仍说明德国人确实喜欢结社，并且有着好结社的历史传统。中世纪末期，随着资本主义经济的萌生，各种商会和手工业行会在德国遍地开花；18、19世纪，各种类型的大学生团体更是有名；到了现代，协会和社团同样多如牛毛，无奇不有。什么牧羊犬饲养者协会、玫瑰花种植者协会、胖子协会、侏儒协会等等，恐怕都不算最小最奇的，分会和会员都一定不少；而最常见的，恐怕要算历史悠久的射手协会、男子歌唱协会和各类体育协会了。拿已经退休并住在一个山村里的帕帕切克夫妇来说，先生除定期的 Kaminrunde "壁炉围坐"，还常参加一个 Turnverein 即同样只有男会员的体协的活动，太太则总是去出席一个有固定成员的 Damentisch，亦即只允许女士在座的聚会。除此而外，两人又都是古堡协会的成员。

德国人可谓充分享受了结社的自由；喜欢结社，则反映了他们富有传统的团队精神，这在以个人为中心的现代资本主义社会，并非没有积极作用。例如原本纯属民间自发组织的各种体育协会，为推动体育事业的发展更是功不可没，其中的足球协会更是社会影响巨大。还有众多以纪念和研究历史名人为宗旨的协会学会，如歌德协会、爱因斯坦协会等等，对文化事业的贡献同样不可低估。至于一些小城市的居民和弱势人群，有个协会什么的不只可以丰富和调剂生活，还联络了感情，而且遇事有个依靠，从大的方面讲更增强了人们的社区意识。

客居德国，发现一些小地方的环境格外优雅，没有居民委员会什么的出来管事却人人自觉维护卫生、秩序和花木，维护在我们看来也许是很不起眼的文物古迹，这恐怕都与人们的社区意识强有关吧。

当然，自由多难免被滥用，结社多难免良莠不齐，所以许多社团都要注明自己的公益性质，但无聊和有害的小集团恐怕仍然存在，例如一些个近来频频生事的极右组织就是。不过，德国政府和民众已开始有所警惕，相信会制定更加严格的法规进行规范和管理，以防患于未然。不过总的说来，结社自由，喜欢结社，在德国真是一件好事。

一年四季忙过节

"他们的节日真多啊！"在德国生活过一段时间的人，都不免发出这样的感叹。而经常过节，无疑也是德国人经济宽裕且富有生活情趣的一个表现。

数量奇多，名目纷繁，别出心裁

就这点而言，恐怕连近年来同样热衷于举办这节那节的国人，也望尘莫及。不算与国家政治生活有关的公共节日如10月3日的德国统一节和五一国际劳动节，也不算宗教节日如2月的狂欢节和12月的圣诞节，还有各个地区、各个城镇和不同行业，也各自别出心裁，创立了许多独具风采的节日。其中一些历史悠久，早已世界闻名，如慕尼黑的10月啤酒节，前文已经讲到的海德堡的秋节等就是。还有一些则完全出乎我们的想象，让你觉得德国人纯粹是吃饱喝足了，想方设法地在巧立名目找乐子。

1983年我长住海德堡，有一天伏案工作后从自己在涅卡河滨街58号的住所走出来，不期然在著名的老桥边上又撞见人们正闹嚷嚷地过节，一打听才知道是在替桥头左边那只铜铸的猴子祝寿！像这样异想天开的节日，在德国特别是它的一些小城镇里，恐怕为数不少。

当然啦，大多数的节日还是自有来由，意义和作用也不可低估。

先讲来由。一句话，大都与一城一地特殊的历史、文化、经济等等有关。例如慕尼黑年年举办啤酒节，就因为该市盛产这种被誉为"液体面包"的大众饮料；波恩在夏天总要举行贝多芬音乐节，就因为它是这位音乐天才的出生地；从 16 世纪开始，纽伦堡在深冬时节举办的圣诞市场便以规模巨大、场面壮观驰誉国内外，那它就顺理成章地在秋天再举行一个尼科劳斯即圣诞老人节，同样也搞得热热闹闹，有声有色。信不信由你，德国真是没有一座城市没有自己特殊的节日，而且大多不止一个，因为除了共同的节令和各自的传统之外，神话、童话和传说中非现实的人和事，也可成为举办这样那样节庆活动的由头。

例如，在德国南部著名的浪漫之路（die romantische Strasse）边上，有一座小城叫丁克尔斯比尔。那儿每年都要举行所谓"儿童狂欢节"，不过过节时纵酒狂欢的并不真是城里的儿童，而是来自国内外特别是日本的旅游者。这座人口仅只一万多一点点的中世纪古城，举办"儿童狂欢节"据说是为纪念三十年战争（1618—1648）中勇敢地拯救了城市的一群孩子，因为多亏他们恳求才打动了包围和攻陷这座小城的瑞典统帅，它才没有遭到劫掠焚烧，夷为平地。过节的一项内容，就是着古装的游行队伍表演传说中的敌军进城，天真无邪的孩儿们在一个小姑娘的带领下，勇敢无畏地跪在马前恳求并打动敌军统帅的情景。这所谓纪念当然只是一个由头，实际上则为城里的大小店铺和酒馆带来了滚滚财源，整个城市不仅因此变得殷实富足，而且还闻名遐迩。

同样还有一座地处巴伐利亚的古城叫兰茨胡特，每三年也要举行一次名为"兰茨胡特迎亲节"的古装游行，以再现 1475 年统治该城的格奥尔格公爵迎娶波兰公主的盛大仪式。今天这座小城的名字之所以广为所知，多半就因为有一个"兰茨胡特迎亲节"。

忘情、忘我、自得、自满

不知不觉已说到德国人热衷于办节日的作用和意义。他们似乎只是为了玩儿，只是为了增加生活情趣，很少提出什么表明指导思想的口号或指标，更无所谓"文化搭台经济唱戏"，但玩儿的结果却取得了巨大的经济效益和社会效益。对于这一点，最近在和德国朋友一起接连过了几个节以后，我更深有体会。

2000年9月8日，在前往维也纳参加第10届世界日耳曼学家大会的途中，我和妻子到了慕尼黑南边约一百公里的罗森海姆。招待我们的是她15年前在德国进修时的房东勒克一家。那天是星期六，当中学教员的勒克先生告诉我们说，当地为时两周的秋节已到了最后一天，想抓住机会带我们去看看。我们当然客随主便。

晚上八点左右，我们远远地停了车，步行前往举行节庆活动的广场，没走几步已听见迎面飘来的乐声和嘈杂声，眼前的天空也越来越明亮，越来越灿烂。待到进了举行节庆活动的广场大门，更觉得人声鼎沸，眼花缭乱，国内游乐场常见的玩意儿如旋转木马、过山车和魔鬼洞什么什么的不但应有尽有，而且声光效果都搞得更加刺激，更加新颖。不过尽管如此，这类东西我们看得多了，因此见惯不惊，不以为奇。令我注目的倒是那熙来攘往、摩肩接踵的人们，他们从四面八方来赶这个秋节，不但一个个喜笑颜开，还不分男女老少都多数穿着巴伐利亚地区的传统服装，展示出这个节日的民族和民众特色。

然而，真正让我们开眼和惊讶的，是勒克先生领我们走进的那几座彩色帆布大棚内的情景。它们每座的面积少说也有三四个篮球场大。我们一跨进去，立刻让眼前的景象惊得呆住了：在哪里人都不算多的德国，突然有上千的男女老少聚在一起，挤在一起，又是饮又是唱又是跳，随着台上铜管乐队演奏的欢快乐曲情不自禁地唱和跳，尽情地、放肆地唱和跳！幸亏人们座的长凳都是既宽且厚的木板钉成，不然真经不住上边站那么多手舞足蹈的男女。他们是那样地忘情、忘我、自得、自满，似乎生活中再没有什么愁烦，世界上再没有什么痛苦。即使有吧，也早已给置诸脑后，给抛到了九霄云外！

幸福的德国人啊，别人常说你们理性、拘谨、古板，看来在你们经济发达、生活富裕之后，这种说法已经完全不对了，或者至少并不总是对的了。要知道，眼前这群众性的欢乐场面完全是自发的，自然的，没有一点为过节而过节的表演成分，真是叫人羡慕死了。我不由想，咱们中国的老百姓啥时候也能这样真正放开了玩儿，放开了唱和跳呢？咱们现在各地竞相举办的那些节日，什么时候才能成为真正的民众节日呢？

坐在车里返回城外的住地，勒克先生告诉我，罗森海姆的秋节实际上也就是啤酒节，那些个大彩棚全由本地的几家啤酒厂搭建，在里面闹腾得那么厉害的男男女女没少喝啤酒，并因此来了兴致。当然啦，各个啤酒厂的收获更是不小，在长达两周的时间里不但产品销量大增，容量一公升的大酒杯每人每晚总得来上好几杯，而且还为自己做了很好的广告宣传。至于那些同样赚了大钱的游乐设施的老板，他们明天就要忙着拆卸和搬迁，就得赶紧到慕尼黑去把自己的玩意儿再装上，把自己的摊子再扯起来，因为离更盛大和更驰名的慕尼黑啤酒节开幕只有一个星期了。

"什么！慕尼黑啤酒节过一星期就开幕？它不是又叫十月节吗？怎么还在9月中旬就开始了呢？"对慕尼黑的这个大节日慕名已久的我问。

"是的，慕尼黑啤酒节是又叫十月节，但真正开始却总在头一个月的倒数第二个周末即星期六，今年准确地说就在9月16号，其高潮则是下一个周末，而结束的一天却已经在10月了。所以，叫十月节也完全有道理。"

原来如此！9月16号正是我们在维也纳开完会返回德国的日子，许多人千里迢迢地专门赶来参加啤酒节，我们路过为什么就不可以停下来一睹它的风采呢？要知道，我和妻子虽不止一次到过慕尼黑，但都不是在过节的时候，现在又让罗森海姆的"小啤酒节"吊起了胃口，于是便这样想。

为赶啤酒节，我们在德国第一次挤不上车

到了维也纳，我把自己的想法告诉妻子，她举双手赞成。这样，9月16日上午，我们又赶去参加在慕尼黑的特蕾萨大草坪举行的啤酒节。

不巧的是天公不作美，不但天空阴沉沉的，还不时洒下几滴细雨。但这并未降低人们的兴致。还在前往目的地的途中，我们已感到浓浓的节日气氛。尽管有专人维持秩序，而且增开了到特蕾萨草地的专列，地铁站里依然人满为患，车一到便有大群盛装的男女拥过去，我们在德国破天荒上不了车，只好再等第二趟。

十一时许赶到了会场，一下子便像融入了欢乐的大海，立刻发现这儿的游乐设施、饮食摊档和彩色大棚，无论数量、规模还是种类都远非罗森海姆可比。德国朋友预先告诉我们，节庆活动将在中午时分以盛装游行正式拉开序幕，因此一到场内我们就急着打听游行队伍行经的路线，寻找有利的观赏位置。谁知我们还是来迟了，好不容易才见缝插针，挤到了一些身材高大但待人宽

人满为患的慕尼黑啤酒节

慕尼黑啤酒节大棚

容的西方游客前面。

　　刚刚站好，以几位骑着高头大马开道的游行队伍已经行进过来，只见旌旗飘扬，一支支穿着各色古式制服的铜管乐队竞相奏着欢快喜庆的乐曲，乘坐在马车上的和徒步行进的人们则花枝招展，载歌载舞，并不时地向两旁的观众挥手欢呼，飞吻致意。组成游行方队的多为一家家啤酒酿造厂，或者其他与啤酒生产、销售有关的单位，因此大多在旗帜和马车上醒目地打出自己的老招牌。马车的装饰可谓争奇斗艳，车上人们的表演也各出奇招，特别是那些个拉车的马匹不但皮毛油光水滑，且一匹匹体态高大壮硕，单一只蹄子就足有斗碗粗，这样壮实肥大的马种真为我们在国内见所未见。它们全都从头到脚披彩挂银，经过了刻意而精心的装饰打扮。这些漂亮、雄壮的宝马，在我看来，真是巴伐利亚这片富饶、美丽的土地及其健康、乐观的人民再好不过的象征……

　　不等游行完全结束，我和妻子便进了一座大酒棚。棚内的景象与我们在罗森海姆所见大同小异，只是占地更广，人更拥挤，而且四周围还搭建起了楼厢，因此增加了许多座位。可位子尽管多，却座无虚席，好不容易才发现两排没有人坐，然而桌上都摆了"已预定"的牌子。这时候人们都还只一排排地围坐在望不到尽头的长木桌前聊天，尚未开始畅饮欢歌，我们也便在棚内走走瞧瞧，欣赏样式独特、色彩鲜明的巴伐利亚传统装扮。

　　走着走着，不经意在一个进口处发现有人排长队，但却不像是等着买东西的客人，因为穿着打扮都差不多，男的是吊带皮短裤和白色棉长袜，女的是绣花衬衣加多褶长裙，而且一个个都膀大腰圆，还挽起了袖子，一副准备干体力活儿的架势——原来是慕尼黑啤酒节享誉世界的男女招待！

啤酒节女招待

　　正出神地观看着，突然远出传来一声声巨响，轰隆、轰隆、轰隆，像是在放礼炮，酒棚内随之欢声雷动，同时第一个抱着大堆啤酒杯的女招待也吆喝着冲了过来。我恍然大悟：那轰隆隆的响声，原来是表示慕尼黑市的市长已经按成例将第一只大酒桶凿开了，以此宣告历史悠久的啤酒节正式开始。我赶紧举起相机抢拍女招待大显身手的经典镜头，已经馋了很久的男女客人则端起一公升装的大杯畅饮起来，与此同时帐篷中央舞台上的管乐队也开始又吹又唱。事后，我在照片上数了数，那位笑容满面的女招待拥抱在胸前的大啤酒杯足足有十二只之多，总重量不下二十来斤——她，在我看来，无疑也是健康、勤劳、憨厚、进取的巴伐利亚人和整个德意志民族的代表和象征。

　　随着酒饮得慢慢多起来，人们的兴致不断升高。可以想象，入夜等五彩缤纷的灯光一齐亮起来以后，酒酣耳热的人们将怎样地豪兴大发，狂舞高歌，整个特蕾萨草地将变成怎样的一片欢乐的海洋！可惜啊，我们事先约好当晚去拜访一位德国朋友，只好心歉歉地离开慕尼黑和它的啤酒节，赶去临近的一座小城。

慕尼黑啤酒节正式名称为十月节，相传起源于 1810 年巴伐利亚国王约瑟夫·马克西米连为儿子即后来的路德维希二世举行的婚礼。这个原本只以赛马、宴饮为内容的王家喜庆活动，由于正好在每年收获之后的 10 月，渐渐便演化为了人们在一年辛劳之后欢庆丰收的节日，并且一年年地沿袭下来，越办越盛大，越办越有名，越办越具有群众性和国际性。

说国际性，不仅因为来参加啤酒节的外国客人很多，而且近年来在德国国外，例如美国的一些地方和我国的香港，也开始举办德国啤酒节。毫无疑问，本来就以品种繁多、质优味醇、色泽鲜亮的慕尼黑啤酒，因此更名声大震。

慕尼黑人本来就以善饮啤酒著称，每年每人平均要消耗啤酒 210 多公升，其中相当一部分，无疑都是在十月节和其他一些节庆中喝掉的。慕尼黑本来是一座历史悠久的艺术文化名城，博物馆多得记不胜记，世间鲜有，但由于年年举办十月啤酒节，名声更进一步深入世界各国的普通民众中间。

今年的十月啤酒节将更加热闹，慕尼黑市政当局、各大啤酒厂的老板和游乐设施的摊主肯定收获更丰，因为欢庆活动按计划要突破两个星期，即推迟到 10 月 3 日德国重新统一十周年的法定公共假日才正式宣告结束。届时喜上加喜，人们的欢庆游行、狂歌豪饮和纵情舞蹈必将掀起更大的高潮。

"挂镰节"，德国农民也忆苦思甜

我们下一站访问的德国朋友库尔特·恩格勒是位记者，住在慕尼黑北边人口仅有一万多点的宁静小城诺尔特林根（Nördlingen）。恩格勒先生身高超过一米八，大概也因好喝啤酒而营养过剩，腆着个圆圆的大肚皮块头儿简直像个巨人。可这位巨人心眼儿偏偏很细，早已对我们做客期间的活动做了精心安排。还在来临近火车站接我们的车上，他便告诉我，当晚将带我们去附近的一个村庄过节。

"又要过节，真是没个完啦！"我心里想，只是不好说出来。

在他安排的旅馆稍事休整以后，恩格勒先生和夫人就驾车带我们经过野地里一条狭窄而笔直的道路——据他讲还是两千多年前罗马军团开辟的哪，来到一个叫作福利钦根的村子。一进村他领我们径直走进一个大棚屋，并把我们介绍给等在大门边迎接客人的聚会主持人。由于已有参加前两个大型和超大型节日的经验，对棚内众多的出席者及其又吃又喝的欢快场面已不感惊讶。被让到前排的贵宾席就座以后，恩格勒才告诉我，参加过节的主要是本村及临近一带的农民，会场也并非现搭的，原是个停放农业机具的大木棚。在拖拉机、收割机什么的开出去以后，只是钉了些木板桌凳，建了个临时舞台而已。

原来如此！一个地地道道的乡村民众节日！难怪会场的布置这么简单，参加过节的人们这么淳朴。可即使这样，舞台上仍有一支穿戴鲜艳的管乐队在像模像样地吹奏，台下也笑语声喧，整个充满着浓浓的节日气氛。

晚八时许，一位五十光景的男子登上讲台，宣布节日庆典正式开始，同时乐队也奏起进行曲。乐声中，只见两个少女和两个青年抬着一顶用麦穗和花朵扎成的巨大王冠，在观众有节奏的掌声中从会场后面齐步走来，到舞台上展示并拍照以后，再走下舞台把王冠挂在大棚中央预先准备好的铁钩上，徐徐地升起在半空里，此时会场中便响起掌声和"布拉沃！布拉沃！"的欢呼声。

紧接着，一队扛着长短镰刀的农夫农妇又登上舞台，在台上

作者为"挂镰节"助兴

做着割麦、刈草的动作。随后则由一位显然经验丰富的老农单独表演，先在铁砧上叮叮当当地打制短镰，后就着磨刀石嘎嘎嘎地进行磨砺。所有动作虽然都挺简单，但表演者一招一式毫不含糊。岂止是不含糊，在这些老老实实的劳动者脸上简直流露着自豪和神圣！

显然是受了感染，接下来在应邀上台去和县长、州议员一起参加用连枷脱麦的时候，我这个来自中国的贵宾也十二分地认真和投入，不但脱去了外套，挽起了袖子，还一枷一枷地力求打得有劲儿合节奏。在连枷击打地板的嘭嘭声中，我不但真正体会到过节的乐趣，也理解了这个庆丰收的农民节日多方面的深刻含义。

谁说只有中国人，社会主义制度下的中国人才搞传统教育，这些在过所谓 Sichelhenke 即"挂镰节"的现代德国农民不也一样吗？他们割麦、脱粒尽管早已用上先进的机械，却仍不忘记和鄙薄祖先传下来的老办法，而是要让年轻一代记住它们。

还有呢，收成之后农民们还在台上表演进餐。我妻子应邀和其他贵宾一道去参加了下来告诉我，吃的不过是黑面包片夹切成了圈圈儿的萝卜，一顿纯粹的忆苦饭！而随后大家在台下真正享用的，却是猪排、熏肠等烧烤加啤酒，可谓味道鲜美，对比鲜明。

像福利钦根似的小地方举办这样鲜为人知的节日，恐怕不会像大中城市的著名节日一样带来多少经济效益，但同样有深义存焉：在进行传统教育之外，还增强了村民们的社区意识和对乡土的热爱。由此我想起了女儿过去在杜伊斯堡住的篱笆街，对那条街的居民们不时地要过一过所谓 Strassenfest 即街道节，并因此而让过往的汽车改道就不再感到奇怪了。

乐天、现实的人生观和金钱观

还要说一下，一个村庄乃至一条街道办的节日，对于过节成癖、成瘾的德国人还不算最小。第二天，去参观其他城市的途中，我发现道路旁边时有写着 Bauernhoffest 即"农家节"的牌子出现，便问恩格勒。他告诉我那只是农民一家一户搞的所谓节日，谁想参加都欢迎。同样有吃喝玩乐，临了还可以买一些新鲜蔬菜水果带回家，而举办节日的农户则趁机把自家的产品推销了出去。

德国人真可谓一年四季都忙于过节，也乐于过节，但节日最集中的是秋季。这时候不但农家的收获结束了，夏天出外度假旅游的城里人已经回来，而且秋高气爽天气也特别好，正是吃喝玩乐的最佳季节。正因此吧，德国的大小城市乃至村镇都要过自己的十月节和秋节，其内容虽和慕尼黑的啤酒节大同小异，却多少有自己的一些特色。过了 10 月，天空便老是阴沉沉的，气温也急剧下降，再到户外喝酒唱歌已不怎么舒服，善于享受生活的德国人要聚会不是泡啤酒馆，就是在家里开 Party，如此要一直熬到 12 月份的圣诞节，才冒着严寒出来逛圣诞市场，一逛就是一个月。

当然啦，过节必须起码有三个条件，一是有闲，二是有钱，三还得有好的心情。大多数的德国人看来这三样全有。不讲穷国的劳苦大众了，就是与日本人和美国人相比，德国人一年的平均工作时间是最少的了，而公务员和职工的法定休假却雷打不动，即使给他们双倍的加班工资也不肯放弃。由此产生的负面影响是产品成本提高，国际竞争力下降，可尽管如此，德国人仍不愿像日本人或香港人似的活得那么累。至于钱，多数的德国人只要够用就高兴了，尽管他们不如美国人、日本人乃至自己欧洲的邻居如瑞士人富有。但比上不足比下有余，因此照样心情很好，照样可以外出度假，照样可以高高兴兴地过节。节日多，休假多，也反映了德国人乐天、现实的人生观和金钱观。

今天，2000 年 10 月 3 日，适逢德国重新统一十周年纪念，又是一个举国欢庆的日子。这回庆祝活动的主会场设在原民主德国的历史文化名城德雷斯顿，不但国内外的政要云集，老百姓也集会游行，饮宴欢歌。

近年来，除了上述传统的节日和法定的节日，一些团体还搞了些新节日，例如柏林、科隆等地的同性恋者联欢节就是一例。这样随意自定节日，又是不是西方民主、自由的一个表现呢？

关于德国人一年到头忙过节这个话题，还可以讲很多很多。

魏玛忆旅

1998年夏天，我又到了魏玛，终于到了魏玛，到了多少年来魂牵梦萦的心中的圣地，到了歌德在那儿生活和思考了半个多世纪，在那儿完成了旷世不朽的诗剧《浮士德》和其他许多巨著杰作的德意志小城！

四十多年前，在成为南京大学德国语言文学专业的一名学生以后，特别是二十年前师从冯至先生潜心歌德研究以后，便期盼着有朝一日，能像个虔诚的信徒似的去魏玛朝一朝圣，感受感受那城里城外弥漫着诗意的情调和气氛。

蒙尘的圣地

说"又到了"，是因为十年前的1988年已经到过一次。那年在波恩大学做研究工作，通过著名汉学家顾彬教授获得了邀请，于9月间去魏玛参加欧洲汉学家大会，实际上"醉翁之意不在酒"，主要还是想去亲近亲近歌德，了却自己朝拜圣地的心愿。谁料却是一次扫兴之旅，一次失望之旅，现在回忆起来还令人心惊，心冷。

记得一大早便离开波恩，乘北上的火车途经多特蒙德和汉诺威，再东行至布朗施外克过境进入民主德国，又经过马格德堡前往西柏林，到了那儿再次接受边境检查，才得以拎着行李步行穿过柏林墙和东柏林之间至少半公里不见行人的隔离区，最后终于走到位于著名的菩提树下大街的洪堡大学，按通知在那儿找到了大学汉学系的会议主办人。

约莫下午四时，一辆大客车载着我们向南直奔魏玛——对我而言却是在往回折返。抵达魏玛时天已经完全黑了，只见车窗外昏暗的灯光中掠过一排排房屋，剥落、失色的墙面显得颇有些凄凉。

我，还有其他一些外国学者，包括两位来自台湾地区的陈姓历史学家，都被分配住进了火车站前的"国际饭店"。一听这个"涉外"的称呼，便下意识地联想到了舒适、讲究、豪华，谁知其规格充其量只相当于我们的一个中档机关招待所而已：我一个人住的房间、床铺固然大而整洁，但室内仅装有一个洗脸槽，沐浴和方便都得去走廊上的公用盥洗间。一台黑白电视机倒大模大样，奇怪的是却只能收看几个联邦德国的频道——相信并非店方蓄意传播毒素，而是前面住客留下的"偷看敌台的罪证"。后来才知道，魏玛真正讲究的饭店是位于市中心的历史悠久的"大象宾馆"，难怪来自苏联的大牌汉学家齐赫文（齐赫文斯基）和瑞典的马悦然，还有一些能大把花钱的西欧与会者，都安排下榻在了那里。

赶了一整天路，当晚睡得还可以。起床后草草洗漱完毕便去进早餐，然后拿着地图上路寻找开会地点。其时已九点多钟，从市里直通火车站的卡尔·奥古斯特大街上稀稀疏疏的几家店铺都已开门。正走着，忽见一些人从身边狂奔而过，有的还边跑边叫："Eiscreme ist da! Eiscreme ist da!"（来冰激凌啦！来冰激凌啦！）大概是想通知家人和朋友。一会儿，在一家小店前便排起了长队。人们的喊声和表情所流露出的欣喜和期待，在从中国去的我虽不陌生，却也有些意外，因为当时的民主德国算是东欧的社会主义诸国中最发达富裕的一个，真没想到物资供应会匮乏到如此地步。

商店里陈列的东西同样品种单调，式样老旧，这儿就不说了。更加稀罕的是，逛书店和进餐厅，运气不好时也得先在门外排队等候。记得那时魏玛的餐馆和书店都不多，我们的运气因此便经常不好。而且，进书店排完队还得在入口处存好包，拎上一只选书的塑料篮子，就像今天我们在超市购物一样。这样做，一方面固然方便捧铁饭碗的店员对顾客进行监管，另一方面也说明顾客的社会主义觉悟让人信不过。可尽管如此，还是没少买语言文学书直接寄回重庆，要知道民主德国的书价的确比联邦德国便宜，鄙人焉能放过享受这实实在在的社会主义优越性的机会。

说起民主德国人的觉悟水准，我想起了一正一反两个事例。

正的是那次高规格的大型中国学国际研讨会开得真叫井然有序，充分显示了东道主一丝不苟的负责精神。严肃认真的学术研讨之余，自然还组织与会者踏访魏玛城中的名胜古迹，虽只能说是走马观花，却让我参观了位于圣母广场的歌德故居，目睹了他老人家在伊尔姆河畔幽静的园林别居，瞻仰了民族剧院门前并肩而立的歌德席勒塑像，也去市郊的布痕瓦尔德纳粹集中营遗址重温了"二战"的历史教训。除了魏玛本身，还开车专程送大家去游览艾尔福特市——市里那两座建在高丘之上格外显得雄伟的大教堂，给人留下了难忘的印象，还领我们登上艾森纳赫城郊的瓦特堡，凭吊曾躲在堡上的一间屋子里翻译《圣经》的宗教改革发起者马丁·路德。尤其是后面这个安排，对研究和翻译德国文学的我来说更有特殊而非凡的意义，因为，正是三个多世纪前马丁·路德成功地翻译《圣经》，奠定了全民族共用的书面语言的基础，揭开了德国文学和文化的新纪元，为日后德国的统一和昌盛、强大创造了重要的前提。要证明本人视为终生事业的翻译工作也有意义和价值，真想不出比这更具说服力的人和事。

东道主的认真负责精神，当然是社会主义觉悟高的表现，如果不是在某些小事情上过了一点头，就真完美无缺，令人钦佩和感激。

小事之一是鄙人接受布罗伊提冈同志的邀请，搭乘海德堡来的勒得尔霍瑟教授的车去了文化名城德雷斯顿。布罗伊提冈同志——他这姓意为未婚夫或者新郎，所以我一下就记住了——友好殷勤地带我们参观他任职的德雷斯顿博物馆，特别"开后门"让我们细看了他负责管理的中国文物珍藏；以研究中国古代艺术著称的勒得尔霍瑟教授——他这姓意为皮裤子，也蛮好记——直看得两眼放光，不禁跟"未婚夫"同志长时间地深入切磋起来。身为中国人却对那些中国古代艺术珍宝一窍不通的我，站在一旁无所事事，注意力恐怕多半集中到了"皮裤子"教授带来的那位漂亮女研究生身上。

好不容易参观完博物馆，才匆匆去游览著名的茨温格尔宫和观光市容。尽管时间仓促，尽管一处处宏伟的历史建筑都已经风化、发黑，德雷斯顿仍给我留下了一个文化古都的鲜明印象。当晚回到魏玛，万万想不到非常和蔼可亲的伊虹同志，一位知名的民主德国女汉学家却来关心我，问我一整天上哪儿去了——鄙人在国外开会十数次都难改积习，会间跑出去游荡唯有这次被关心过。尽管对自己逃会很难为情，仍只好据实回答。伊虹见我老实就没再说什么，只是心里很可能在嘀咕：这位同志年纪已经不小，却还这么贪玩和自由散漫！我呢，事后十分后悔供出了主谋"未婚夫"同志，担心他回到单位少不了做检讨。

有关民主德国人社会主义觉悟的一个反面例子，更出乎我的意料。

　　在小小魏玛城中最热闹的步行区席勒大街，有一家咖啡馆。一天中午休息的时候，和几个与会者坐在那里边喝边聊。过了一会儿独自去靠里边的洗手间，不想刚办完事往外走却发现门口堵着一个大汉，一边冲我尴尬地笑着，一边嗫嚅道：

　　"我们是好朋友，我们——好朋友！"说着就要走过来跟我握手或拥抱的样子。

　　这突如其来的情况吓出了我一身冷汗，不知在这异国他乡的僻静所在，与自己面对面站着的是个疯子呢还是抢匪。

　　大汉见吓坏了我，赶忙说："您别怕，咱不是坏人；咱只想请您给咱几个马克，就几个马克……"

　　原来如此！我悬着的心放下了，却仍不敢掏钱出来给他，只是答应出去后招待他喝一杯咖啡。

　　一听这话好朋友大失所望，紧接着便神色慌张地准备开门往外走，同时低声恳求说："请您千万千万别把这事讲出去。"边说就边开溜，等我赶出来时，已不见他的影子。

　　在世界各国，大概都有靠乞讨为生者，没什么值得大惊小怪。记得在富裕的西边，也曾经遭遇不止一个来求我仅仅给他或她一个马克的陌路人。只是他们大多神色自若，有的甚至还穿戴齐楚，彬彬有礼，大概已是些职业老手。像魏玛这位的特异表现之所以令我惊讶，事过多年仍不能忘怀，是我从中感觉到了一种压得叫人透不过气来的社会气氛，一种极度的精神恐怖。试想，在当时民主德国这样一个国家，他竟敢向外国人伸手乞讨，这恐怕就不仅仅是缺少觉悟，而完全可以说是犯罪，是给社会主义抹黑，是对伟大祖国的恶毒攻击了！那仓皇逃窜的大汉的思维逻辑，在十年前才经受过"文化革命"洗礼的我们，是很容易理解的啊。事后真后悔自己警惕性太高，把别人想得太坏，没有与人为善地给称我为朋友的他哪怕一两个马克。

关于警惕性，在魏玛短暂逗留的四五天也有一件奇遇。

傍晚，与已经熟识的两位台湾同胞在魏玛公爵府第前边的广场上散步。忽然，他俩中的一位发现西天的一轮红日即将没入地平线，让面前的林木和房舍的黯黑色剪影一衬托，真是壮观之极。为了留下美丽的魏玛夕照，他咔嚓咔嚓地按下相机的快门。三个人正有说有笑，冷不防已让人挡住去路。原来是拍照的当儿，夕阳下正好走过一群苏联士兵。士兵们警惕性可高了，非要我那位台湾老乡——这时已知道他也是重庆人——把可能留有他们形象的胶卷拔出来曝光不可。只会英语的陈先生傻了眼，只得由我操着50年代在西南俄专学的一点口语，结结巴巴地向大兵们解释。可一帮小毛头怎么也不理解落山的太阳有啥好照，眼看就要采取革命行动。幸好紧急关头又过来一位青年军官，听我讲了几句以后就手一挥，士兵们才乖乖儿离去。我冲军官说了"丝巴西巴"；陈先生则对我感激不尽，说不是我挺身而出他肯定没救。

严肃、紧张的学术会议结束了，总结一下收获自然不少。就我而言，不但见到了马悦然、齐赫文以及民主德国的梅意华等大汉学家，有幸在"大象宾馆"的咖啡厅里与他们自由交谈，而且了却了亲近亲近歌德的夙愿。心情原本还是愉快的，如果没有在返回联邦德国的途中又出了些事的话。

为了看看《浮士德》中写到的奥厄尔巴赫地下酒窖，见识一下年轻的歌德曾在那儿上大学和花天酒地的"小巴黎",回程中绕道到莱比锡停留了两三个小时。途经市中心,刚好碰上在举行盛大的群众集会,看见了当时国内已很久不见的大堆大堆的群众,大片大片的红旗。在附近的一座纪念碑下,还闲站着一群群像是"打工仔"的越南同志。

中午,按计划继续旅行,不想火车站上候车的人竟异常拥挤。上车后,拎着行李挤过好几节车厢,总算还找到了一个座位。谢天谢地,终于可以闭目养神啦!然而没过一会儿,耳边便响起一声中气十足的"Kartenkontrolle!"(查票!)我睁眼一看,面前昂首站着一位胖墩墩的中年妇女,一身灰蓝色的铁路员工制服。

我漫不经心地掏出票来递过去,查就查吧!不想她一看票脸上便闪现出笑容,以不得讨价还价的命令口气道:"补20马克,这是一等车!"

天啊,原来是一等车,难怪还有个位子!可这也叫"一等车"么?在西边哪个二等车不更舒适和宽松?再说,就算我坐错了,越了级,马上离开这宝地去和其他二等旅客一块儿站着不就得了吗?

然而不行,胖墩墩的列车员义正词严地非要我补票不可。不幸的是我严格地按计划换钱和开支,这时身上已没有足够的东马克。正下不来台,旁边一个和我一样黑头发黄皮肤的中年人用中文说,他可以换给我。胖女人一边收我的补票钱,一边还鄙夷地道:"Das Geld ist schön,nicht?"(钱挺可爱的,是吧?)

我深受其辱,怒不可遏,若非深知这不是一个可以使性子的国度,不是一个看重人的尊严的社会,我真会狠狠回敬她几句。

替我解围的是位华裔新加坡商人。像那位台湾重庆老乡十分感激我一样,我也对他一再表示感谢。他却反过来说不好意思占了我便宜，因为按官价一比一是换不到西马克的。

到了东柏林，一数于危急中换的东马克还剩下一点；而我知道哪怕只是几个芬尼，带过边界都可能触犯民主德国的法律。记得前几次来往于东西柏林之间，身上带的钱都在过境时进行了详细登记。还听说我国某某名人的公子，一位华德联姻的混血儿，在通过柏林墙时就曾被强令脱得光光的接受检查，原因可能就是有私带东马克的嫌疑。还是小心为好啊。于是，我匆匆在弗利德里希火车站附近找到一家小店，用所剩的东马克买了几块巧克力，随手塞进我的挎包，心想现在可以放心过关了；谁知仍旧让一位年轻、英挺的人民军军官拦了下来。

他抬手一指，命我走进一间没有窗户的小屋。在屋里一盏雪亮的白炽灯下，他示意我把挎包和手提箱通通放在小桌上，然后一一打开。他在我显得有些多的行李中一阵翻找，鹰隼般犀利的眼里闪射着警惕而贪婪的光芒，口中叽叽咕咕，边翻边盘问我这个回西边去的可疑分子。

"这么多巧克力？"

——"刚才用剩的钱买的。"

"怎么只有发票不见书？"

——"已经邮寄回国了。"

——"有办法，聪明！"明显的讥讽口吻。

"住'国际饭店'？了不起，了不起！"在他眼里中国人都该是穷光蛋。——我无言以对。

"多么好的相机哟！"他把玩着我的理光傻瓜，不无羡慕地说。

如此折腾了好一阵，看来已搜不出什么违禁之物，尽责的人民军同志才冷冰冰地送我出来。我拎着胡乱装回去的行李，快步离开边卡走上紧挨着的地铁站台。坐在长椅上等车，心里仍怦怦跳着，不知是已经回到西柏林，还是仍在社会主义的神圣领土上——事后冷静想想，实际上已在西边，生怕冷不丁儿又钻出来一个同志，给我以兄弟般的关照。

是的，尽管在意识形态问题上可能存在分歧，民主德国仍视我等社会主义中国的公民为同志，因此来往无须签证，比起他们自己来自西边必须付签证费的阔兄弟来还要受优待。然而，我们毕竟是些穷亲戚，人穷志短嘛，所以得防严一点。

上帝保佑，眼前又闪亮着库当大街（即选帝侯大街）五光十色的霓虹灯；虽然知道这些灯下灯后也掩藏着种种罪恶，仍旧长长地舒了一口气。同时我明白了，那些想尽办法冒死逃亡去西柏林的民主德国人，为什么一脱离危险就要么欢呼雀跃，要么抱头痛哭。

这该死的有形和无形的墙啊，你败坏、亵渎了我虔诚的朝圣之旅，使我心目中的圣地魏玛蒙上了厚厚的尘垢！早在 1783 年，诗人歌德就曾在魏玛唱道：

愿人类高贵、善良，
乐于助人！
因为只有这
使他区别于
我们知道的
所有生灵。

是该死的墙，使我在短短旅途中碰见的一些人失去了本性，变得来猥琐、多疑，相互蔑视、敌视。这墙看来真该倒了，我当时想。可不料还在差不多一年之后，如潮的人流果然就冲倒了它，淹没了它；得知消息，我忍不住长长地，长长长长地舒了一口气。

新的辉煌新的忧虑

说圣地蒙上了尘垢并不只是比喻，事实上，除去那令人感到压抑的社会气氛，除去那些令朝圣者不快的人和事，当年的魏玛确实也已灰头土脸，暗淡无光，活像个饱经沧桑的老人。仅只因为歌德的故居还在，国家剧院前歌德席勒并肩而立的塑像还在，我仍视这座地处图林根盆地边沿的小城为神圣，仍期盼着、梦想着什么时候能再次走近它，能安安心心住下来，听它细述自己的悠久历史，细述文化巨人们的光辉业绩。

1996年秋天应邀赴明斯特大学做研究工作，人却长住杜伊斯堡。一天去邻近的杜塞尔多夫拜访歌德博物馆的馆长汉森教授，交谈中顺便提到了我多年来一直想加入国际歌德协会的愿望。汉森教授告诉我他也是协会理事，与现任会长科隆大学的凯勒教授十分熟悉。他认为像我这样长期研究和译介歌德的中国学者加入协会乃理所当然，说着已走到办公桌旁给科隆挂电话，在简单介绍情况后便把话筒递给了我。于是，从电话的另一端就传来一个异常热情、异常文雅、异常悦耳的男中音，"以歌德协会的名义对来自遥远的中国的同事致以亲切的问候"，随即又讲：从此时此刻起，本人已是总部设在魏玛的国际歌德协会的一名正式会员。

多年的愿望转瞬间便实现了，无须任何手续，没有任何形式，怎不叫人喜出望外，感慨万端：这才是自称世界公民的歌德的作风，这才是人与人之间满怀同类亲情的魏玛精神！在我们这些以研究歌德的创作、弘扬歌德的思想为己任的人们中，不分民族、宗教信仰和政治倾向，确实存在着歌德所说的"亲和力"啊！

自然很快还与凯勒教授见了面。他的穿戴、举止、谈吐，一如我在电话中听见的嗓音、语调，都给人留下一个儒雅、谦和与厚道的印象，令人不由得想起歌德的"愿人类高贵、善良，乐于助人！"这样的诗句。

还是第一次倾谈，在了解了我正从事的研究工作以后，凯勒教授便讲："什么时候您想去魏玛，只需写封信给我就行了。协会不时从景仰歌德的个人和团体募集到捐款，数量虽说有限，用于接待我们尊敬的外国同事还是够的。"措辞、声调那样的平和、亲切，没有丝毫的倨傲和矫饰。我呢，则趁机请他以国际歌德协会会长的名义，为我和刘硕良先生主编的《歌德文集》写一篇序言，他自然也爽快地答应了。

1998年7月下旬，果然是应凯勒会长的邀请，再次踏上朝圣的旅程。将近上午十一点在杜伊斯堡搭乘从科隆开往德雷斯顿的地区间快车，径直向东驶去。除了两次例行的验票，无须转车，也没有任何的关卡。途中努力搜寻原来隔离东西德的带电铁丝网，却已不见一点痕迹。宽大、舒适的车厢旅客寥寥可数，独自坐着多少有些无聊，便回忆起上次去魏玛的经历，一个片断，一个片断……

下午四点差五分，列车正点达到。似曾相识的魏玛车站正进行翻修，在临时通道的尽头见到了前来接我的冯·茨崴多夫太太。趁她去开车来装行李的工夫举目四顾，发现站前广场已经变样：地面镶嵌得漂亮了，增设了一些花坛和座位，四周公共汽车往来穿梭，还有几辆上次根本见不到的出租车停在一旁。那家曾有幸下榻的"国际饭店",也名副其实地更名为了"图林根旅社"。

冯·茨葳多夫太太驱车穿过市区,我惊讶地发现一路上都在大兴土木。"明年就是歌德诞辰250周年,早已宣布为'欧洲文化都城'的魏玛即将迎接来自全世界的贵客,不能不梳妆打扮一下呀!"胖胖的冯·茨葳多夫太太不无骄傲地解释。

我被安排住在市区北面半山腰上一幢花园别墅的顶楼,卧室虽小却有盥洗间,有厨房,既窗明几净,又安静舒适。冯·茨葳多夫太太给了我一些有关魏玛的资料,一册附近城市艾尔福特、艾森纳赫的游览指南,告诉我电灶如何使用,最后才指着厚厚一沓大小不等的淡蓝色毛巾道:"这该够您使了吧?"

第二天上午正式去招待我的歌德协会报到,在称作王宫的公爵府邸的侧翼三楼,见到了协会办事处以奥伯豪瑟尔博士为首的三名女将。谈笑间,我讲歌德一生红颜知已多于男性友人,贵办事处也堪为佐证,听得三位女士乐不可支。

离开歌德协会,便上近在咫尺的安娜·阿玛利亚公爵夫人图书馆办借书证。图书馆大楼原本也是公爵妇人府邸的组成部分,现在楼下为目录室、借阅处和阅览室,楼上则是她那间现在用于藏书的富丽堂皇的洛可可大厅。负责接待的女馆员见是来自中国的歌德学者,态度显得格外的亲切、热情。从此,便无偿地在馆里查资料、借书刊,在问讯处请求解决疑难,在阅览室披览不外借的珍贵典籍;仅为从耶那大学图书馆调借一本魏玛没有的勃朗兑斯著作,本人才花了三个马克的手续费和寄费。还有,并非不重要的是,这座藏书丰富、服务一流、远近闻名的图书馆,除去一位看门的中年男性,同样清一色的女工作人员几乎个个文雅、漂亮,楼内因此似乎显得更加的温馨、宁静。读者诸君如有机会去魏玛,即使不借书,仍不妨到里边体验体验那俗世难有的特殊气氛。

有地方住，有书读，就算安顿下来了。随后的将近一个月里，差不多总是晚上在家看电视、读书，白天抓紧时间穿街走巷，访古探胜，浏览市容，亲身体验一下这歌德席勒终老之地的生活，就近观察重新统一八年后一个小城的社会风情。九年不见，魏玛确实已经大变样，而且还在飞速改变。

在面积只相当于我们一个小县城的魏玛，最热闹莫过于步行区的席勒大街和紧连着的市集广场，最幽静莫过于伊尔姆河畔的歌德园林别墅，最肃穆莫过于历史陵园中的君侯墓室，最吸引参观者莫过于圣母广场边上的歌德故居博物馆。在席勒大街，我注意到咖啡座已摆到露天，也有了吹拉弹唱的街头艺人，行人的衣着和商店的货物都丰富多样，色彩鲜明了；在市集广场，我发现而今真正是商贩云集，原来的越南打工仔改行做起了花卉生意和每件一马克的小商品买卖；在歌德园林别墅，我曾于不同的时间去散步、闲坐，看孩子与小狗在伊尔姆河畔的大草坪上戏耍追逐，一批又一批的歌德景仰者踏进诗人的故居，出来时都若有所悟，神色庄严；在深藏地下的君侯墓室，只见歌德席勒的红色棺匣并排摆放在离楼梯最近的靠边位置上，除了姓名别无装饰，而居于正中的卡尔·奥古斯特公爵和其他王室成员的棺柩则高大、气派，装饰着贵胄的纹章和繁复的雕刻，但却唯有两位诗人的棺前摆着瞻仰者敬献的一束束鲜花，为德国乐圣"世间公侯千千万万，我贝多芬却只有一个"（大意）这句含义深刻的名言做了很好的诠释，因为在德国乃至世界文化史上，歌德、席勒同样都只有一个；在圣母广场的歌德故居博物馆，不同种族和肤色的参观者络绎不绝，又证明歌德确确实实不只属于德国，也不只属于欧洲，而属于全世界、全人类。

为了迎接 1999 年的歌德诞辰，一展"欧洲文化之都"的风采，魏玛正抓紧时间精心打扮，为此，各级政府加上团体和个人准备拿出的资金，多达 12 亿马克之巨。一些重要的历史建筑，如王宫广场边上的李斯特音乐学院和安娜·阿玛利亚公爵夫人图书馆，都已粉刷一新；歌德故居博物馆和德国国家剧院外面也搭起了脚手架，修葺工作正紧张进行。一天中午途经歌德广场，但见工人们头顶烈日，身上仅穿着一条三角裤，在挥汗如雨地用拳头大的石块一点一点地镶嵌路面，以恢复小城在歌德时代的古朴容颜。还有一次在火车站附近迷失了方向，热心领路的魏玛人说："幸好您是步行，要开车连我也说不清该怎么走了；到处都在修，说不定今天哪儿又临时改了道。"可不是吗，全市有 55 条大小街道要陆续翻修，难怪整个市区变成了一片巨大的建筑工地。

还有旅馆和餐饮业也比九年前发达多了，市中心古老的"大象宾馆"早把最佳的称号让给城边上新开的希尔顿大饭店；一些越南侨民捷足先登，已在城里开了两家仿冒性质的"中国餐馆"，上餐厅排队等座位的现象早已成为历史；其他服务设施也增加了不少，整个旅游行业一派兴旺景象。说来有些叫人难以置信，现在每年来魏玛参观朝圣者已达 150 万人次之多；而在 1999 歌德年和"文化之都"年，肯定还会有更多世界各地的宾客和旅游者汇聚云集，躬逢盛事。

当然，发展、开放在这小小的文化古城同样产生了负面影响，引起了新的忧虑。

特别扎眼的是路上的小汽车比九年前多多了，而且还主要是德国的名车如欧宝、大众、奔驰等，原民主德国产的因小而丑被轻蔑地称作"特拉比"（Trabi）的卫星牌（Trabant），已经难逢难遇。可不是吗，歌德故居前的圣母广场本来道路就窄，而今路边上不仅停着成排的出租车，私家小汽车也穿梭往来，别说威胁游人的安全，更破坏了圣地原有的肃穆气氛。再有一旁的绿廊下，公厕前，供游人歇息的长椅现在常常被流浪汉占据，而且一副旁若无人的德行，看样子已把与歌德为邻视为自己的荣耀和特权——我猜当年那位"好朋友"没准儿也在里边吧。对如此有碍观瞻的景象却似乎没谁在意；这倒也好，既符合于歌德倡导的宽容精神，也显示出当前宽松的社会氛围。

不过，真正令我高兴的是在众多出租车旁边，竟相映成趣地停放着一辆人力三轮儿。在它宽大的红色遮阳篷的垂檐上，醒目地用西文写着 Rikscha Taxi（出租三轮车），整个车体不但异常的清洁，异常的讲究，装饰着许多漂亮的铜件，而且在乘客座位的靠背后面还嵌上了两个金色的双"喜"字——从咱们中国引进的无疑！蹬车的是位梳着马尾巴的小伙子；他在招徕游客的告白上承诺不但载客观光，且兼作导游讲解。如此善于发挥本身优势，体脑并用，自食其力而又不破坏环境的魏玛人，着实令我佩服。

还有一点也引起我注意：魏玛尽管已成为旅游名城，城里却不见 Spielhalle（赌场）和 Nachtklub（夜总会）之类旅游地必有的藏污纳垢场所，也不闻卡拉 OK 的吼叫，不闻在酒吧或咖啡馆里喧嚣的摇滚，更别提红灯区什么的了。相反，书店特别是古旧书店倒增加了好多家，画廊也新开了不少，更给文化之都添加了文化气息。

独自在魏玛生活差不多一个月后，妻子和两个女儿也从杜伊斯堡来了。在陪她们去德雷斯顿、莱比锡、艾森纳赫和艾尔福特等东部名城参观之前，特地腾出一周时间既当领队又做导游，随她们一起再把魏玛游了个遍。因为每到一地总得说出点道道来，只好事先认真翻阅资料，做必要的准备。如此一来，便进一步认识了这座小城，发现自己原来对它的了解甚为肤浅，肤浅得以致有过不少的误解。

最明显的误解莫过于，我一直以为魏玛之闻名于世全仗歌德，之成为德国的文化圣地仅因为曾有歌德、席勒等一批大诗人和大作家长期在这里生活和创作。也就是讲，魏玛过去在我看来只是一座文学殿堂，受到的只是诗歌女神的青睐。

其实不然。魏玛之闻名于世固然主要感谢歌德席勒，它也的确特别受到了诗歌女神的青睐，但是与此同时，几乎所有执掌文艺的缪斯都曾给予它眷顾与呵护。君不见除了一处处的歌德故居、席勒故居和魏兰特博物馆等等文学领地，城里不还有匈牙利音乐家李斯特的故居以及一所以他的名字命名的音乐学院么？不还有一所历史悠久、人才辈出的美术学院？不还有一座名闻遐迩的民族剧院——歌德曾担任总监的宫廷剧院是它的前身，它不仅上演过莎士比亚的一出出名剧，还是戏剧家歌德和席勒不少代表作的首演地，因而吸引和造就了一大批名噪一时的杰出演员；城里城外不还看得见无数由克拉那赫等著名建筑师设计的古建筑，如赫尔德教堂、俄国教堂、公爵的府邸和美景宫以及市政大楼等，什么文艺复兴式的、哥特式的、巴洛克式的、洛可可式的，真可谓应有尽有。欧洲现代建筑艺术史上富有影响的包豪斯学派不也于20世纪初诞生在这儿，所以城里现在还有了一所包豪斯建筑艺术大学，一座包豪斯博物馆么？不还有满城皆是的精美塑像，不还有公爵府里展出的油画收藏，不还有城里城外不止一处美不胜收的园林建筑？不是在著名的歌德席勒文献馆之外，还有一座尼采文献馆么？一句话，魏玛简直就是一片巨大无比的文艺展场，就

魏玛民族剧院

是一座综合性的艺术博物馆，就是一个珍藏丰富、价值无限的文化和精神宝库。

还值得一提的是，魏玛也是德国的第一部民主宪法和第一个民主共和国，即1919年在民族剧院宣告建立的"魏玛共和国"的诞生地。

再一个误解：我印象中的魏玛不过是18、19世纪一个德意志小公国的国都，虽然曾在一时间成为德国精神生活的中心，但毕竟只是座内地小城，与柏林、莱比锡、慕尼黑等等大都会相比终究难免闭塞。其实我又错了！一天经过王宫广场边的安娜·阿玛利亚公爵夫人图书馆，一抬头好像看见俄国诗人普希金，读了读塑像基座上的俄语铭文才知道果然是他。

除了普希金以外，来过魏玛的还有波兰诗人密兹凯维奇（公园里也有他的塑像），还有英国作家卡莱尔，还有法国评论家施泰尔夫人，更别提后来常住于此的李斯特，更别提德语国家本身的众多作家艺术家了。再者，城里还有两座俄国教堂，其中更有名的是背靠着歌德席勒的安息地君侯纪念堂的那座。它虽然非常非常小，却完全是俄罗斯东正教的风格，三个洋葱头样的金顶在蓝天白云映衬下熠熠闪光，给魏玛平添了浓郁的异国风情。凡此种种都说明，魏玛早在歌德时代已是一个国际交往频繁的文化中心，也就难怪今天会被选定为"欧洲文化之都"了。

今天，一个接一个操不同语言的旅行团，包豪斯建筑学院和李斯特音乐学院就读的众多外国学子——其中也有来自海峡两岸的年轻中国人，再就是如我一样应不同机构邀请来做研究工作的外国学者和从世界各国数以百万计地蜂拥而至的游客和贵宾，都证明魏玛仍然保持着，或者说又恢复了自己在德国乃至整个欧洲精神、文化生活中的重要地位。

　　说到来访的外国学者——近些年多来自美国、俄罗斯、意大利、日本和东欧国家，就不能不讲讲他们照例每月举行一次的学术报告会。本人对报告内容虽说并不总感兴趣，却仍去参加过两次。原因是每次在正儿八经的学术探讨之后，主持人埃尔里希教授都要请大家去他在附近的古典魏玛基金会办事处小聚。事实表明，这样随意而轻松的聚谈不但更加有趣，也更有意义。

　　一次，大伙儿一边品尝格鲁吉亚女学者从家乡带来的葡萄酒，一边天南地北地随便闲聊，不知有谁竟提出推倒柏林墙九年之后，东西之间是否还存在差异和隔阂，东部的人是否还有所不满这样讨厌的问题来。

　　身为古典魏玛基金会对外交流部负责人的埃尔里希教授原本是民主德国人，他呷了口酒，平静地回答："我们的薪水目前确实还只相当于西部同行的百分之八十，可我个人仍然感到满足，因为实际的收入比以前多多了，也管用多了。令我担忧的倒是，有些在民主德国时代早已为全民所有的文化遗产，而今却出现了归属问题。例如由魏玛古典基金会管理的歌德席勒文献资料馆等，现在就有贵族的后裔提出来拥有继承权。设若他们的要求得到了政府支持，真不知道魏玛会搞成什么样子。"

　　讲最后这句话时，教授的心情显然已不平静。

　　至于说原民主德国人对眼下的生活大多满意，我在魏玛的见闻可以证明。在埃尔里希教授居住也是我落脚的那个小区，一幢幢经过了翻修的花园别墅完全可以与西边媲美。时值夏末秋初，园子里成熟的苹果挂满枝头，伸手即可采摘却无人采摘。再离市中心远一点，大片大片新建的住宅同样十分讲究。而与此同时，原社会主义的优越性似乎仍在发挥影响，因此魏玛的面包价格和公共交通费用明显比西边便宜。

不好以偏概全；魏玛也许特殊，也该特殊吧。

"文化之都"的启示

说到误解和忧虑，不禁想起前文《蒙尘的圣地》这个小标题；它和该节的内容也可能引起误解，让人以为历史文化名城魏玛只是在民主德国时期蒙上过尘埃，失去了光辉。其实在此之前，魏玛已经历过多次历史的倒退乃至黑暗野蛮，长期主宰着城市命运的仍是保守甚至反动的势力，新生事物如包豪斯建筑艺术学派在此创立之时，就曾受到了压抑和排斥，不得已而将其大本营迁移到邻近的德骚城去了。

还有 1930 年，当时魏玛作为图林根州的首府，其议会里就有了希特勒党徒的席位，两年后整个州政府都落到了纳粹的手里，在全德开了一个可耻的先例。而特别令魏玛蒙受耻辱的是，1937年，纳粹还在它郊外原本风光宜人的埃特尔贝克，也就是安娜·阿玛利亚公爵夫人曾与魏兰特等一班文化名人经常聚会的提弗尔特宫和林园近旁，建起了那座臭名昭著的布痕瓦尔德集中营。"二战"时期，在这里的毒气室里屠杀了五万六千多善良、无辜的人民，超过了当时魏玛全城居民的总数。这当然不仅仅是文化圣地魏玛的奇耻大辱，整个德意志民族也引以为耻。

然而，知耻近乎勇；魏玛人和整个德意志民族的一大优点，就在于有勇气正视自己不光彩乃至罪恶的历史。今天，布痕瓦尔德集中营的遗址不仅仍然完好地保存着，而且魏玛市民，特别是上了些年纪的市民，还经常主动提醒我这样的访客：除了市里市外难以数计的文化遗存和旅游名胜，与之形成尖锐对照的布痕瓦尔德集中营也值得去看看。

岂止提醒而已。据报道，1999文化年的一项重要活动，也即歌德绘画作品的展览，就特意安排在集中营里，并且由德国政府提供经费，请十位来自不同国家的人在那儿住一整年，以便充当各自同胞的讲解员和向导！试想一想，在一个曾经是带电铁丝网围绕着的杀人场中，在令人毛骨悚然的毒气室里，悬挂着一幅幅出自大文豪歌德笔下的充满生气的画作，让文明与野蛮，神圣与罪恶，人道与残忍，崇高与卑劣一起展示、对峙在眼前，不只形象、具体地揭示出德意志民族矛盾的民族性，而且给世人特别是德国人自己以何等强烈的震撼和警醒！但此举也正好显示了德国人深远的目光，博大的胸怀，表明了德意志民族之产生和养育出歌德、席勒，巴赫、贝多芬，康德、黑格尔，马克思、恩格斯，以及爱因斯坦等等，都绝非偶然！写到此不由得想到咱们的近邻和那座靖国神社，想起它的那些出入其间的狗肚鸡肠的政客；在德意志精神巨人面前，这些所谓的政治家和国家栋梁实在难掩其鼠目寸光的宵小嘴脸。

也许就因为吸收了历史的教训，同时又长期受着歌德、席勒所倡导的人道主义精神的熏陶吧，诚如冯·茨崴多夫太太还在火车站接我时就讲的，魏玛虽在东边，却没有排外的极右分子"光头党"，我用不着为自己的安全担心。后来事实证明她所言不虚。

行将结束第二次的魏玛之行，脑子里已形成一个鲜明印象：十年巨变，圣地重光；跨进新世纪前夕，"欧洲文化之都"魏玛正迎来更大的荣耀和辉煌。

可是，这荣耀和辉煌，它的根源何在呢？

日复一日地穿行于宁静、肃穆的历史公墓，往来于住地和市区之间，或者独坐在伊尔姆河畔曲径通幽的英国式其实也是中国式的园林里，便常常禁不住思考同一个问题：这座地处图林根盆地的蕞尔小城，怎么会变得举世瞩目，怎么会历经一个多世纪仍保持了当年的显赫地位。想来想去，答案似乎只有一个，那就是文化，或者具体一点说文艺，蕴涵着无穷的力量，具有不可低估的价值，以魏玛为例子甚至还不妨讲，文艺也可兴邦。

是的，文艺兴邦！

遥想150年前，作为300多个德意志小邦之一的萨克森－魏玛公国的国力是何等的微弱、平庸，何等的不足道；它的首都魏玛城仅有6000居民，拿赫尔德的话来说只不过"府邸加上村庄"罢了，又是何等的寒碜，何等的不起眼！可就因为从老公爵夫人安娜·阿玛利亚开始的一代代当政者都有很好的文化素养，不仅自己爱好文艺，重视文艺，而且还特别尊重文艺人才，善待各式各样的文化人，为他们营造出了良好的生态环境，因此便先后邀请和吸引来了巴赫、魏兰特、歌德、赫尔德、席勒以及克拉那赫和李斯特等等无数杰出人士，不仅在他们的宫廷里形成了浓厚的文学和艺术氛围，而且使魏玛——一个在政治和经济方面还停留在中世纪的落后小市镇——从18世纪下半叶开始逐渐发展演变成整个德国的精神生活中心。

说魏玛落后，是因为到了18世纪末19世纪初，这里仍然没有一点儿工业，几家小手工作坊——如那家歌德夫人曾当过女工的制花作坊——也仅限于为公爵及其宫廷服务而已。然而，这里却组织了一支先后由巴赫和李斯特领导的宫廷乐队；建立了一所绘画学校，它即是现在那所曾聘用和培养过诸如 F. V. 棱巴赫和 M. 利伯尔曼等大艺术家的美术学院的前身；甚至还拥有一家出版社，这家出版社创办了《文学汇报》，出版了一本在整个德国行销达数十年之久的《豪华与时装杂志》，以及由魏兰特主编的影响深远的《德意志信使》杂志。发达的文化与落后的政治、经济反差之大，叫人不能不啧啧称奇。

关于善待文艺家，最好的例子莫过于歌德。

1775 年 11 月，年轻的歌德厌倦了在故乡法兰克福开律师事务所的营生，与身为银行家小姐的未婚妻丽莉·薛纳曼也解除了婚约，心灰意懒地离开故乡，踏上了去意大利的旅途。不想行至海德堡，一辆由卡尔·奥古斯特公爵特地派来接他的马车急急追赶上来，载着他于 11 月 7 日到了魏玛。起初，歌德原打算做客暂住几个礼拜，做的也只是陪伴年轻的公爵出游和参加宫中娱乐这些无足轻重的事。谁料从此再也没法离开，倒不因为他囿于施泰因夫人"温柔的羁绊"，更加重要的是卡尔·奥古斯特公爵和老公爵夫人对他优礼有加，使他有了施展抱负的可能。第二年 4 月，他已应邀住进伊尔姆河畔那幢两楼一底的幽静的园林小屋，并获委重任，成了相当于内阁阁员的六位枢密参事之一，并领得 1200 银塔勒的丰厚年俸。尽管老资格的、拥有贵族身份的参事们心怀不满，极力反对，仍未动摇公爵破格重用市民出身的年轻诗人的决心。歌德于是便留在魏玛参政，到 1779 年年底更提升为相当于首相的枢密顾问，总揽了公国的行政大权。为此，不但年俸提高到 1400 塔勒，还在一年多后获赠和入住城中心一座带后花园的大宅第，即圣母广场边今日的歌德故居。从此，这儿成了诗人的永久归宿。除开 1786 年去意大利"寻根"的一年多时间，歌德在魏玛一住 60 年，把这座小城完全当作了自己的第二故乡。

和歌德一样先后扎根魏玛的作家、艺术家真是不少，以致今天人口才 6 万的魏玛十分自豪：城里没有一座广场、一条街道不是以曾在此生活过的名人命名，而其中的欧洲乃至世界文化名人，在当年和现在的市民中所占的比例，都堪称世界第一。

在魏玛良好的文化生态环境里，歌德和其他一大批作家艺术家很好地发挥创造力，各自留下了自己的传世之作，如歌德的《浮士德》《托尔夸托·塔索》《威廉·迈斯特的学习时代》，席勒的《华伦斯坦三部曲》《威廉·退尔》，以及赫尔德的《民歌中各族人民的声音》和《关于人类历史哲学的思考》等等等等，并以此迎来了德国文学史上堪称高峰和光耀古今的魏玛古典时期。反之，也因为有歌德等一大批杰出的文化人荟萃于此，灿若星汉，魏玛才在当时获得了"德国的雅典"的荣名，于后来的一个多世纪成为德国的精神生活中心和文化圣地。可以说，没有歌德以及在他前后到来的巴赫、魏兰特和赫尔德、席勒等等，魏玛就没有当初和今日的荣耀和辉煌。而且，这种有着深厚文化底蕴的荣耀和辉煌，这种看不见摸不着的精神资产，似乎比建立在权势、财富等等上面的荣耀与辉煌，比起其种种有形的资产，更能经受住时间的冲刷和侵袭，具有更加深远的影响和更加巨大的价值。别的都不讲了，单是这几年来每年150万的朝圣者和游客，对于现在人口仍不过6万的魏玛意味着什么，是我们讲究经济实效的头脑很容易算出来的。

从1985年开始，欧洲联盟开始隔几年挑选和确定一座"欧洲文化之都"，在魏玛之前获此殊荣的只有斯德哥尔摩、里斯本和马德里这三个著名的首都。魏玛虽小，"文化国力"却巨大得超乎寻常，因此也当之无愧地和上述三城市平起平坐，在1993年即被欧盟宣布为1999年的"欧洲文化之都"，成了德国第一座当选的城市，让众多的欧洲大都会无比地艳羡。1998年12月，联合国教科文组织也做出决定，将魏玛城中的歌德故居、席勒故居、赫尔德教堂和德国国家剧院等历史建筑以及城里城外的多处园林，总计多达 11 个名胜古迹，列入了世界文化遗产的名单。

据最新报道，今年 2 月 19 日，联邦德国总统赫尔措克已亲临魏玛，为"欧洲文化之都"即将持续一整年的庆祝活动庄严、隆重地揭开了帷幕。按照计划，在魏玛及其周围地区将举行各种文化、学术和艺术展演活动约一千次，应邀和要求来参加的共有 100 多个国家的 5000 多位学者、作家和艺术家，至于普通的参观访问者和游客的人数，按市长先生的估计甚至可能达到 500 万人次。对于一个本身只有 6 万居民的小城市来说，真叫作百年不遇，盛况空前。可以预见，在小小的魏玛，在非凡的魏玛，正迎来我们这个星球上 20 世纪最后一次规模宏大、盛况空前的文化庆典；而到时值秋高气爽的 8 月 28 日，当人们纪念大诗人、大文豪、大思想家歌德 250 周年诞辰的时候，这个庆典将达到它的高潮。笔者自然也盼望着躬逢其盛，再访魏玛。

从魏玛的昨天、今天和明天，我们实在可以获得不少深刻的启示。

在魏玛"走"《亲和力》

1999 年 8 月，为纪念德国大文豪和大思想家歌德诞生 250 周年，在当年的"欧洲文化之都"亦即歌德长期生活和工作的魏玛，举行了一个名为"《浮士德》译者工场"的国际学术研讨会。在应邀到"工场"打工期间，我们看了两场戏，剧目自然都是"监工"预先挑选好的，且无不与研讨内容有关。

民族剧院与工场舞台

不管到没到过魏玛，只要是文化人，谁都知道这座小城有一家遐迩闻名的德国民族剧院（或译国家剧院），剧院门前的广场上，耸峙着两位文化巨人歌德和席勒并肩而立的全身塑像。民族剧院的前身是歌德任总监的魏玛宫廷剧院，他本人和席勒的一些剧作都曾首演于此，门前的青铜像就主要纪念这段历史。凡到魏玛访问的人，没有不在此像前摄影留念的。进这富有光荣传统的剧院看一场演出，更是许多人的一大心愿。笔者前两次到魏玛都无缘欣赏该院的演出。"这回终于如愿以偿啦！"看见"工场"日程表上的"民族剧院"几个字，我心中暗暗高兴。

8 月 18 日傍晚，在剧院餐馆用过晚餐，一问才知道我们要看的《原始浮士德》（Urfaust）虽说演出单位也是民族剧院，演出场地却在市郊的"工场舞台"，多年来盼着一睹剧院内部面貌的我不禁大失所望——须知，还有德国历史上魏玛共和国成立这一重

作者在国际歌德译者研讨会上作报告

大历史事件，也发生在这座建筑里。

一行人急忙赶到地处近郊的演出地点，一看，嗨，真是一家已经停产闲置的工场！舞台就设在地面平整、空间开阔的大车间里，头顶上管道横七竖八，观众坐的是一色简易硬木椅，台上的帷幕也不过一大块普通素色布料而已。一句话，名副其实的"工场舞台"，我们这伙人来魏玛真是与"工场"结下了不解之缘！

可就这样一个称得上简陋的演出场地——看样子多半是"歌德年"临时凑合起来应急的吧，却真正座无虚席，而且演员表演也尽心尽力，充分展现了民族剧院应有的水平。特别给我留下深刻印象的是：魔鬼靡非斯托也由一位演技精湛的女演员扮演，跟北京前些年由林兆华导演的一样；布景极为简单，只在一间大木板房内不断变换门窗的位置，再象征性地加上几件道具、陈设，就完成了地点的转换；相比之下，声光效果却给人异常强烈的震撼和刺激，既有让人联想到魔幻世界的电闪雷鸣，也有象征资本主义时代的隆隆机声和尖厉汽笛。整个演出够现代、新潮的了，然而不失为精彩。

边走边看　亦幻亦真

还看了魏玛民族剧院的另外一场演出，比起"工场舞台"来更加别出心裁也更令我们感到意外的演出，那就是按日程安排去埃特斯堡宫"走"《亲和力》。

《亲和力》是歌德1809年出版的一部长篇小说，我国已有包括拙译在内的不止一种译本。说的是一对情侣爱德华和夏绿蒂历尽波折，人到中年终成眷属，在乡间的庄园里过着宁静而幸福的生活。不久，经夫妻双方分别提议，又邀请来了丈夫的朋友奥托上尉，接回来了妻子在寄宿学校念书的侄女奥蒂莉。渐渐地，受到相互之间"亲和力"强弱差异的影响，四个人便自然而然地开始了重新组合，从而不可避免地酿成了一场婚姻爱情悲剧。

歌德这部有着强烈思辨色彩的作品，现已被公认为极具现实性和现代意义。它揭示和探讨了一个带有普遍意义的人性问题，一个从古至今在婚姻中经常表现出来的人生局限。

8月19日下午6点半钟，"《浮士德》译者工场"已经关闭，带着行李登上最终准备载我们去艾尔福特参加下一个讨论会的大巴，来到了离市区半个多小时车程的埃特斯堡宫，也即当年魏玛的老公爵夫人安娜·阿玛利亚经常与魏兰特、歌德等一班文人雅聚的地方。其时正值盛夏，宫堡周围树木繁茂，绿草茵茵，花香鸟语。漫步在这占地宽广、布局谨严而且高低错落的林苑中，我再次惊讶于一个德意志小公国统治者的奢侈享受——魏玛公爵一家在城郊就有三处行宫，其他两处还更美。只是由于交通不大方便，又缺少维修资金，这里的建筑已显破败。天色渐晚，看着想着，周围的气氛似乎慢慢变得有些异样：在从宫室的窗户飘出的轻柔乐声中，园内不知何时多了些穿戴古朴的男女，更引人注目的是一位器宇不凡的中年男子，正骑着骏马从远方的大道上款款走来。接着，宫堡主楼门前蓦地响起字正腔圆的朗诵声，急忙赶去，发现演出原来已经开始。只见朗诵完小说开头的年轻演员——后来得知此人一身三任：既是故事里的人物建筑师，又兼小说朗诵和演出的旁白——只见他高高举着手里的精装书籍，穿过用木板搭建在门外的长长栈桥，向宫堡的主楼里走去。才回过神来的"游客"，实际上都是购票的观众，便纷纷跟上，鱼贯进入楼内，七弯八拐来到了一间大屋子里，在宽宽的木条凳上各自找好座位。等场内稍稍安静下来，男女主人公，即适才骑马归来的爱德华和他刚放下苗圃活计的妻子夏绿蒂，便在正对观众席的窗前进入角色，讨论是不是可以把他的朋友奥托和她的侄女奥蒂莉接来同住。讨论终于有了结果，担任旁白的演员又举起手里的《亲和力》，估计是好几百观众于是又跟着他"走"，秩序井然，除了脚步声再无任何声息。

第二幕的场景换到了楼后的露天。简陋的观众席设在一块倾斜的大草坪上，正对着一棵树冠如盖的大树。剧中四位主要人物在树下浅斟慢饮，一会儿聊天，一会儿玩儿乐器。他们在此过程中的一些细微表现，已流露出这两男两女之间感情和关系的微妙变化。与此同时，在观众席背后，一支贵族家庭才有的小乐队轻轻演奏着徐缓、抒情的乐曲。

随着剧情的发展，新组成的两对儿时而漫步在林中，时而倾谈于窗下。入夜，在侧面一幢楼外搭建的脚手架上，演出了爱德华以替新落成的楼房上梁做借口，放焰火庆祝奥蒂莉生日的一幕。同时，由一辆真正的马车载来了小说中那对未婚同居的贵族男女……

小说《亲和力》分第一、第二部，加起来共三十八章，改成话剧总共只有七幕。演员活动的场景在这座废宫及其周围的林苑里不断变换，观众也用约莫两个小时，随着他们"走"完了歌德的著名小说。在"走"的过程中，我确实不时生出幻觉，好像自己真的生活在 19 世纪的主人公身边。而这，看来正是女编导布莉吉特·兰德斯所希望达到的效果。

这场似乎可称超现实的演出，与布莱希特的表演理论刚好背道而驰，和前述《原始浮士德》简洁的现代演绎方式全然不一样。它以实景加演员的逼真表演为特点，使人想起张艺谋导演的歌剧《图兰朵》。不同的只是，《图兰朵》仅仅在紫禁城里搭了个大舞台，观众仍然是静坐着欣赏；《亲和力》则以整个宫苑为舞台，观众始终跟着剧中人在活动，在"走"。整个说来，《亲和力》的演出手法和追求的效果，似乎更近似于半个世纪前演遍我国城乡的著名街头剧《放下你的鞭子》。

草地上哪来一只船？

对一部名著如此改编、演绎，当然也有不足。在埃特斯堡宫演出同时代的《亲和力》，可算是天造地设的理想舞台了。但尽管如此，小说中还是有不少重要场景，例如奥蒂莉不慎淹死爱德华与夏绿蒂之子的那片大湖，便没法让观众"走"到，以致不得不时时加入旁白进行弥补。对了，演出开始前在林苑中溜达，不解一片完全没水的草地上怎么摆着只小木船，**现在才明白也是要让**人产生有关"湖"的联想。

笔者是戏剧艺术的门外汉，不敢在此评说演出的得失，只是介绍介绍情况，让读者了解文化圣地魏玛戏剧演出的何等频繁热闹，多姿多彩，并且富有实验和探索精神，同时观众又多么积极、热情、踊跃。

在此还须说明，魏玛民族剧院并非只演歌德、席勒的作品。1998年夏天我在那里住得久一些，当时正在上演根据卡夫卡小说改编的《变形记》；预告的剧目还更多样而丰富。

反观我国的戏剧和戏曲艺术，处于低谷已经多年，尽管有国家领导人身体力行地提倡，有戏剧界和社会热心人坚持不懈地"抢救"，情况仍无多大起色。举个例子，鄙市成都新成立一家民营性质的锦绣剧社，第一个举动就是自行筹资排演萨特的名剧《死无葬身之地》，尽管导演和演员兵强马壮、技艺非凡、兢兢业业，整个演出既富震撼力又发人思考并且不乏观赏性，媒体也做了频繁的报道宣传，结果却让人失望：正式卖票公演，上座率竟只有五分之一。

观众对戏剧演出如此冷淡，原因自然多而复杂，不是我这门外汉要探讨的问题。我只是想，恐怕需要更加大胆的创新和实验，比如也不妨把我们极其丰富的文化遗址和旅游胜地利用起来，搞一些名剧、名著的实景演出，说不定跟着"走"的观众会多一些。

第四辑

| 回眸与前瞻 |

"前线城市"柏林

历史与现实在此汇合

来到柏林，便产生一种异样的感觉，好像从平静的生活之岸一下跳到了奔腾的历史急流中，仿佛历史不再是历史，而变成了活生生的现实。它激荡在你的身边和眼前，看得见，摸得着，有声、有色、有形体。尤其是夕阳西下，当你站在勃兰登堡门和国会大厦这样的建筑前，或者沿着长长的柏林墙漫步，心中便会油然生出无尽的沧桑之感，兴旺之叹。面对着悠悠历史长河，更觉个人生命的短暂、渺小，充其量只是这河中的一朵浪花，转瞬即逝……

柏林就是这样一座能激发起人强烈历史感的世界名城，尽管本身的历史并不长。公元1237年才在文献中第一次出现柏林的名字，当时只是所谓日耳曼民族的神圣罗马帝国的一个小集镇。一百多年后柏林发展成较大的商埠，在1359年参加了汉萨同盟。又过了一百多年，出身霍亨索伦家族的普鲁士选帝侯在此修建新宫，柏林成了他常驻的都城。1701年，普鲁士选帝侯获得国王封号，柏林随之升格为了王国的首都。1871年，普鲁士打败法国，在凡尔赛宫宣告建立第二个德意志帝国，实现了德意志民族的统一，柏林第一次成为整个德国的国都。1918年第一次世界大战结束，柏林爆发十一月革命，德皇威廉二世被迫退位，"魏玛共和国"宣告成立，柏林变为共和国首都。1920年颁布"调整柏林行政区划法"，将四郊和一些小城镇并入原来的柏林城，最终形成了今天的大柏林市，使人口差不多翻了一番，达到近400万，总面积约9万公顷，几乎等于法兰克福、慕尼黑加上斯图加特的总和。柏林一跃而为德国的第一大城和欧洲的第二大城，从此才成了名副其实的世界大都会。

严格讲来还不到一个世纪，即使从头算起也不过八百年，别说与世界级的大城市罗马、北京、开罗、伦敦、巴黎、莫斯科相比，就在已有两千年建城史的特里尔、奥格斯堡、波恩等德国城市中，柏林也只是个小兄弟而已。

可是，从1984年至今五六次到柏林，来往穿行有形和无形的柏林墙，每次我都同样会产生上面讲的世事多变、沧海桑田的感觉。能如此激发人们历史感的世界名城，我想不多，也许就只有上面提到的那么几座。而要讲给人的感受强烈、真切、直接，富有震撼力和警世效果，我更觉得没有哪座城市能超过柏林这座传统积淀深厚，善恶斗争激烈，历史包袱沉重，屡经血火洗礼的城市！

为什么？原因有二：

一是柏林见证的主要是20世纪的世界历史，也就是我们、我们的上一代人和下一代人都或多或少亲身经历过的历史，不像罗马、开罗、伦敦等等曾经成为世界历史焦点的时代久已蒙上岁月的尘沙，淡漠了人们的记忆。在这点上，或许只有北京和莫斯科，勉强可以和柏林一比。

二是柏林让你处处遇见自己熟悉的历史场景、建筑物和纪念物。一到柏林，你便情不自禁地会融入这座城市的历史，不，应该讲是德国乃至整个世界的历史。回想起来，现实和历史的界线不仅眼下已经模糊，就连当时亦欠清晰，让人感觉得十分奇妙。

这样的奇妙感觉，能让你体会的恐怕唯有柏林。例如，当你漫步在它举世瞩目的高墙边上，当你站在烧没了拱顶的国会大厦跟前，你感觉自己面对的是现实呢，还是历史？你仰望着那雄伟然而显得苍老的勃兰登堡门，思绪不禁飞回到遥远的往昔，可是一条草草书写在前边墙上的警示语"Achtung! Sie verlassen West-Berlin!"（注意，往前您便离开了西柏林！）又不容分说地拖你回来，强使你直面眼前的现实。

90年代以前的柏林，就是这样一座历史与现实纠缠不清的、充满矛盾的城市，不，应该讲是新与旧激烈较量冲撞的、危机四伏的城市。

柏林墙并非一夜之间建成

1984年春天和秋天，两度穿越过境公路，进入在民主德国包围中的西柏林，每一次心里都充满好奇和紧张的期待。

怎么会不期待呢？德意志第二帝国和第三帝国的首都，两次世界大战的策源地，世界现代历史的中心舞台，德意志民族近一个多世纪的政治、经济、文化中心，东西方两大阵营对峙和交锋的前沿，时时有可能引发热战的冷战焦点……不到柏林不能说到过德国！不认识柏林不能讲了解国际政治！

怎么会不紧张呢？分裂成东西两部分的柏林二十多年来事件不断，将它们隔开的柏林墙戒备之森严远胜于国与国之间的边界。民主德国辖区内长长的过境公路，车辆稀疏，四野不见一个人影，但据导游介绍，公路两旁的树林里不仅有一双双警惕监视的眼睛，还埋伏着随时准备开出来的坦克。在公路两头的关卡，查验护照的人民军战士荷枪实弹，满脸严厉，同车的台湾同胞不是还给请下去盘问了好久吗？我虽身为同志而受到优待，心仍不免怦怦直跳。不发生意外当然好，万一出点事呢？

终于平安进入西柏林。住下后的第一件事，不用问就是去看柏林墙，而看柏林墙的最佳地段，是在勃兰登堡门前。

兴建于1791年的勃兰登堡门是柏林的标志性建筑之一，原本是一座象征德意志民族统一的凯旋门，当时刚好让高达三米六的混凝土大墙无情地隔在了属于东柏林的另一边，只露出了雄伟的上面部分，不幸而变成了柏林和德国分裂的明证。为了让观光的人们能一睹墙后面的风景，西柏林这边摆了一个用钢筋和木板钉成的简易看台。我们一行都挨个一级一级地爬上去，站在那儿眺望门后著名的菩提树下大街。曾几何时，这条柏林最古老、也最繁华的林荫大道，这条200年来一直车水马龙、让柏林人引以为自豪的漂亮长街，眼下却冷冷清清，真叫人不胜感慨唏嘘！但是站在看台上的我却表情木然，不敢有任何的轻举妄动，担心自己没准儿正好是墙那边望远镜或长焦镜头的捕捉目标。

忐忑不安地从看台上爬下来，站在涂抹得一塌糊涂的高墙前拍了几张照片，随后便一边顺着墙根漫步，一边回忆与这道大墙有关的历史：

1945年5月8日，纳粹德国无条件投降，在苏占区包围中的柏林确定为"特区"，由苏、美、英、法四个战胜国组成的盟军司令部共管。与此同时，随着战后世界形成以意识形态为分野的东西两大阵营，分裂的德国和柏林也开始东西对峙，矛盾斗争；

1948年6月16日，苏联代表退出盟军司令部，并在26日宣布封锁美、英、法控制下的西占区公路和水路交通，迫使西方盟国建立"空中桥梁"维持生活必需品的供应达11个月之久，武装冲突随时可能爆发，柏林成了真正意义的前线城市；

同年 7 月 1 日，苏联正式宣布四大国共管结束；11 月 30 日，东占区在苏联支持下成立单独的市政府，柏林随之正式一分为二；

1958 年 11 月 27 日，赫鲁晓夫向西方盟国发出最后通牒，限其在六个月内撤离全部军队，使柏林成为非军事化的"自由市"，战争危机似已迫在眉睫；

最后通牒未被理睬，赫鲁晓夫还算克制，没有以武力解决问题，而是与民主德国领导乌布利希等经过长时间的策划和忧郁，才于 1961 年 8 月 13 日黎明开始在西柏林与东柏林以及民主德国的其他领土之间拉起铁丝网，很快又代之以一道钢筋水泥的高墙，完全隔断了西柏林与东柏林及整个民主德国的交通往来，自以为"一劳永逸地"阻止了西方向社会主义阵营的渗透，也断绝了民主德国人叛逃到西柏林的道路……这样，便产生了给德国人民带来巨大痛苦不幸的、富有历史象征意义的柏林墙。

简单的历史回顾告诉我们，东西柏林早已分裂，横亘在它们之间这道长达 43 公里的高墙——柏林墙总长 155 公里，余下的

112公里耸立在西柏林和民主德国其他领土之间，并非一夜之间所产生，而是早已存在于东西两大阵营的对峙中。事实上，一如在柏林墙的背后布满了路障、瞭望塔、掩体和地雷带，有成千的人民军带着警犬昼夜巡逻，在东西之间长达1400公里的边界民主德国一侧，也设置了由电篱笆、铁丝网和布雷区构成的隔离带。在世界上的其他许许多多地方，当年无疑都一样存在两大阵营的对峙和隔离，东西柏林的情况只是显得尤为突出和尖锐，让当事的各方最感痛切，而柏林墙也因此特别受到世界的关注，对于不同的人都具有特殊的意义。

西柏林与东边的完全隔绝状态，持续了整整11年，直至民主德国从1972年6月3日起开始执行四大国签订的过境交通和旅游探亲协定。

也就是托这些协定的福，我作为海德堡大学的访问学者，才有可能来到资本主义的西柏林，并且穿过柏林墙去到社会主义的东边。而到东柏林看看，是谁都有的愿望，倒不仅仅为了进行东方西方、社会主义和资本主义的对比，而主要因为柏林历史上曾为德国乃至欧洲的文化中心，主要的名胜古迹多数在东边。

历史画廊菩提树下大街

我们选择离勃兰登堡门不远处的外国游客专用过境站前往东柏林，为的是很快能走到名胜古迹集中的菩提树下大街。当年，包括联邦德国公民在内的外国人，要去东边都得花一笔过境费，唯有来自社会主义兄弟国家的同志例外。可是尽管如此，我们的过境手续也不简单，除了填表登记，申报身上携带的所有币种和数量，还得把钱一一掏出来认真清点。这时千万要小心不能有任何一点东马克，因为当年东马克在西边很不值价，一到民主德国价值却马上会翻几番。从西边夹带东马克过去，也就被视为破坏社会主义经济的罪行和帝国主义颠覆阴谋的一部分，理当遭到严厉的惩罚。

还好，小心翼翼的我们没有任何人出问题，一大早便平平安安过了关。

出了长而曲折的过境通道，快步走过临近街上一幢幢似乎鬼都没有一个的大楼，终于来到菩提树下大街行人比较多的地段。再沿着左边一道带铁栅栏的矮墙往前走不多远，便看见威廉·洪堡和亚历山大·洪堡的各一座坐像，也就是到了洪堡大学的门前啦。这所当年民主德国最著名的大学有着光荣的历史，从校内的一些介绍文字可以知道，马克思和诗人海涅都曾经就读于此，恩格斯也曾在此旁听，更有黑格尔、费尔巴哈、格林兄弟以及爱因斯坦等一系列杰出的学者和科学家，在此任过教。

从大学出来，但见不远处的街心花园里巍然耸立着一尊英武的骑士铜像，身穿铠甲，手执宝剑，目光炯炯地望着前方。走近一看原来是普鲁士国王弗里德利希·威廉二世，即后来德意志第二帝国的腓特烈大帝。也就是他花了近四十年的时间，才在1780年最后完成了由其父亲开始于1647年的大街建设。

沿着菩提树下大街往前走，值得细看细说的精美历史建筑真是不少：巴洛克式的军械库（现为德国历史博物馆），按古罗马军营的样式修建的新卫戍大厅，两旁栏杆上各立着四尊白色雕像的洪堡桥，规模宏大、装饰豪华的罗马式大教堂，直到大街尽头的卡尔·马克思广场上的老博物馆……大柏林市和德国17至19世纪的历史风貌，通通都由菩提树下大街这些基本保存下来或得到很好修复的建筑，展现在了游人面前。这条大街和它旁边的科学院广场（宪兵广场）以及在西柏林的夏洛滕堡宫、美景宫，都是柏林曾经有过的辉煌岁月的见证。

当然，在这条大街上同样有沸腾的现实。在希腊神庙模样的新卫戍大厅前，雕塑般地肃立着两名人民军的卫兵，头戴扁平的钢盔，仅仅用右手托着一支上了刺刀的卡宾枪，军容整严得无可挑剔。众多的参观者穿过卫兵身旁由多里斯圆柱构成的门厅，进入一座大纪念厅，大厅中央有一面多角形的水晶玻璃座，上面终年燃烧着"永不熄灭之火"。这便是民主德国政府为德国法西斯军国主义的受害者而设立的纪念堂。那永不停息地熊熊燃烧、腾越和吐放光明的圣火，时时刻刻在告诫和警醒世人：不可忘记历史的教训！

瞻仰了纪念堂出来，发现外边聚集了许多人，一问才知道是即将举行纪念堂守卫的换岗仪式。这在东柏林也算一大景观，我们也停下来，一睹踏着军乐队演奏的进行曲节奏正步行进的人民军方队威武的军容和风采。

在菩提树下大街，尽管不像西边的步行区有来自世界各地的卖艺人，却有许多另外的热闹让你驻足观看。

气魄宏大的亚历山大广场

和上边讲过的所有古迹名胜不同，在亚历山大广场我们看到的主要是德国 20 世纪的历史，特别是民主德国的历史。建造它原本是为纪念俄国沙皇亚历山大一世 1805 年的来访，所以也用了他的名字命名。

亚历山大广场在"二战"中遭到严重破坏，民主德国在重建时将其整整扩大了四倍。其他相关的建筑和设施，例如耸立在广场中央的电视塔、塔下以喷泉为主的休闲公园、广场边上的柏林国际饭店以及那个置于露天里环状世界大钟，都在显露出一个新兴工农政权的非凡抱负和宏大气魄。说老实话，一个如我似的社会主义国家的公民，当年走在广场上并不感到多么寒碜，尽管举目四望，也觉得那过多和过分单一的火柴盒高层建筑，实用固然实用，却太缺少美感。拿那座电视塔来说吧，它供游人浏览市容的观景平台就高达 203 米，上面一层也有个球状的旋转餐厅，加上刺破长空的塔尖即天线更高达 365 米，无论是高度和外观，都不输于同时开始建造而早一年完工的慕尼黑奥林匹克公园电视塔，因为后者不但总高度只有 290 米，模样似乎也不如柏林的老弟漂亮。

这当然只是一个局部印象，并不能掩盖实行计划经济的民主德国在整体发展上远远落后于另一个德国的现实。跟我们当年全国保首都的做法差不多，民主德国也是把建设的人力财力物力集中用到了东柏林，以便与近在身旁的"资本主义的橱窗"西柏林一比高下，为社会主义阵营争光争气。而要了解真实的情况并不难，只要看看商店的橱窗和餐厅的菜牌就行了。在广场边的一家大百货公司里，让人瞧得上的商品没几样，给我们留下印象的只是满店堂多而醒目的标语口号，如像我们的"发展经济，保障供给"什么什么的。

尽管如此，我还是寻找到了竖立在广场上的"清除废墟的妇女"——一尊真人大小的著名雕塑，和她一起照了一张相。因为不管怎么讲，对于德国东部广大民众医治战争创伤和建设新生活的非凡勇气和成就，我还是满怀钦佩。

亚历山大广场也有不多几处可观的古迹。一是在它休闲公园的小喷泉设计中，融入了建成于 1891 年并曾为世界第一大喷泉的海神尼普顿塑像。除此以外，还有著名的红色市政厅（因以红砂石建造而得名）和玛利亚教堂，也十分引人注目。特别是在这座始建于13世纪并多次改建和得到修复的哥特式教堂中，可以观赏到许多罕见的历史遗存。例如在塔楼底下的大厅里，有一组题名为《死之舞》的壁画，反映中世纪鼠疫肆虐的情景，绘制于1485年前后，却到了1860年才给人发现，现在被视为德国古代壁画艺术的珍品。除此教堂内还有大量的油画、石碑以及一个铜制的洗礼钵，也富有艺术和文物价值。

不过，亚历山大广场之所以闻名于世，主要还不在于上述的新老建筑和名胜古迹，不是由于这些看得见摸得着的外物，而在于它的历史文化积淀，在于它本身的内涵气质。这座广场，见证了柏林乃至整个德国从19世纪20年代开始的急剧工业化进程；有一部长篇小说即德布林的《柏林，亚历山大广场》，不但将这一过程生动深刻地记录了下来，还使亚历山大广场名扬四海。在《莱茵情思》一文，我曾以海涅的诗歌《罗蕾莱》神化了一堆礁石为例，对文学的伟力发过一些感慨，现在又从亚历山大广场因德布林的小说而扬名的事实，为自己的感受获得了又一个支撑。

喜看"三个铜板的歌剧"

在东柏林流连了一整天，自然也没少体验和享受社会主义的优越性。即使对于工资相对较少的民主德国公民来说，这儿的交通费也便宜得不得了，有轨电车和公共汽车虽说都不如西边的舒适、漂亮，花少得多的钱却坐得远许多。餐饮娱乐的收费特别是书籍的价格，也真正是面向大众，服务人民，可谓十分的低廉。我们于是抓住难得的机会，去买了柏林剧团第二天晚上的票，希望能看上一场精彩的演出。

当年民主德国的文艺事业应该说相当繁荣，东柏林有多家著名的剧院、歌剧院、戏剧院和轻歌剧院，我们为什么偏偏选中柏林剧团呢？没有别的原因，只为它是世界三大戏剧流派之一的布莱希特戏剧的模范剧场，是他所谓叙事剧的发祥地或者讲圣殿。1928年，在这家修建于20世纪末的老剧场，年轻的布莱希特有幸首演他的早期代表作《三个铜板的歌剧》，从而揭开了世界戏剧史新的一章。1949年，布莱希特和他的妻子、著名女演员魏格尔创建了柏林剧团，然后在1954年将它迁入现在这个剧院，并把原来的"造船大道新剧院"，正式更名为柏林剧团。在此前后，该剧团成功地上演了布莱希特的《大胆妈妈和她的孩子们》等一系列名剧，因而在德国乃至世界剧坛享有极高的声誉。

看这样一家世界级的剧团演出，票价该是很贵了吧？其实不然，仅仅八个马克！而在西边看一场戏剧演出至少花四五十马克，加之东马克与西马克的黑市汇率为五比一，也就是说看一场大名鼎鼎的柏林剧团的拿手好戏，花费充其量相当于以前的"三个铜板"，典型的面向大众的价格！

说来凑巧，我们将欣赏的，正是在半个世纪前的1928年首演于同一家剧院的《三个铜板的歌剧》。这出戏以对资本主义社会警匪勾结和黑社会势力相互争斗的生动描写，揭示了资本主义制度的腐朽堕落和内在矛盾，是戏剧大师布莱希特实践其叙事剧理论的重要尝试之一。但对于我们来说，这场定然是原汁原味的布莱希特戏剧演出，又多了一层意义，即它确系一出面向大众的"三个铜板的歌剧"。

第二天上午我们继续在西柏林参观，下午早早地又穿过柏林墙，为的是准时前往看期待的演出。柏林剧团果真名不虚传，不论是演员们的表演，还是舞美设计和灯光、道具、装置，都忠实地体现和传达出了原著的风格和叙事剧的特点，既有讽刺、批判，又有抒情、赞美，既显得玩世不恭，又不失欢快明朗。看这样的演出真是享受，难怪剧场座无虚席，观众情绪活跃，每一幕结束都报以热烈的掌声，与大街上或店铺里多半是拘谨的男女形成鲜明的对比。

半场休息时，大家都拥到前厅中去休息，我则站在楼厢外的过厅观察下边的情况。剧场本身比我曾观看席勒名剧《堂·卡洛斯》的曼海姆剧院朴素得多就不说了，观众的穿着打扮自然也完全不是资本主义西边似的珠光宝气，引起我注意的却是另外一个现象：观众们不像我在别处见到的那样热烈讨论剧情和演出的得失，而是急忙去排队买吃的喝的。从我偷拍下来的两张照片看，那吃的不过是一片面包加上点奶酪，那喝的不过是半杯红葡萄酒而已。而且非常奇怪，在我随手拍下来的两组人中，只有一组得到了用一只小白瓷盘盛着的面包吃，另一组人的面前却摆着些金属托盘，托盘上排列着的只是酒杯。在这些饮寡酒者的背后，还站着不少人，有的像是在等空台子，有的在排队买酒什么的……难道只有在剧场里才有这些按说是很平常的东西供应么？如不是，我真不知道怎么解释。

一个个疑问在脑子里翻腾，败坏了我观赏下半场演出的兴致。在穿过柏林墙返回资本主义西边的时候，越发觉得这道墙讨厌、碍事。

夕照中的国会大厦

提起柏林的帝国国会大厦，我们就会想起一些曾经震惊世界的历史事件。1933年法西斯政权的头子戈林密谋策划，指使奸细纵火焚毁了它正中半圆形的玻璃穹顶，反诬共产党人为纵火者，并以此为借口迫害力量强大的共产党和社会民主党以及其他反法西斯政党和人士，一手制造了所谓国会纵火案。法西斯的阴谋自然很快被揭穿了，在柏林便有几十个政治笑话流传开来，一个个讽刺的都是戈林玩火柴的危险习惯。

在我们的记忆里，与国会大厦连在一起的还有苏联电影《攻克柏林》的一些镜头，特别是一位英雄的红军战士将红旗插上楼顶的场面，令我们永远难忘……

也就难怪，1984年两次到柏林，都曾参观国会大厦，参观这幢在西柏林一边，离勃兰登堡门近在咫尺的有名建筑。这座文艺复兴晚期风格的大厦占地宽广，气势宏伟，虽在1945年惨遭破坏却已得到修复，尽管没有了穹顶，仍然给人留下深刻印象。它建成于1894年，在柏林的历史建筑中算是比较现代的，其宏伟、巨大原本是要显示出威廉皇帝制下的德意志帝国的强盛，不想90年后的今天，却以其残缺和衰老的形象，给世人讲述着一个伟大的民族误入歧途、自作自受的故事。

讲这个故事的照我看不只国会大厦，还有整个的柏林。和我去过的所有联邦德国城市相比，西柏林可以说是居住条件最差，建设布局最乱的了，尽管它的选帝侯大街显得异常的繁荣。这差和乱，当然主要是"危机城市"的不利位置造成的。自从让可恶的高墙给封闭起来以后，西柏林的居民人数特别是熟练工人逐年降低，出生率小于死亡率，人口结构老龄化严重，工商企业明显减少，更少有谁投资建新的企业，尽管每年联邦德国要补贴20亿美元，仍不敷市政建设的需要。在市内特别是靠近柏林墙的地带荒地不少——这在德国其他地方几乎见不到，还有相当多的战争遗迹，包括来不及清理的和有意保留的。

为什么保留？为了自我反省和警醒世人！凡是到过柏林的人，谁不记得那执意保留在最繁华的市中心那座威廉皇帝纪念教堂呢？这座炸掉了钟楼塔顶的废墟，而今已成为柏林城的标志建筑之一，不，它也表现了德意志民族勇于面对历史和自觉反省的精神。迟迟没有修复国会大厦的中央穹顶，我想意义也在于此吧。而正是这种勇于正视和反省自己过去的精神，令我佩服，令我感受到德意志民族胸怀的开阔、伟大。

　　这样的感受，我两次走进国会大厦都得到了不同程度的加强。第一次，我们海德堡大学的外国学人，在旁边的大厅里参观了一个展览；第二次，我们洪堡旅行团的全体，在正面的接待厅里，吃了一顿饭，一顿据领队宣布是联邦德国总统办招待的饭。这顿饭本身没有多少好记的，但也反映了德国人的自省精神和改弦更张的努力：世人都觉得德意志民族自负和傲慢，这种感觉也不无道理，可现在人家以总统之尊一再——因为还有其他表示——关照我们这些年轻的外国学者，向我们示好，你还能老对人家抱成见吗！

　　重点说说国会大厦里的展览。展览的内容是德国的历史，重点似乎放在 20 世纪的"一战"和"二战"，特别是用大量的图表和模型，探究了德国成为罪魁祸首的历史根源以及教训和责任。给我留下极好印象的是客观而毫不含糊的讲解，还有包括废墟和死伤者在内的模型也逼真得令人心悸，令人过目难忘。

　　参观到最后，我们跟一位像是负责人的先生展开了无所拘束的讨论。大伙儿的注意力自然集中在柏林墙是否有可能消失，德国是否有可能重新获得统一这样现实而尖锐的问题。那位留着大胡子的先生毫不含糊地回答说，他个人认为问题终会得到解决，因为柏林墙和国家的分裂给八千万德国人造成了巨大的痛苦，阻碍着国家的进一步发展。不过，解决问题的道路将十分漫长，面临的困难将多而巨大，真不知我们这一代人——说这话的先生约莫四十岁——还能不能看见柏林墙倒掉。

"为什么呢?"我们问。

"因为苏联人不愿意，"他干脆直接地回答，"还有，再说，各位也理解，"他显得有点迟疑，"咱们的美国朋友英国朋友法国朋友，他们未必就高兴啊。"

参观完展览出来，回头仰望夕照中失去了拱顶的国会大厦，再看看近旁那道奇丑无比的大墙，那道像刀疤一样横划在柏林脸上的大墙，忆起多次穿行于它东西两边的见闻、经历，真是感触良多，心情沉重。对于长时期遭受分裂之苦而且看来一时还难以解脱的德国人民，虽然明知他们在很大程度上是自作自受，咎由自取，心中仍油然生出了同情；对于勇于面对历史、认错改错的德意志民族，更在同情之余增加了几分理解和敬重。

凭吊古战场

"墙倒众人推"民众大狂欢

世事难料，柏林墙的倒塌也属此列。1988年我又两度穿行柏林墙，一点没有它很快将成为历史遗迹的预感，却只是增加了对它的憎恶。

一次是年初搭乘民主德国民航的飞机降落在东柏林的机场，去西柏林没有过境的交通工具，只好独自拖着行李一步一步走过去，在那不算短的一段路程上可以想象是既紧张又疲劳。第二次是秋天去魏玛开完会返回波恩的途中，也是独自带着行李穿过弗利德里希地铁站的过境处，如我在《蒙尘的圣地》一文中所记的受到了令人愤懑的刁难和屈辱。如果说四年前自己以旁观者的身份，只是讨厌那带来不便的丑陋大墙，只是对身受其害的德国人感到同情的话，那么经历了后两次的切肤之痛，我对柏林墙可以讲已变得深恶痛绝了。

万万没想到一年后突然传来柏林墙开放和倒塌的消息，我真叫又惊又喜。其实，现在回顾起来，确实不应该完全想不到。柏林墙的建立本身，难道不暴露了东方在与西方和平竞争中的虚弱和失败，散失的民心怎能靠墙来收拾、围聚？再高再厚的墙，不是迟早都要让历史的洪流给冲垮吗？

苏联经济严重落后的现实催生了戈尔巴乔夫的"新思维"，随之出现东欧剧变。波兰亲西方的团结工会首先在 1989 年 6 月取得政权，匈牙利则宣布当年夏天开放与奥地利之间的边界，捷克斯洛伐克进行了"天鹅绒革命"……影响之于民主德国，就是大批公民通过匈牙利逃亡到奥地利，同时在柏林和莱比锡等地，也频频爆发要求开放柏林墙和重新统一祖国的示威游行和抗议集会。形势急转直下，柏林和德国的历史，终于在 1989 年 11 月 9 日这一天，即在两个德国刚刚庆祝过建国 40 周年，柏林墙两边的人民艰难地熬过了漫长的 28 个春秋之后，来了一个大转折。

柏林墙的倒塌和德国重新统一，在我们的想象里总是难分难解地纠缠在一起的，不过两者并非一码事，虽然相互有着紧密因果关系：没有联邦德国和民主德国的分裂和敌对，自然不会有柏林墙；不是名存实亡的柏林墙一夜之间的轰然倒塌，德国的重新统一也不会迅速而顺利地实现，迅速得几乎让所有人都感到措手不及。

先说柏林墙倒塌。1989 年 11 月 9 日晚 7 时，迫于形势的民主德国当局宣布开放柏林墙，狂喜的民主德国潮水般的民众拥向西柏林，尽管增加了近百个临时过境站还是人满为患，在短短一周里去过西柏林和联邦德国的民主德国公民多达 800 万。形同虚设的柏林墙随之一点点遭到破坏，变得来千疮百孔，实际上已经倒塌了。

可是，德国的重新统一，还经过了一年多的准备过程：首先是民主德国通过西方式的选举，产生了一个积极推行统一政策的政府，接着便建立两德间的经济联盟，继而实现货币统一，然后再完成政治联盟，最终才在 1990 年的 10 月 3 日，也就是在柏林墙已经开放一年多以后，宣告了德国的重新统一。在这前后的彻底推倒、拆除柏林墙及其附属设施，可以理解为只是饱受分裂之苦的民众一次忘情的狂欢和盛大的庆祝而已。

特别是在宣布统一的当晚，成千上万的柏林市民聚集到了墙边，富有象征意义的勃兰登堡门前更是人山人海。人们挥舞着德国的黑红金三色旗，万众同声地唱着歌，同时开始摧毁残存的柏林墙。不少年轻人爬到一年多以前还令人生畏的高墙顶上，抓住最后的机会拍一张表示胜利的集体照，更多的人则合力推倒那些已敲掉涂鸦墙面的水泥板，或者拣拾墙体的碎块留作纪念……柏林民众以及从全国各地赶来的德国人通宵达旦地纵情狂欢，用一切想得到的方式庆祝大墙的倒塌和祖国的重新统一。

菩提树下大街的跳蚤市场

很遗憾，我无缘目睹柏林墙边的民众狂欢场面，躬逢那百年难遇、意味着又一个历史大转折的盛事，给"墙倒众人推"的壮举搭上一只手。然而，当我观看德国朋友很快寄来的录像资料，聆听着它以贝多芬《命运交响曲》的旋律为主调制成的背景音乐，仍旧心潮难以平复，好像自己也和狂欢的人群一起高歌前进，大踏步穿过已然畅通无阻的勃兰登堡门，顺着菩提树下大街一直走到了亚历山大广场……

1993年7月，终于实现了重访柏林的愿望，而且是住了整整三个月。其时离柏林墙的开放和倒塌已快三年，三个月里除了旧地重游，还看了许多上几次来不及或者不可能看的地方。这座一度一分为二和剑拔弩张的"前线城市"，这次留给我的总印象已是一种凭吊古战场的感觉。

可不是吗，硝烟散尽了，整个城市呈现出一派和平宁静的气象！就拿当年气氛最为紧张、森严的勃兰登堡门来说吧，现在也

菩提树下大街的跳蚤市场

已是人来人往，成了观光旅游的新热点，各种街头艺人显身手的好地方。

　　但与此同时，战争的遗迹仍处处可见，不仅勃兰登堡门和左近的国会大厦还显得陈旧残破，柏林墙的墙基也尚待填平，一些原本被阻断了的东西通衢则正在修复。特别是从勃兰登堡门开始，沿着菩提树下大街向东一直延伸到了洪堡大学的门前，自发形成了一个由小摊贩组成的街边露天市场。小贩们瞄准的顾客主要是来自世界各地的旅游者，兜售的东西基本上为打扫战场的收获物，特别是从已升格为历史文物的柏林墙上敲下来的碎片，以及一切与原民主德国有关的标志、器物，诸如人民军的军帽、军服、旗帜、勋章等等。但也不止于此，还有来自苏联和东欧社会主义国家的同类东西。整个说来，主要就是东西方的冷战停息后，狼狈败下阵去的一方在战场上的残留物。那些摆摊的小贩呢，多数讲德语带外国口音，彼此则操着包括俄语在内的各种斯拉夫语言，显然也都是战争难民。

夕阳西下时溜达在菩提树下大街，面对着这样一个市场，这样一些商品，我完全没有了以往在德国逛跳蚤市场的愉快心境，而是别有一番滋味在心头。尽管对柏林墙和它象征的专横、封闭深恶痛绝，自己毕竟来自东方，毕竟是一个社会主义国家的公民，毕竟曾被沦为了战败者的民主德国和其他一些东欧国家视为同志和兄弟啊。

同样矛盾的心情，在柏林西部最繁华的选帝侯大街（即"库当大街"），我更多次体验过。在成了柏林标志之一的威廉皇帝纪念教堂近旁，是可称为西柏林市中心的布莱舍德广场，广场前边的选帝侯大街车水马龙，人流如潮，因此吸引了形形色色的卖艺者来此讨生活。住在柏林三个月，闲暇无聊之时常去那里看热闹，很快就发现那些卖艺者的成分发生了很大变化：一组组一队队的苏联人和东欧人，湮没、排挤掉了原来那些多数是单干的德国本土和西欧的艺人，能与之抗衡的只有同样是集体上街的南美印第安流浪音乐家。苏联的艺人们大多又奏乐又演唱，给人一个训练有素的印象。有一段时间，一队穿着民族服装的男女，在音乐伴奏下边唱边跳俄罗斯的民间舞，成了行人和游客们关注的焦点。

本人最初学的是俄语，属于唱着苏联和俄罗斯的歌曲度过青春年华的一代，至今只要耳畔响起那些美妙的旋律，心中就会发出悠长的回响。何曾料到，在四十多年前被英雄的苏联红军攻克的柏林，会听见用地道的俄语演唱的同一些歌曲！而那些边唱边跳的苏联人，多半都已一大把年纪，为了讨得围观者的欢心和施舍也脸带笑容，但细加观察便会发现他们笑得苦涩，笑得勉强。每次看完类似的表演心里真是难受。倒并非惋惜某个国家或某种体制，在不见烽火的无情战争中衰落了，败亡了，而是同情千百

库当大街边的歌舞

万的无辜者受到了牵连，为它付出了离乡背井、寄人篱下的惨重代价。

同样的思绪和感慨，还常出现在面对那些为数不少的真正战争难民的时候。他们多数都来自解体后内战此起彼伏的南斯拉夫联邦，有的人只推着一辆从超市弄来的购物车，车上所载看来就是他们从战火中抢救出来的全部家当了。一次，一个如此流落异乡的老太太坐在步行区的地上乞讨，身边正蹲着位大胡子男人向她问这问那，从穿着打扮和关切的神态看，显然是个与老太太同病相怜的战争难民，说不定在家里还有这样一位没能逃出来的老妈妈。

时隔四年，我发现西柏林的市容没有怎么变，人却明显增加了许多。

从"历史之门"遥望国会大厦

这次旅居柏林时间较久，又没了柏林墙的阻隔，就补上了前几次游览观光的遗漏，特别是到东边的著名博物馆岛去了好几回，流连于老国家画廊和佩伽蒙古代艺术博物馆宏大而现代的展厅中，目睹了它们精美绝伦的收藏。在西边，则去夏洛滕堡宫近旁的埃及博物馆以及在达伦地区的世界民俗博物馆补了补课，并且也没有放过机会，去音响效果世界一流的柏林爱乐乐团音乐厅，欣赏一场世界一流的演奏。所有这些活动，都让我意识到了柏林曾经是德国和欧洲的文化艺术中心，它在这方面需要我了解的还很多很多。

但是我的注意力，仍然更多地投向了柏林墙及其周围。因为我知道，刚统一不久的德国虽然百废待兴，目前还无力对战场进行全面彻底的清扫，但是过几年等我再来的时候，那些历史遗迹多半已不复存在了。

我不止一次到勃兰登堡门踏勘柏林墙的遗址，在周围特别是门内曾为死亡地带和军事禁区的地段散步，发现并拍摄下了许多有意思的画面——

在门内右侧游人很容易去的地方，一群外地来的年轻人背靠着四块水泥板摄影留念。这已经不成其为墙的"柏林墙"，显然是推倒后又临时竖立起来的，因为冷静下来以后，谁都觉得由它见证的那一段历史对于柏林太重要了，作为证物的墙体也不应该完全碾碎了铺路，或者作为收藏品出售——据说有家为此专门成立的公司已经赚了 200 万马克，而是须留下一些供人重温那段历史时凭吊。

柏林墙残余

不过要真正凭吊柏林墙的残余，却得顺着勃兰登堡门前右侧的小路向前走，一直走到几乎不见旅游者的地方。那里有好几十米的水泥高墙保留下来了，朝西墙面上的图画和字迹看样子也不完全是后加的。一幅占据了约十块水泥板的巨型壁画，表现类乎万人坑的惨状。另有一段墙的顶部依次写出1961年至1989年的28个年份，年份下边的数字则表示当年冒死穿越柏林墙的牺牲者，总计被击毙和在有一段墙边的施普里河中淹死了258人，其中25人是民主德国一方守墙的卫兵。这样的一段柏林墙，我看确实是货真价实的纪念墙。

然而，谁又想得到，在这个历史老人驻足肃立的地方，却有人来大煞风景：正好在写着牺牲者数目那一小段墙的墙头上，还有在那幅触目惊心的大壁画背后不远处，竟耸立着日本丰田汽车公司的标志牌！我真是不解，日本身为联邦德国盟友，怎么为了赚钱竟变得如此感情麻木，难道真的是世人所骂的"经济动物"么！我绕了好长一段路到墙后原民主德国的境内一看，发现一大

透视"历史之门"

片空地已变成丰田的售车场,又不由得对"经济动物"的灵敏嗅觉和善跑善抓的脚爪心生佩服。

顺着纪念墙继续前行,不久便到了片估计有两三个足球场大的旷地上,没有建筑,没有树木,杂草丛生,真叫满目狼藉,满目荒凉,只在中央有一座炮楼似的废墟,还有就是一道门,一道异常奇特的、恐怕也是世界上独一无二的门。原来啊,它两旁的门柱竟是两辆侧着竖立起来的废装甲车,另一辆战车横跨在顶上做了门楣!

不用讲,这里真正是一座战场,近半个世纪之前,在第二次世界大战即将结束的时候,已攻入柏林的苏联红军曾在此与顽抗的法西斯,做殊死的搏斗。这片如今游人罕至的不毛之地,当年肯定是战车狂奔,炮声隆隆,血火横飞,而今却一切都沉寂了,过去了,化作了历史的一段插曲,一个惊叹号!

这一大片古战场,怎么能在柏林的中心地带,保存半个世纪之久呢?

因为东西两大阵营的对峙导致了柏林的分割，而且它刚好在东边紧挨着柏林墙，因此便成了长期无法建设和清理的无人地带。站在那座奇特的拱门前从东向西望去，刚好看见国会大厦的背面。我退后几步，把大厦刚好纳入拱门之中，然后按下快门，摄下了一张在我看来是意味深长的照片。由普鲁士军国主义而至德意志帝国，再到法西斯专政和发动大战以至于最终遭到失败和严厉的惩罚，德国的整个近现代史都缩影在这张照片里，虽然它出自一个业余摄影者之手，从技术的角度看一点也不高明。

那用战车搭建的拱门，它的创意显然来自普通老百姓，也是他们用双手所创造。可以想象，在不可能有起重机等器械帮助的情况下，当时一定是许多人齐心协力，喊着号子，才完成了自己的杰作。可是，他们如此辛辛苦苦地搭建此门，用意何在呢？难道它是有一座勃兰登堡门似的凯旋门么？

显然不是！它应该是一道和平之门，一道历史之门。它表达的是普通老百姓化剑为犁的决心和愿望，和平的愿望！它要提醒德国人反省历史，时刻不忘历史的教训！

在"拱门"左前方的远处已依稀可见建设工地的吊车，这片古战场存在的时日不会太长了。我久久流连于此，想了很多很多。

一个真实的传奇故事

要说柏林墙和由它象征的德国分裂给人们造成了不幸甚至灾难，那容易理解和证明，成千上万人长达28年的骨肉分离，还有上边讲到那258位牺牲者，都是无可辩驳的论据。为了逃离由柏林墙的阻隔造成的不幸，当年人们真可谓无所不用其极，最愚笨的办法如挖从墙下穿过的地道，最冒险的办法如"玩空中飞人"，最科学的办法如在夜间乘坐热气球，最常规的办法如由回西边的汽车夹带过关，只要能想得出来的越境招数统统都用上了。其中真不乏惊心动魄的传奇故事。

但要讲柏林墙也给人带来了好处甚至幸运，则不大容易理解和想通，则须要用事实证明。且不说那些从德国的分裂得到好处的外国，因为说起来太复杂，牵涉面太广，历史是非也不易分清楚；只说那些捞到了好处的德国人吧。

有一个绝对真实，且既具传奇色彩又富于讽刺意味的故事：

就在几乎所有的德国人都在为柏林墙的倒塌和随之到来的德国重新统一而欢欣鼓舞的时候，就在东西柏林的市民们聚集在勃兰登堡门前彻夜狂欢的时候，就在全世界的首脑人物都在评估事件的政治含义并忙着寻找对策的时候，西柏林的一个普通商人却凭着自己赚钱的本能，凭着在柏林墙被拆毁之前他对其未来价值的机敏判断，突发奇想，从世界瞩目的柏林墙遗骸上发现了巨大的商机。他立即暗中搜集柏林墙何时将最终拆毁的信息，并做好了大干一场的充分准备。其他人还多半出于政治的兴趣小打小闹地在那儿敲砸墙壁，拣一些碎块碎片来作为留念，他却果敢地采取了行动，跟当年多数冒死穿越大墙的人们一样也选择一个月黑风高的夜晚，驾驶着卡车等搬运设备，带领着工人和切割机械来到墙下，一不做二不休，把一整段绘满了彩色图画的墙体切割成一大块一大块，轰隆轰隆地搬上车运回家，直到堆满了他的整个院子！

结果当然不用细讲了。在勃兰登堡门内的跳蚤市场上，拇指大的一小块配上一张柏林墙画片都要值几马克，一大块有彩色原版"柏林墙画"的水泥板价值更无比巨大。难怪人们事后要说这个商人一夜之间搬回家了"一座银行"。这老兄呢，也正式做起了批销柏林墙的大买卖，每次在巡视自己堆积如山的奇货，在指挥工人吊装和运送货物时，都不无志得意满的神气。

说这个故事绝对真实，是因为发了柏林墙财的商人曾在一部名叫《墙倒之后》的纪录片里现身说法；而这部 1999 年出品的片子的摄制者，又是有名有姓的埃里希·布拉克和弗兰克·桑迪两位。

除了这位异想天开地销售柏林墙而发大财的精明商人，还有一些机灵脑袋也从柏林墙的突然倒塌和德国重新统一大捞了一把，要么抓住时机在东边贱价购置房地产，要么在私有化的浪潮中，通过托管局，象征性地用一点钱接手濒于破产的国有企业，当然同时也承担该企业起死回生，解决原有职工就业问题的风险。

重新统一带来的变化

到 1993 年的夏天，德国重新统一已经快三年，但对于住在原西柏林的我来说，除了上面提到的人增加了，除了去东边和德国的其他地方自由而方便了以外，还并未感到有多大变化。市中心繁华的选帝侯大街照样繁华，克罗伊茨贝格区破旧的贫民住宅照样破旧，享有控制权的美、英、法驻军仍照样在控制。要体验德国重新统一所带来的变化，只有到东边去；在原东柏林，变化真是涉及广泛而又深刻。

商店也如西边一样的琳琅满目，货物充足了；餐馆多了，食客无须再排队，街边上也有了露天咖啡馆；往来急驰的已不再仅仅是被人鄙夷地称为特拉比的卫星牌汽车，而是各种西方的名牌轿车，尽管不少可能系二手货；原来靠近柏林墙的空房子都住上了人，一些地皮得到了平整，有的已确定了归属。例如，在勃兰登堡门内右侧不远处，有一大片平地已经圈了起来，前边竖立着的一方黑色大理石铭牌告诉人们，这儿即将新建美国大使馆。其他国家的使馆和德国的政府机构，按照1991年6月联邦议院正式通过的迁都决定，也要搬来柏林而且多半是在东边落脚，因此到处可以看见进行大规模建设的准备。

但是，比起外在可见的变化来，更深刻的却是社会、人心的变化。不止一次去亚历山大广场溜达，或参观电视塔底层举办的德国体育成就展，或在喷泉旁的长椅上闲坐，或在旁边的商店里购买饮料食品，发现气氛整个地变得和谐轻松了，人们原本刻板冷漠的脸上也有了友好的笑容，和我在《蒙尘的圣地》里描述的情形完全不一样。

写到这儿，想起了几年前在民主德国进修的朋友曾经告诉我，他们当时除了物质生活远不如在西边的我们，最最受不了的是与世隔绝的孤独寂寞，比我曾经感受的厉害不知多少的孤独寂寞。因为他们当时根本无法和一般德国人交往，到其他城市旅游也受到当局严格限制，难怪有的进修人员由于心理原因不得不中断学习，提前回国。现在可是自由了，整个社会气氛应该讲和西边已没有明显的差别。

我还去了卡尔·马克思广场，站在红色市政厅对面一坐一站的马克思和恩格斯巨型塑像前，对两位伟大的思想家表示了敬意。令人欣慰的是，尽管社会主义的民主德国不复存在，人们对社会主义学说和实践的老祖宗仍怀着敬意，对富有历史价值的民主德国遗产并未一概毁弃。可能拆掉的听说只是原民主德国新建并引以为自豪的共和国宫，但并非出自划清界限的政治考虑，而是因为专家测试出了建筑材料含有损害人体的放射元素。由此，也可看出德国人的聪明和理性。

名声响亮的共和国宫是一幢黄铜色的、美轮美奂的现代建筑，我抓紧在它未拆除前走进去逛了好一会儿，发现其功用相当于我们的劳动人民文化宫或者青年宫，不禁对它面临的厄运感到格外惋惜，真希望所谓的专家测试并不准确，或者所闻只是谣传。

流连在柏林东部原民主德国的这些公共建筑内，禁不住浮想联翩，感情颇有些复杂。由德国人马克思恩格斯创立的科学社会主义理论，其本意是要实现社会公正，消灭剥削和贫困，不可谓不高尚、不人道啊！这供广大劳动人民享用的共和国宫，亚历山大广场四周那些曾"大庇天下寒士俱欢颜"的火柴盒似的高楼，还有极其低廉的交通费和生活费，不都证明前民主德国共产党人曾真诚地想实现自己的理想吗？可是为什么在与资本主义西方的竞争中，又失败了呢？是他们的理想，他们的理论，违反了科学规律，不合人的天性呢，或是他们为实现自己理论和理想的实践，出了偏差和毛病呢？如果是前者，就太可悲，意味着社会主义根本行不通；如果是后者，就还有希望，只不过真得从失败中好好地吸取经验教训。

坦率地讲，对于失败了的民主德国共产党人，更别提对他们杰出的前辈蔡特金、李卜克内西、卢森堡和台尔曼等等，我仍怀有极大的尊敬，因为他们多数曾真诚地为自己的理想而奋斗而牺牲，所作所为也并非一无是处，更没听说他们在执政时有多少腐败堕落的表现，即使在后来清算他们的时候。

在柏林东区的一个地铁站里，有一对年轻夫妇上了我所在的车厢。两人形容憔悴，身上背着行李，一上来就恓恓惶惶地发出告白和哀求，说他们来自东边，在失业后又被房主赶了出来，无家可归，因此只好恳求大家帮助……这一对夫妇所述是否属实，我不敢断言。但在重新统一后进行的重组和私有化过程中，是有不少人包括知识分子"下岗"了，失去了原有的福利住房，确系事实。在社会大变革时期，不同的人自然会有不同的遭遇，有靠卖柏林墙发了大财的幸运儿，也有因政治信念而丢掉了饭碗的大学教授，有转眼之间变成了房地产大亨的"西部佬"，也有让房东无情地赶到了街头的"东部仔"。这种时候，难免出现不少新的问题，新的矛盾。

为了克服新的和旧的矛盾，德国政府做出了巨大努力，西部民众付出了不少牺牲，虽说已取得初步效果，但是问题还远远没有解决。在推倒柏林墙四年和重新统一三年之后，面对现实的人们早已没有了欣喜和狂热，才感觉为此付出的代价实在太沉重。

然而，自由自在地来往于东西德国和东西柏林之间，看见眼前正在开展的大规模建设，遥想着德国和柏林的美好明天及其日渐提升的国际地位，特别是考虑到世界也因此少了一个斗争的焦点，我仍为德意志民族和整个人类感到高兴，仍感到所付的代价值得。

十年回眸话得失

2000年10月3日，对于整个德国乃至全世界都是一个极不平凡的日子。十年前的这一天，第二次世界大战后分裂和对立了近半个世纪的两个德国终于重新统一。德国的分裂曾经以横亘在东西柏林之间的一道高墙为象征，柏林墙的倒塌揭开了德国重新统一的序幕；敌对的两个德国又是东西方两大阵营进行冷战的最前线，德国统一了，世界范围内的冷战随之得到缓和，整个人类的历史遂翻开了新的一页。具有世界历史意义的德国重新统一十周年纪念日，理所当然地受到了德国乃至整个世界的关注和重视。回眸德国重新统一十年来的发展，人们关注的中心都集中到了这个既为人类做出了无数贡献，也给世界造成了巨大灾难的国家的现状，也即是推倒柏林墙这一曾震动世界的历史事件，究竟带来了什么结果，有何成败得失。关于这个问题，各种媒体的报道评说很多很多，笔者能做的只是谈谈自己的亲身感受，但愿多少有点新意。

非同寻常的纪念大会

重新统一十周年纪念的中心城市，没有定在再次成了首都的柏林，而在东部的另一个大都会德雷斯顿，一座在历史、文化、艺术、科技、教育等诸多方面，都堪与东部的柏林和西部的慕尼黑媲美的世界名都和古城。笔者1988年以来的十年间，曾三次前往有易北河上的明珠之称的德雷斯顿参观旅游，虽一次比一次更为它的美丽、丰厚、深沉所吸引和倾倒，但在此之前却一直没有写它，原因是觉得对它知道得太少太肤浅。

这次德雷斯顿被选为全德统一十周年纪念活动的中心城市，从哪方面看都再恰当不过了。前边已经说过，德国历来存在多个政治、经济、文化中心，而今联邦德国继承和发扬了这一传统也可以说优势，应该讲十分的明智：不但使全国各地经济文化发展相对均衡，更发挥了地方的积极性，使各地的历史传统得以保存。

其实正在德国的我通过电视看到，纪念大会的主会场设在世界著名的森佩尔歌剧院。它建造于1871年至1878年间，地处德雷斯顿市中心的剧院广场边上，名字来自它的设计者哥特弗里特·封·森佩尔。森佩尔歌剧院闻名遐迩，不只因为它建筑艺术精湛，各种功能齐备，演出效果绝佳，还因为里夏德·施特劳斯和其他大师的一些歌剧曾首演于此。

德国人的这类纪念活动都既隆重又高雅，庆祝重新统一十周年更是。几乎所有的政要和各界精英都在德雷斯顿的森佩尔歌剧院济济一堂，衣冠楚楚，正襟危坐，时任法国总统希拉克和美国国务卿奥尔布莱特则是应邀出席的贵宾。以善于演讲著称的联邦总统约翰尼斯·劳做主题报告，总结统一十年来的成就和不足，目光始终注视着国家民族的未来，注视着欧洲的进一步统一和后冷战时代的世界稳定与和平。

文质彬彬的总统讲话有两点给我留下了深刻影响，也令我感动。一是他对"统一总理"赫尔穆特·科尔的历史功绩，做了十分客观公正的评价，向科尔真诚地表示了敬意，虽然正处于困境中的科尔其时并不在场，虽然科尔乃是他和他的党即社会民主党的老对手和"政敌"。二是总统在这样一个庄严隆重的场合，在自己本该是充满喜庆色彩的报告中，花了不少篇幅谈德国极右势力近些时候尤为猖獗的问题，对它进行了极其严厉的谴责，不但以此表示自己的立场，还号召全国人民对这个大是大非要明确表示自己的态度。

我想不用再拿某些形同宵小的东洋政客来进行对比了，这位德国政治家的远大目光，宽广胸怀，本身已令人敬佩！

关于统一的得失，约翰尼斯·劳在谈的时候如上所述，是站在历史发展的高度，目光始终注视着国家民族的未来，因此对过去的十年充分肯定，对未来的发展十分乐观。而事实上柏林墙的倒塌和随之而发生的变化而取得的成就，从长远看也真正不容低估，不可小觑。

不倒的"柏林墙"

柏林墙开放后一年多点，1990年10月3日，分裂了近半个世纪的德国终于重新实现了统一。之后不到一年，1991年6月，德国联邦议院以微弱多数正式通过迁都柏林的决议，三年后的1994年，又通过《柏林—波恩法》，制定了整个搬迁工作的时间表。

同年夏天，英国、法国和美国的驻军小分队最终撤离西柏林，俄罗斯的军队也从东柏林撤走，柏林才算真正结束了"被占领的"状态，不再是一座如德国人自己所说的"受制于涉及广泛的、通常令人费解的盟国军事法规的城市"。

与此同时，东部五个新联邦州不只居民享有了向往已久的民主和自由权利，实行私有化头三年一度下降了多达40%的国内生产总值也迅速回升，并在几年内大大改善了公路、铁路、通信等基础设施，一个个现代化的工业区也围绕着莱比锡、德雷斯顿等大城市迅速地崛起。居民的生活状况显著改善，平均工资水平达到了西部的90％——比自己以前的购买力更提高了不知多少倍！甚至已有20％的家庭收入高于西部的平均数，其冰箱、摄像机和洗衣机等家用电器也后来居上，连退休人员的养老金普遍比西部高 ⋯⋯

以上都是看得见摸得着的成绩，都是政治和经济生活中实实在在的改善。在回顾重新统一的十年历程时，德国人，特别是原民主德国的民众，该是满意了吧？

其实不然！

除了政府当局，2000 年的德国媒体也都忙着在做统一十年的得失总结，然而所看到的却多系眼前，却比较实际。在一些权威报刊上，前述评功摆好的数据和事实虽也能够读到，但却构不成主旋律，所反映出的更多是人们的反思、抱怨、失望和忧虑。

例如，著名的《明星》画刊在 9 月 16 日一期有一篇题为《德国重新统一十年的总结》的文章，就把 8000 万德国人"纳入一种共同的社会制度和经济体系"称作"一次昂贵的试验，是用高失业率和以后数代人将支付利息的贷款换来的"，是所谓"靠借贷实现的统一"。

理由：这仓促实现的统一已花费多达 1.6 万亿马克，其中的四分之三全由西部承担，结果不但联邦政府债台高筑，普通西部老百姓也得增缴据说占收入 7％的"团结税"，每个居民平均负担了约 2 万马克。这些可都不是一个小数字！

花了这么多钱结果怎样？东部仍未出现科尔前总理当年描绘的"繁荣景象"；而这，据说正是他 1999 年大选败北的主要原因。

该文接着指出统一后出现的一个令人忧虑的新问题，即巨大而鲜明的反差：在新联邦州和老联邦州之间发展水平的反差，在不同条件的新联邦州之间改善速度的反差，在东部不同教育水准的人之间收入高低的反差，等等。结果东部居民便普遍感到"不平等"，便认为与西部同胞相比自己只不过是"二等公民"，便由此生出了不满和怨尤。西部民众呢，由于经济上太多的付出也产生了悔不当初之慨。

于是，根据福尔斯民意测验所的调查，希望重新建造柏林墙的人口比例在东部为14％，在西部更达到了20％之多。文章据此便得出结论：头脑里的"柏林墙"，即东部德国人和西部德国人之间的隔阂，依然没有倒塌。

在联邦德国政府主办《德国》双月刊2000年4期，有一组纪念德国统一十年的文章。它们的基调也和上引的《明星》差不多，例如权威的《时代》周刊的主编、德国著名的时事评论员罗杰·德·韦克，给自己文章拟的题名就是《不对等的统一？》。其所指既有两德为统一提供的基础不对等，付出的不对等，也有所得到的结果乃至心态的不对等。

有必要说明的是，像这样消极悲观的估计带有相当的群众性，并不仅仅存在于某一些媒体或人士。拿笔者来说，近十年来在德国东部确实看到了巨大的变化和成就，但同时也体验到西部所付出的代价。七八十年代到过联邦德国的人，当时都对这个高度发达的国家各方面的成就惊羡不已，认为那时真是它在战后短短二三十年间创造的黄金时代，后来呢问题可就多了。而问题的由来，是不是主要就在"不对等的统一"呢？

回答只能由历史做出。

平等与民主，什么更要紧？

再说德国东西部之间为什么存在隔阂，人们头脑里的"柏林墙"为什么仍未推倒？一句话，隔阂来自近半个世纪分裂形成的不同价值观，乃至不同的生活工作习惯。

不同的意识形态和学校教育，使东部人更重视社会公正和平等；至于个人的自由和民主什么的，似乎就不那么重要了。更有甚者，不少人还认为原民主德国的计划经济，是落实社会公正更为人道的制度，因此越发厌恶由自由竞争造成的贫富不均，自觉不自觉对舒舒服服地吃大锅饭心存怀念，如果再遇上失业什么的便更加满腹怨恨。结果，有61％东部居民不满意联邦德国的现行制度，自1990年首次自由选举以来行使选举权的人越来越少，勃兰登堡州的居民参选率仅为50％；而由原民主德国统一社会党改组成的民主社会党，仍获得居民的支持而占据不少议席，来自西边的自由民主党和绿党却完全靠了边。对自己曾经十分佩服的西部兄弟，也产生了受歧视的穷亲戚的嫉妒和怨恨。

在西部情况恰恰相反。人们重视个人的民主和自由，对强调集体主义、社会公正和人人平等的社会主义畏似洪水猛兽，早已习惯有时也是很残酷的个人竞争。结果是多达70％的西部居民满意现行的政治制度，反之对原民主德国的制度及其遗留下来的民主社会党深恶痛绝，使这个党在西部完全没有市场。对于在柏林墙开放之初自己曾经热烈欢迎过的东部同胞，则在这些人原本好逸恶劳的成见之外，又增加了一个不知满足和忘恩负义的印象。

孰是孰非一下子说不清楚，也无须局外人来说清楚；反正德国东西两部分之间还存在隔阂。正是，钢筋水泥建造的柏林墙看得见，摸得着，要推倒尽管也不易，但毕竟已经推倒。而另一道长期形成的意识形态的高墙，价值观和生活习惯的高墙，它深深扎根和渗透在人们的心里，无形地耸峙在两种社会制度之间，要推倒就困难得多了。

那么十年前的两德统一，以现在的观点来看，是不是有些操之过急了呢？看来是的。拿科尔当政时期的联邦议院议长聚斯姆特女士的话来说："我们西部人对东部同胞的过去，对他们的感受，对他们与我们的关系，都知道得太少了。事实上我们当时还没做好重新统一的准备，在许多方面还是无知者。"

然而，客观地讲，1989年至1990年的形势发展也太出人意料，也真是不以人的意志为转移。面对着痛苦分裂了近半个世纪后上上下下的统一要求，面对着千千万万冒死投奔西方的东部同胞，谁又能不热血沸腾，头脑发烧呢？更何况，实现民族的重新统一，是可载入国家乃至世界史册的丰功伟绩啊。

现在，据媒体报道东部的建设已遇到困难，前些年经济增长速度远远高于西部的情况不复存在，尤其是某些靠国家投巨资支撑的行业如建筑业不再景气，整个生产率和增长率又重新落到了西部后面，人均产值仍然不足西部的60%，看来社会和经济问题都相当严重。

但是，尽管如此，德国的政府和人民并未失去信心，而是努力在动脑筋想办法。有的人认为应该开展一次关于合乎时代要求的基本价值观的大讨论，以弥合东、西部人心灵上的鸿沟。有的人认为东部人应该学会西方的民主，以适应现制度下的生活……

不管怎么讲，德国的东西两部分要真正实现融合，包括外在和内在的融合，社会和经济的融合，还需要很长的时间，还要经历一个艰难的过程。不过，人们仍信心十足，认为德国有足够的实力来克服困难，调整自己以适应时代的需要和未来的挑战。我呢，自然也相信勤劳、聪明、务实的德意志民族最终能彻底推倒"柏林墙"，横亘在东西部之间心灵上的"柏林墙"。

新柏林　新世纪　新崛起

话说"世纪大搬迁"

前文引述的那些回顾德国统一十年得失的文字，很少或者说几乎没有提到把首都从波恩迁到柏林这件事。而在笔者看来，它不仅是一件世所瞩目之举，而且意义极为重大、深远；它的顺利完成应该讲是德国统一十年取得的最重要成就。

把首都迁到柏林，这可是一件关系全局的大事情。1991年6月20日，在经过长期的辩论之后，德国联邦议院才以337票对320票，终于通过了迁都的决议。

仅仅17票的微弱多数，说明分歧之大，争论之激烈。

持异议的一方即所谓"波恩派"认为，把整个立法和行政中心大搬迁，不仅花费异常昂贵，一家预测研究所的估计高达600亿甚至1000亿马克，而且德国历史上最长的一段和平、民主和自由的时期已与波恩这座朴实、宁静的古城的名字紧紧相连，相反，还都柏林则会唤起不少阴郁和令人痛心的记忆，因为众所周知，那座目前破破烂烂的城市曾经是普鲁士军国主义的温床，两次世界大战的策源地，东西方冷战的战场和德国分裂的集中体现。

但是，主张迁都的"柏林派"到底获得了胜利，因为他们的理由更加充分，更加有力。九年后回过头来进行总结，"柏林派"没有错，当时由他们那17票的微弱多数促成的决议完全正确。根

德国新首都柏林一角

据最新的媒体报道，当1999年9月联邦议院如期在整修一新的柏林国会大厦第一次开会议事时，原"波恩派"已没有几人再固执己见了。

不用细述整个搬迁过程的复杂，工作量和运输量的巨大，费用的高昂，遗留问题的众多。只要了解以下几个数字就够了：除了总统府和联邦议院，将有约40个联邦政府部门陆续从600公里以外的波恩，搬进柏林18幢需要彻底整修的建筑里，有27000个政府职位因搬迁需要调动，搬迁初期每周至少有1200人乘四架飞机在空中穿梭往返，到了1999年9月搬迁最紧张的阶段，每周在空中飞来飞去的人达到了4500人左右……

然而，经过素以干练、理性、思想开放和科学头脑发达著称的德国人几年的努力，一切困难都迎刃而解，迁都任务圆满地完成了。结果，总花费控制在了规定的200亿马克以下，其中还包括给波恩的28亿马克补偿。

为什么能做到这点？因为计划周详，实施得力，能避免的无谓花费和劳动，都实事求是地尽量避免了。具体的做法很有意思，对我们也不乏启迪作用：

首先，搬迁实际上是在波恩—柏林—法兰克福三市之间双向进行。在波恩的主要和多数立法、行政机构搬迁去柏林的同时，留下的六个部之外也新增加了一些机构，包括从柏林迁来二十个联邦行政单位，以及从美茵河畔的法兰克福迁来的三个。也就是说，借此机会实行了一次行政机构的大调整。这样，波恩不但保持了行政辅助中心的地位，而且空出的地盘全都有了主儿，再加上在柏林也是整修多于新建，花费便大大地降了下来。

其次，普通公务员尽量做到换岗位不换地区，家在波恩的人尽量留在或调到迁来波恩的其他机构上班，特别是那些老弱和拖家带口者；非去柏林不可的则得到了交通和出差的补贴。结果不但减少了遗留问题，还顺带实现了人员的合理调配。笔者一些供职于基金会和学术机构的朋友基本上仍留波恩，只有在联邦教育与科学部当处长的 Jobst 博士须要跑一跑，但是与我同年的他离65岁退休已经不远，很乐于快些退下处座的位子接受照顾。

第三，做出迁都决议以后三年的1994年，联邦议院又通过了《柏林—波恩法》，对有关事宜做了明确、详细的规定。真正大规模的搬迁是到了1999年才正式展开，在此之前做了细致周密的计划和准备，特别是柏林的规划、维修和新建更是井井有条，忙而不乱。结果在忙于迁都的八年中一切运转正常，没听说出什么大纰漏，更没见有谁借机大肆贪污和挪用搬迁经费的报道。

有人把德国的迁都称为"世纪大搬迁"，我看并非夸大其词。对于完成了这一壮举的德国政府和德国民众，我只有两个字：佩服。

迁都柏林好处多

为什么不惜劳民伤财，定要将联邦德国的首都从波恩迁来柏林呢？

这个问题，联邦议院中的"柏林派"在辩论时已讲得相当清楚，我上文之所以未做征引，是希望让完成迁都后的事实本身来回答。根据报纸报道的各方面反应，现在可以讲迁都已带来如下好处：

为了名副其实地成为新的首都，柏林从1994年开始进行了大规模的重建，特别是原处于柏林墙边的勃兰登堡门周围一带，前些年的不毛之地乃至无人区已变成90年代全世界最大的建设工地。勃兰登堡门内往南一二百米处，美国大使馆正在战前的原址上修建新馆舍，英、法等国自然随后紧跟；门内往北一点的国会大厦背后，则已动工新建联邦议院的议员办公场所和其他行政楼宇；门前往南不到一公里，在曾经充当民主德国人民军射击场的波茨坦广场上，正耸立起来德国奔驰（戴姆勒—克莱斯勒）公司和日本索尼公司的超现代高楼群；而北面近在咫尺的共和国广场边，正热火朝天地进行着全民关心的国会大厦的翻修和一系列办公大楼的新建……真是到处一派热气腾腾的建设景象！

拆掉了高墙的大柏林有人口350万，占整个东部2000万人口的六分之一，大规模开展的建设不仅创造了无数就业机会，带活了城市和周边经济的景气，对整个东部经济的复苏也有促进，而且更重要的是还大大鼓舞了民众的士气，让人眼睁睁地看见统一带来的变化和改善，从而把心思更多地集中到国家的重建上来。

迁都柏林实现了整个国家政治经济重心的转移，为德意志民族的振兴和崛起选好了踏跳点。柏林地处欧洲的中心，在德国境内的位置偏北而比较适中，又在东部的腹地，不但对五个新联邦州的民众具有更大的亲和力，成为东西部进一步融合的连接点，有助于最后推倒心理上的"柏林墙"，真正实现民族的团结和国家的统一，长远的、政治上的好处更是无法估量。

迁都对德国未来的经济发展十分有利。战后近几十年的稳定时期，使整个西欧的经济增长趋于饱和，重心已开始向潜力巨大的中东欧地区转移。柏林自1871年至1945年一直是德国的首都，政治、经济、文化、科技、教育的中心和交通枢纽，现在借统一的东风还都柏林，可谓及时而富有战略眼光。这样，德国从心理上和行政区划上也进一步恢复了昔日的地位，无疑将更好地在未来统一的欧洲发挥举足轻重的作用。

是的，柏林是有着沉重的历史包袱。然而，与其掩耳盗铃，为了忘却或掩盖历史而抛弃曾为德国和欧洲举足轻重的城市柏林，还不如勇敢地正视历史、牢记历史教训，来得更加聪明，更加现实，更加明智。联邦议院到底还是支持"柏林派"，决定把首都迁回到施普里河上的普鲁士名城，再一次证明德国人确确实实是勇敢、明智而又聪明。他们绝不做因噎废食、抛弃历史和祖宗的蠢事。

完成迁都一年后，到举国上下庆祝重新统一十周年时，原本满目疮痍的大柏林作为德国的首都，已面貌焕然一新地出现在世人面前，预示着德意志民族在新世纪里将有一个新的开始，新的崛起。

通体透明的球顶——新柏林的象征

是该谈一谈已经多次提到过的国会大厦了。在柏林重建的大棋盘上，这幢地位显赫的大厦的翻修、更新，跟几年前被一对号称大地艺术家的夫妇用银色织物整个包装起来时一样，从头至尾一直成为世人关注的焦点。还不止此呢，整个首都重建工程的指导思想和组织程序，也可以用国会大厦的翻修作为范例和典型来加以说明；至于在完成修复、更新以后，这幢大厦特别是它漂亮的玻璃球顶，更成了新柏林和新德国的象征。

落成于1894年也即德意志帝国时代的国会大厦，一百多年来屡遭劫难，纳粹党徒纵火焚烧它，"二战"中挨了不少炸弹，1961年至1971年虽经修复，却没有了脑袋，没有了那原本显得庄重威严的高大拱顶。这样一幢承载着辉煌、罪恶和苦难的历史建筑，是否有必要修复、重建？如何修复、重建？谁来修复、重建？特别是那已经荡然无存的拱顶，是否还要加上？所有这些都曾经是问题，都曾经引起了举国上下的思考和争论。

在经过了公开、自由的讨论以后，所有问题都解决了，而且解决得似乎非常理想，解决得似乎让国内国外都挺满意。

通过公开招标的办法，承担这一历史性工程总体规划设计的桂冠，由英国的明星建筑师诺尔曼·福斯特爵士摘取了。这位爵士的重建方案，不用说是出类拔萃，不同凡响的了。但是作为包豪斯现代建筑学派大本营的德国，难道真的就没人了吗？显然不是！我认为聘请英国人来主持国会大厦的改建，也有非同寻常的象征意义。仅仅此举，便显示了柏林这座城市的国际性和开放性，既展现着德国人广阔的胸怀，也流露出他们重现柏林欧洲名都辉

柏林秋色

煌的雄心。顺便提一下，建在勃兰登堡门附近黄金地段的"欧洲被害犹太人纪念碑"，同样是采取招标的办法，由美国建筑师彼得·豪斯曼来设计和完成。此举照我看同样具有多方面的深刻含义。

英国的爵士建筑师果然不负众望，拿出的是一个很富现代性的重建方案，唯一令业主即联邦议院不满的是他准备废弃那本已不复存在的拱顶，大概是觉得它既落俗套又有些"霸气"。负责指导重建工作的议会特别委员会却固执己见，告诉爵士一个多世纪前在这幢庞大臃肿的建筑上之所以还加个拱顶，乃是以议会为代表的市民阶级欲与教会和封建贵族平起平坐的表现，因为不论教堂还是宫室，都无例外地有高大雄伟的顶子。最后，打工的爵士接受了议会特别委员会的意见，让新生的国会大厦重新长出了脑袋。

这位英国的明星建筑师确实了得！除了没有动大厦的外墙，完整地保存了它文艺复兴晚期的外在风貌，真是彻底掏空了它的五脏六腑，对它实行了近乎脱胎换骨的改造，使其内部结构和功能完全合理化了，现代化了。

无数的细枝末节无法在此描述，单说那曾引起争论的拱顶。它没有依样画葫芦地完全恢复旧貌，比原来的要小一点，而且还既无四边的棱角，也无顶上的塔尖，纯粹是半球型。这个半球球壳的材料是玻璃钢，因而通体透亮，在下边开会的议员们望得见头顶蓝天中飘飞的白云。球内的正中央，也即议院全会大厅的上空，像钟乳石似的倒悬着一个多菱形的圆锥体，只见它晶莹闪亮，原来是由360面大镜子拼镶而成。可以沿着半球内的螺旋形通道去到47米高的球顶观景平台，在那里鸟瞰柏林的市容；围绕着半球的底边，还开设了一家公共餐厅。它们一年四季迎候着来自世

重建后的柏林国会大厦玻璃穹顶

界各国的人们去观光，去进餐——而且据说，民众还可以从上面观察联邦议院开会的情况。入夜，球体内华灯辉耀，光芒四射，更为柏林之夜增添了一大景致。

除了白天黑夜都很美的视觉效果，除了更合理的空间分布和更完善的诸多功能，国会大厦和它新的球顶还有两点值得特别一提：

一是古老的大厦成了一座高度现代化的生态建筑，它的玻璃球顶不但能采光，还能配合一个接地储存器，在夏季吸热、储热、制冷，冬季采冷、储冷、供暖，大大减少了能源的消耗，把大厦的废气排放量从原来的7000吨降低到250吨，也就是只剩下了5％的样子。对于环境保护真是功莫大焉！

二是在进行现代化的同时尊重历史。岂止尊重，简直是把历史当成了财富，哪怕对自己来说并非值得夸耀的光辉历史。

你我想得到吗，在似乎本该是庄严神圣的议会大厦里面，竟小心翼翼地保留了1945年苏联红军士兵占领大厦时欣喜若狂地在墙上留下的涂鸦，诸如："希特勒完蛋啦！""谢尔盖和朱里奇曾来这里！"等等。战士们潦草而已褪色的字迹，恐怕起不到多少装饰作用，之所以保留，完全是为不忘历史教训！

受到众口称赞的柏林国会大厦的翻新改建，加深了我对继往开来这四个字的理解。1999年9月，德国联邦议院在这座古老而又年轻的建筑里开了迁址后的第一次会议。议员们坐在二楼光线明亮柔和的圆形全会大厅里，头十多分钟都忍不住抬起头来东张西望，脸上无不流露出欣悦之情。此时此刻，此情此景，我想他们一定深有感触，一定更感自己责任的重大，使命的神圣，对自己国家的未来更加充满信心。

新建成的国会大厦特别是它通明透亮的球顶，昭示给人的确实太多，给我留下印象最深的是它既尊重历史，又具有开放性和现代性。这看似矛盾的两个方面，恐怕也可视为整个柏林重建的指导方针。

国会大厦特别是它通明透亮的球顶，真不愧为新柏林和新德国的象征。

柏林初显昔日欧洲文化中心的活力和风采

柏林在以前的一个半世纪曾为德国的政治、经济、文化和科技中心，这没有什么可以争议。即使在欧洲范围内，它也后来居上，早在20世纪初就开始了赶超罗马、伦敦，唯剩下法国的巴黎堪与一比。那是因为，"20世纪初，德国在工业的很多领域都名列前茅，科技教育与工业发展的紧密结合为其他国家仿效。德国当时的文盲率为 0.05%，而英国为 1%，法国为 4%。当英国的大学生为 9000 人的时候，德国的大学生已经达到 6 万人……"柏林作为新兴的德国的首都，与欧洲的一些古都相比，优势也差不多。

重新成为德国首都的柏林，情况又怎样呢？

罗马、伦敦已不在话下，恐怕过不了多久，巴黎也难以与之全面抗衡了。

请看事实。根据法国 1999 年所做的国情调查，在 1990 至 1998 年的 9 年间，巴黎的人口减少了 1.7%，降至 211 万。而与此同时，柏林在墙倒以后一直在膨胀，人口已达 350 万，不但大批外国企业看好发展前景，纷纷投资参与新柏林的建设，知识分子和文艺家也感受到这座文化根基深厚的大都会的蓬勃活力，为寻找创作源泉从世界各地特别是中、东欧国家蜂拥而至。尤其值得注意的是东西柏林的融合和重新成为首都后的大规模重建、新建，自然而又必然会促进城市新的繁荣，新的崛起。

两个属于常识范围的简单道理：

第一，一张白纸好绘最新最美的图画。柏林墙周围雨后春笋般出现的超现代建筑群，从柏林辐射全国的新建交通网，都使战后因分裂而变得落后的柏林日新月异，开始跻身世界先进大城市的行列。

第二，一加一等于二。原东西柏林都各具实力，如今合而为一，取长补短，在很多方面的优势更显突出，并得到更好的发挥。

仅以我比较熟悉的文教领域为例。统一后，原东边的威廉·洪堡大学加上西边的柏林自由大学（FU）和柏林工业大学（TU），柏林一下子就有了三所世界著名的综合性大学。同样，原在东边博物馆岛上的佩伽蒙博物馆等享誉世界的大博物馆加上西边古埃及博物馆等，也一下子把柏林变成了全球文物收藏最丰富和文博事业最发达的城市之一。还有,原东边由布莱希特创立和领导的柏林剧团,原西边由卡拉扬执牛耳的柏林爱乐乐团,都分别是该艺术门类在世界范围内的佼佼者,其演出场所都被视为艺术胜地,现在它们走到了一起,再加上名声也不算小的德国歌剧院、德国国家歌剧院、柏林轻歌剧院、喜歌剧院、德国室内剧场、德国剧院室内剧场、马克西姆·高尔基剧院、文艺复兴剧院、席勒剧院、文艺复兴剧院、人民剧场、青年剧院、儿童剧院、汉萨剧院、弗里德利希城皇宫剧院、皇家花园剧院等等,就使柏林成了欧洲乃至世界的文艺特别是戏剧艺术的中心之一。1999年夏天,由国际戏剧研究所和赫贝尔剧院共同发起和组织,还在柏林举办了有25个国家剧团参加演出的"世界戏剧节"。

还有美术、电影、文学、建筑等文化艺术门类,近些年也更加生机蓬勃。不一定非要参观经常在世界文化宫举办的国际美术大展,也无须亲临已办了49届、影响越来越大的"柏林国际电影节",只要去西边的选帝侯大街威廉皇帝纪念教堂旁的广场上走走,或者到东边的菩提树下大街和亚历山大广场走走,浏览浏览无处不在的历史建筑和装饰雕塑,欣赏欣赏来自世界各国的艺人的表演,留意一下那几乎让中国人垄断了的街头人像画市场,你已经能感到柏林浓浓的文化艺术气氛。

当然,这一切并不完全是统一后才有的,但却因统一而得到了恢复,得到了振兴,得到了进一步的发展。文化柏林、艺术柏林,也不可能一天建成,一年乃至十年仍太短暂;柏林的文化艺术积淀,经历了几个世纪的漫长过程。可是并不光光因为年代久远,还因为柏林从15世纪起相继成为勃兰登堡选帝侯、普鲁士国王和德意志皇帝的施政中心,还因为在这些统治者中有不止一个热衷文艺。今日柏林文艺事业的兴旺,很大程度上得归功于1701

柏林墙拆除后畅通无阻的勃兰登堡门

年当上普鲁士国王的腓特烈一世（弗里德利希·威廉一世）和他
的王后索菲·夏罗特——现仍保存完好而为柏林重要名胜的夏洛
滕堡宫，就是国王丈夫为她建造的。他们都爱好哲学、文学和艺
术，曾是伏尔泰、莱布尼茨等文化名人的朋友和保护者。他们曾
使柏林获得"施普里河畔的雅典"这一美名；今日柏林的文化艺
术和历史古建筑，不少都是由他们及其后继者打下了基础。而今，
柏林昔日作为欧洲文化中心的活力和风采，又初步得到了显现，
而且随着统一德国政治地位的提高，经济实力的增强，将越来越

发扬光大。

即将结束关于柏林今昔的文字，我又回到了勃兰登堡门前面。它仿照古希腊神殿的柱廊式入口建成于 1791 年，是柏林原有 18 座城门中唯一保留下来了的，本来名叫"和平门"，但在顶上装饰着一辆四匹马拉的战车，车上昂然立着头戴橡叶花冠的胜利女神，却使它更像一座凯旋门。1807 年，胜利者拿破仑命令部下将门上的女神和马车拆下并掠往巴黎，到 1814 年他兵败后，普鲁士才重新将其还原于门上。如今我面对这道城门，亨利希·曼的小说《臣仆》中万人争睹德皇威廉跨马经过门下的狂热，影视里希特勒及其法西斯军队耀武扬威于门前的嚣张，还有自己亲眼见到的它让大墙挡死在背面的凄凉，还有柏林墙被彻底冲垮时人们爬上门边墙头的狂欢，都一一重现在眼前。

多么好啊，历史一页一页翻过去了，勃兰登堡门重新畅通无阻，东可直达菩提树下大街和亚历山大广场，西与以胜利柱为中心的条条大道相连，到处一片和平和建设景象！柏林终于告别过去，又开始前进，开始崛起了。德意志民族终于告别过去，又开始前进，开始崛起了。只不过在柏林带领下的德国会走向何方，在即将到来的新世纪里，仍是一个全世界关心的问题。

德意志精神和德国人

"德意志之谜"及其他

一提起德国和德国人，我们立刻会想到马丁·路德和莱布尼茨，想到莱辛和歌德，想到康德和黑格尔，想到贝多芬和舒伯特，想到马克思和恩格斯，想到海森堡和爱因斯坦。但是在想起这一系列伟大人物的光辉形象的同时，眼前又会出现普鲁士军国主义和希特勒法西斯主义的阴影，出现纳粹集中营实行集体屠杀的焚尸炉，出现盖世太保灭绝人性的狰狞嘴脸，出现两德统一以来不时出没游荡在德国大地上的新纳粹幽灵……总之，德国和德国人留在我们意识里的是一个含混模糊的、模棱两可的、自相矛盾的印象。人类的大善与大恶，至善与极恶，都鲜明、具体、强烈、集中地体现在了德意志民族的身上，叫人真不明白何以会如此，何以能如此！

按种族划分，德意志人属于日耳曼民族的一支，即历史上主要繁衍生息于莱茵河、易北河、多瑙河之间的西日耳曼部族，和在北边斯堪的纳维亚半岛以及奥德河、维斯瓦河以东同一种族的人，本无两样。但是，经过近一百多年世界历史的发展，特别是给了人类极其惨痛教训的第二次世界大战，德国和德国人对我们确实变成了一个谜，一个使许多人绞尽脑汁却无法解开，然而又让人觉得不能不解开，因此也就极富吸引力和挑战性的谜。

在即将结束本书的时候，我觉得自己一样没法回避德意志民族究竟是怎样一个民族，德国人究竟是怎样一些人，德国这个国家究竟是好是坏这个谜一般的问题。不正视这个问题，回答这个问题，前面写的那许许多多就意义不大，就仍然不能不说是隔靴搔痒，白费力气。然而，要解开这"德意志之谜"，又谈何容易！更何况，在试图来索解这个世人普遍关心的大谜之时，还有一个与我本人相关的小谜横挡在前呢！它虽说小得来不足道，却是个也许永远解不开的谜：就是不知为什么，我这个出生在山城重庆一条陋巷里的工人之子，竟与万里之外可以讲跟自己毫无关系的德国和德国人结下了不解之缘，以致在成年后天天要与之打交道，在四十多年的漫长岁月里时时要面对这难解而又不得不解的大谜，因为这就是我的职业，这就是我的使命。

说这个与自己紧紧相连的小谜永远解不开比较好理解，既为使命便不以个人意志为转移，便是由命运所决定。对于儿时曾信奉耶稣基督长大后彻底无神论了的我来说，所谓命运不过是无数偶然的总和，而一个个偶然同样带有谜一样的神秘，又怎么好解释呢？人之于命运，之于组成命运的一个个偶然，只能适应和把握；常人与天才的分别，仅在于适应和把握的能力、毅力有低有高罢了。力图索解自己命运之谜只会徒劳，因此我也不能不努力完成自己的使命，哪怕十二分地勉为其难。

言归正传，德意志民族究竟有哪些突出而为世人公认的品格？为什么会形成这样一些品格？这些品格怎么又会相互矛盾，矛盾尖锐到叫人无法解释，以致成了前文描述的那样一个大谜呢？

为解答这些问题，近现代学者写过不少文章和专著，我在此向读者们推荐其中的两部，它们的书名都直截了当地叫《德国人》（The Germans），也都译成了中文。一部出自德国著名传记文学家艾米尔·路德维希（Emil Ludwig, 1881—1948）笔下，杨成绪等译，北京三联书店出版，从 9 世纪的卡尔大帝写到希特勒肆虐欧洲，可以看作是德国人的集体传记；一部为美国历史学会主席戈登·A. 克雷格（Gorden A. Craig）所著，历史回顾较简略，一直写到了 20 世纪 80 年代，更多一些局外人的冷静观察。

至于笔者，仍然只能谈谈个人偏于感性的感受，难免主观片面肤浅，还可能仅仅是一个开始。

鲜明而独特的民族品格

2000 年 10 月 22 日，在从慕尼黑飞回重庆的大型客机上，我偶然在当天的《星期日世界报》第 46、47 页读到一篇文章：《德国人还需要多少民族性?》。

这是一个对我很有吸引力的题名，除此还在文首用大字印着一段提要："在上周的《星期日世界报》，前联邦总理赫尔穆特·施密特表示忧虑，欧洲正在使民族国家消失掉。今天本报刊登神学家兼伦理学家克里斯提安·瓦尔特的文章，听他说明为什么没有民族意识欧洲一体化便不能完成。"正文则引了包括美国人亨廷顿在内的一些有代表性的、针锋相对的观点。

但是，所有这些都并非最吸引我的东西。最吸引我的，是文章左右两边的各四幅彩色小图。从左至右然后再往下，左边为：游历意大利时的歌德著名画像局部，带有德意志鹰徽的普鲁士尖顶军盔，奔驰汽车的三角形环标记，竖着耳朵、吐出舌头的德国狼犬；从右至左然后再往下，右边为：德意志鹰徽，格林童话《白雪公主》中扛着斧头的小矮人，慕尼黑十月节送啤酒的女招待，柏林国会大厦新建的玻璃球顶。

《星期日世界报》精心挑选这八个形象来配一篇谈德国民族特性的重要文章，表明了这家权威报纸的编辑对自己这个国家和民族的认识理解。我觉得挑得相当准确，相当全面，相当聪明，既正反兼及，又顾后瞻前。这八个形象各自代表什么，多数十分清楚：歌德是睿智、理性、宽容等人文精神的化身，奔驰星环象征沉稳坚实和高度发达的科技，小矮人的形象表现勤劳、善良，啤酒节的女招待给人以健康向上、热爱生活的印象，国会大厦的玻璃球顶预示着实行议会民主制的德国前途光明……

那么普鲁士军盔、狼犬和德意志铁鹰呢？它们无疑同样代表着德国的历史和传统，具体地讲就是军盔象征尚武精神，狼犬代表忠诚尽职和无私无畏，铁鹰表现的是坚毅、果敢。这些也都是德意志民族所珍视的品格，和前面的五种品格一起，构成了德意志民族精神的不同侧面。

就其本质而言，由军盔、狼犬和铁鹰所象征的尚武、忠诚、坚毅等等品格，也并不是什么坏德行；一个民族要繁衍生存，要发展壮大，不但在蛮荒的远古需要这些品格，就是在进入文明社会的近现代也一样。包括 20 世纪即将结束时世界上一些地方还在上演的弱肉强食惨剧，还有我们自己一个多世纪来由衰而盛的经验教训，都说明了这个道理。

问题只在不能片面地走向极端，不能让这些品格片面发展，无限膨胀，脱离了理性、人道、善良、宽容、民主、珍爱生命等等品格的调和和约束。否则，小至个人大至民族的灵魂就要被扭曲，就会给自身、给自己的民族乃至给他人和人类，带来损害带来灾难，如像希特勒法西斯以及让它领上了歧途的德国那样。

反之，由上述所有八个形象代表的品格如果得到很好的协调，就会造就出歌德、贝多芬、马克思、爱因斯坦似的世界大伟人，就会造就出一个极其优秀的民族。

近年来在一些聚会中，常有朋友提出我怎么看德国人自认为是一个优秀的民族这个问题。我的回答是作为一个整体，德意志民族确实很优秀，但只是在处于健康的理性指导下的时候。至于在历史上某些因遭受蛊惑而丧失理性的阶段如所谓第三帝国时期，至于某些走火入魔的个人或群体如当年的纳粹理论家和现今的极右势力头目，又另当别论了。

是浮士德，也是靡非斯托

德意志民族品格中上述两个经常是矛盾对立的方面，其实早已引起人们包括德国人自己的注意。歌德被恩格斯誉为"最伟大的德国人"，他在自己的代表作《浮士德》里，就塑造了一正一反，一善一恶，但同时又相互渗透、相反相成的两个典型，即浮士德博士和伴随着他的魔鬼。其实，如我在拙作《走近歌德》的人物考辨中所指出，这两个典型正好体现的是"最伟大的德国人"

歌德精神品格的两面，普通的德国人和整个德意志民族也同样有两面，即既可以是浮士德，也可以是靡非斯托。问题只在于，他俩谁在什么时候什么地方起主导作用而已。说德国人身上富有浮士德的优秀品格，我想无须论证；但要讲靡非斯托和他们有关联，但要讲他们身上同样有魔性，就不能不费点口舌了。

容我再从托马斯·曼的儿子、德国现代著名作家克劳斯·曼的小说《靡非斯托》中，引出一段做例子——

为了登上并保住柏林帝国剧院经理的宝座，以善演靡非斯托而红极一时的赫夫根，使尽了卑鄙、狡诈、两面三刀的鬼蜮伎俩；在克劳斯·曼笔下，他原本就是一个现代的靡非斯托。一次，从被视为纳粹头子戈林化身的胖子将军口里，我们听到了这样一段称赞靡非斯托的话：

······这是一个非常好的年轻人！我们每个人不都向他学到了一点东西吗？我指的是：在每个德国人身上，不也有一些靡非斯托的特征吗？如果我们只有浮士德的思想意识，那么我们将会走向何方？那样做正符合我们敌人的愿望！不，不能那样！靡非斯托，这也是一位德意志英雄。只不过，这一点不能向人们明说而已……

真是精彩之论，虽然"正直"啊、"英雄"啊之类的赞词，只表明了纳粹头子和魔鬼之间臭味相投。事实确乎是，在希特勒、戈林等德国纳粹头子乃至更早的军国主义者身上，靡非斯托对浮士德占了上风；他的冷酷无情、阴险狡诈和好恶作剧，都以战争、侵略、集中营的形式可怕地表现出来，给人类造成了大灾大难。

我们不是常常对所谓"德意志之谜"困惑不解吗？不是不明白，为什么同一个民族既养育出了歌德、贝多芬、马克思、爱因斯坦等立于人类文明顶峰之上的大伟人，又产生了希特勒和戈林似的大魔王和众小鬼呢？这个谜，最简单的答案就是：整个德意志民族身上，也像在恩格斯所谓"最伟大的德国人"歌德身上一样，都既存在着浮士德的禀性，也潜藏着靡非斯托的特点；区别只在于是前者占上风，或是后者占上风罢了。这在不同的人和不同的时代，都曾有过泾渭分明乃至悬殊天壤的表现。因此，浮士德是德国人，靡非斯托亦然。（请参阅《走近歌德》，河北教育出版社 1999 年版，292—295 页。）

又何止德国人身上有两重性呢？世界上的任何民族乃至任何个人都如此。拿我们同样堪称优秀的中华民族来说，只要想想"文革"中普遍存在的丧失人性的现象，想想当前经济转型期包括我们政坛和知识精英在内的种种丧德失格的表现，就不难理解养育了歌德、贝多芬、马克思、爱因斯坦等的德意志民族，怎么又会出一些靡非斯托似的魔鬼，又会跟着希特勒这个大魔头犯下危害人类的滔天之罪，所谓"德意志之谜"，也就不再成其为不可解的了。

写到此还想起另一部文学名著即布莱希特的《四川好人》，它那一人二形的主人公沈黛和隋达，不也是我们人类身上同时存在善与恶的体现吗？而且这样兼具善恶的还不只人类和民族这样的大群体，个人亦然。只要扪心自问，任何真诚的人都不得不承认自己并非纯洁的天使，而是在心中和身上也存在兽性和魔性。只不过，古往今来，能像卢梭似的写出《忏悔录》的人少而又少，能像歌德似的借《浮士德》解剖自己的人少而又少。也正因此，这样的人格外高尚，这样的作品特别可贵。

德意志民族精神形成的原因

在世界民族之林中，德意志民族是个后来者，远方的中国、印度、埃及、阿拉伯就不说了，当近在一旁的希腊人、罗马人已经十分强大和文明的时候，他们的祖先日耳曼人还要么游牧于易北河和莱茵河之间的地区，要么在遮天蔽日的大森林里过着原始的生活，时常受到罗马军团的讨伐和驱赶，不得不俯首称臣。直到公元9年，阿尔米纽斯指挥的日耳曼部族军队，在条顿森林里一战全歼罗马执政瓦鲁斯率领的三个军团。

这是一个影响极其深远的胜利。面对强大的罗马帝国，它不仅争得了日耳曼人的自由独立；而且更加重要的是，这使本来就剽悍勇敢的民族更加坚信，这个世界上靠文明和讲理很多事情办不成，而武力的语言最是管用。不是吗，在后面的世纪里，他们靠武力征服了文明先进的罗马，并从10世纪起使自己的国王同时兼做了罗马帝国的皇帝，直至以武力争来的显赫又被武力粉碎，1806年拿破仑的大军横扫所谓日耳曼民族的神圣罗马帝国，连柏林勃兰登堡门上的胜利女神雕像也给人掳去。再往后，以军事强国的普鲁士崛起，在1871年战胜法国，不但夺回了胜利女神，而且在巴黎的凡尔赛宫宣告了德意志帝国的诞生。又过了四十多年，还是因为战败，德国不得不在同样的地方即凡尔赛宫签订屈辱而苛刻的条约……这后来居上者的整个历史，充满曲折坎坷的历史，都培养和加强了德意志民族的尚武精神，它往前走一步就会蜕变为对暴力和武力的迷信，结果在一定的历史社会条件下容易受到蛊惑，沦为军国主义和法西斯主义的工具，变成战争的牺牲品甚至罪人。

与军国主义和战争联系在一起，好的品格如忠诚无私会蜕变为绝对效忠领袖，遵守纪律会蜕变为盲目服从，坚毅果敢会蜕变为顽固冷酷，等等。还有，德国人素以踏实能干、办事彻底和讲究效率著称，但不知为什么我在参观集中营时会想到他们的这些优秀品格，在看描写法西斯的闪电战和间谍战的文艺作品时同样如此。在这儿，是不是可以用上我们以前常说的一句话，即"大方向错了一切都错了"呢？我想可以。

德意志民族的所有精神品格，不管好坏，也不管原本好会不会变坏，养成和转变都是有环境、历史和社会原因的。新的时代和新的环境，就会养成新的品格，如热爱生活，珍爱生命，重视民主；但与此同时，在一些地方和一定的人群中，也有反面的东西如排外仇外的极右思想产生。

在前文列举的代表德意志民族特性的八个形象中，我以为一头一尾的歌德和国会大厦的玻璃球顶最为重要，因为所指的是"大方向"；前者明确了现代德国人应该继承的传统，后者显示了值得他们追求的未来。只有大方向正确了，好的品格才能得到充分发扬，坏的倾向才能被及时、有力地克制和消除。

什么传统？理性、人道、宽容的传统。什么未来？民主、开放、光明的未来。

相信接受了惨痛历史教训的德意志民族，会遵循着这样的"大方向"，在各方面的发展中更加后来居上。当今世界多极化的趋势不可阻挡，正在走向统一的欧洲无疑是举足轻重的一极，而在实际推动统一进程的欧洲联盟内部，无论人口和国力都位居第一的新德国又扮演着领头羊的角色。因此，德国的发展影响着欧洲的发展和世界的发展。我们关注德国的现实和未来，也就是关注世界和我们自己的未来。

极右势力猖獗的根源和教训

每次旅居德国，都要花不少时间观察社会的变化，而最方便的途径之一就是看电视。德国电视台极多，几乎每个电视台又都有类似于我们《新闻联播》、《每日新闻》和《社会经纬》的节目，而且常常是滚动播出，一开机总能看到。1983年住在海德堡，天天看到、听到的几乎都是酸雨造成森林死亡，以及其他有关环保的内容。1988年住在波恩，发现已是艾滋病感染、传播和预防的报道充斥荧屏，虽然环保问题并未彻底解决。1993年在柏林逗留三个月，电视里看到的更多是巴尔干半岛特别是南斯拉夫地区的战况，以及由波黑战争引起的难民潮问题。近三四年年年都去德国，特别是2000年最近这一次，发现荧屏上几乎每天都有关于极右势力和新纳粹的节目，关于他们闹事和发展组织的报道，但更多是各级政府领导人对这个问题的表态，以及各界人士进行的讨论或者抗议示威游行，等等。也就是说，在即将进入21世纪的时候，极右势力在德国已经发展和嚣张到了令举国上下不安和震惊的程度，已经成了国家面临的最大、最严重的问题，必须认真对待和抓紧解决的问题。

可不是吗！2000年10月3日是德国重新统一十周年，偏偏在此前夕发生了一系列极右势力制造的排外和反犹事件：

在北莱茵—威斯特法伦州的波鸿市，16名极右分子袭击了一名非洲裔人，并打着"反对外国人"的横幅，狂吼纳粹歌曲。

在德国东北部港口城市罗斯托克，36名极右分子袭击了一个反法西斯展览。

在德国东部的格拉，五名极右翼分子在一家餐馆里殴打了两名巴基斯坦人。

在萨克森州的勒斯尼茨，警方驱逐了一个由百多名极右翼分子筹划的非法集会。

在巴伐利亚州的弗赖拉辛，极右翼分子携带武器、战旗和纳粹标志举行示威游行。

7月27日，西部大城市杜塞尔多夫一个火车站发生手榴弹爆炸事件，十人受伤一人生命垂危；十个遇害者都是在附近一所语言学校学德语的苏联移民，其中六人有犹太血统，估计系30年代被迫逃亡的原德国公民。

德国重新统一纪念日的头一天夜里，柏林的犹太教堂被人纵火，侥幸及时发现而未酿成大祸……

如此猖獗的极右翼暴力活动已引起德国社会的极大不安。最新的一项民意调查表明，多达89％的德国人认为，历届政府对新纳粹等极右翼势力多半都只停留在谴责，实际打击很是不力。特别是德国犹太人中央委员会主席鲍尔·斯皮格更直言不讳地指出，事态如果得不到彻底扭转，德国已非犹太人居留之地。

针对这种情况，德国的媒体特别是电视台才不断邀请社会名流以及地方政要参与有关讨论，时任施罗德也宣布联邦和各州政府将采取最严厉的手段，坚定不移地打击右翼极端分子的违法行为。一些有识之士更指出，德国必须上下一心地坚决与极右翼势力做斗争，否则德国不但会在全世界威信扫地，破坏掉自己好不容易得到了改善的形象，还将把自己在"二战"后建立起来的民主制度和社会安定断送在一小撮右翼极端分子的手里。因此，与极右势力的斗争关系到每一个德国公民的切身利益和未来，应该成为今后一段时间德国社会政治生活的头等大事，在这一场可以说是关系生死存亡的斗争中，人人都应表明自己的立场，不允许仍然有一个"沉默的多数"。

令人庆幸的是，德国上下这次终于动真格的了。在统一十周年的纪念会上，时任联邦总统约翰尼斯·劳庄严承诺，坚决站在被极右势力敌视的外国人一边，又于11月9日即1938年纳粹疯狂迫害犹太人的"帝国水晶之夜"纪念日，在柏林30万人参加的盛大集会上，再次表明了国家打击和消除极右势力的决心。施罗德总理在巡视新联邦州的过程中，也着重探讨的是与极右势力做斗争的问题；政府主办的《德国》杂志刊登的两幅大照片，一幅是他在新纳粹暴行受害者的墓前献花，一幅是他正与一位黑人移民亲切握手，都给我留下深刻印象。一度是"沉默的多数"的广大民众也不再沉默，纷纷走上街头抗议极右势力的暴行，有的更自发组织了反排外、反暴力联盟。至于那些杀人放火的暴徒和罪犯，则真正受到了应得的重判重罚，如在东部的德绍市无端将一位莫桑比克移民殴打致死的主犯，就被判处了可谓极刑的终身监禁（德国无死刑）。还有一些极右组织和政党如德国国家民主党（NDP），也遭到了严厉取缔。

自统一以来的10年里极右势力共制造了1500多起大大小小的排外事件，无辜丧生者已达九十多人，造成的社会影响极其恶劣，到了 2000 年更有泛滥之势。极右势力产生和在一定程度上得势的根源异常复杂，主要是一些人在统一后感到失望失落和前途渺茫，借东欧剧变后大批难民拥入带来的社会问题进行发泄，以表示对现实、对政府的不满。这时候，德国民族特性中潜在的崇尚武力和德意志至上的民族主义毒素，便随之得到滋长、散发，希特勒的法西斯主义趁机借尸还魂，同时也推波助澜。

幸运的是历史已经前进，德国的政府和人民已掌握好"大方向"，德意志精神中的理性、人道、民主已占了上风。据统计，全德有极右分子约 4 万人，其中的 5000 人"极富进攻性"。他们虽然破坏作用不可低估，但在 8000 万德国人中毕竟真正只是一小撮，且已形成过街老鼠人人喊打之势。在政府和民众眼里，极右、排外几乎变为了区分善恶的划线标准，以致出现了个别胡乱"上纲上线"的情况，如前些时那件震惊了德国上下和全世界的"新纳粹残杀六龄童"案。实际上孩子是在游泳池不慎溺毙的，有移民背景的父母为讨到说法硬扯进来两个"极右"嫌凶，经媒体一炒便成了惊天大案。可以想象，结果给已经形成的反排外、反暴力、反极右舆论和行动，反倒泼了冷水。

总之，相信有过惨痛历史教训的德国人，会认真对待和处理好自己的问题。我呢，倒觉得有一点颇值得咱们中国人思考：新纳粹和极右势力最多也最猖獗的地方，为什么是在当年对法西斯彻底清算过的东部，而非据传留下了甚多法西斯残余的西部？一个重要原因是不是有学者说的东部缺少人道、宽容和民主教育，一度盛行的仍是斗争哲学呢？

恐怕是的，至少一部分是。对此不能也无须细作论证，只要想想"文革"中那些令人发指的暴行，想想近些年为了几百、几十元便杀死受害人的桩桩血案，就什么都清楚了。

当代德国人：友善、文明、诚恳

一辈子跟德语、德国文化和德国打交道，自然接触了无数德国人，交了许多德国朋友。总的说来，他们给我的印象很好，让我感到即使在文明素养方面，在为人处世方面，都堪称一个后来居上的民族。

大凡到德国访问和旅游过的人，都会对其民众不论男女老少的素质和种种优良表现，诸如爱清洁、守秩序、讲礼貌以及乐于助人，发出由衷的赞叹。这样的德国人和上一节讲到的极右分子，简直不像是同一个祖宗传下来的。当然啦，人上一百，形形色色，更何况是偌大一个有8000万人口的民族。

已有不少的游记文章和书里写到，如果一个外国人在大街上东张西望，或在车站的自动售票机前面露难色，多半就会有当地居民主动过来帮助你，而且常常会帮人帮到底，要么陪着你走老远，要么一直看着你把票买到手。

我的朋友中有记者，有企业家，有官员，有工程师，当然更多的是大学教授。他们给我的帮助，虽然在主动、热情、无私方面是一样的，但多寡、作用、意义却不可相提并论。这中间，令我感动和难忘的故事实在不少，只可惜无法在这本书里一一讲述，只能留待来日。一句话，和这些堪称知识精英的德国人打交道，我常想起歌德《神性》一诗的开头几句：

愿人类高贵、善良，/乐于助人，/因为只有这/使他区别于/我们知道的/所有生灵。

的确，友善和乐于助人，是当代德国人一个显著的优点。除此就是文明和有教养，这在待人接物中表现得尤为明显。举个一般人不大容易发现的例子，就是通信。

在德国，与我有书信往还的人可更多了。上至大使、总理、总统，下至一般公务员、大学生和平民百姓，可谓千差万别，但有一点却相同，就是都有来有往，彬彬有礼，虽说人家那儿并无"来而无往非礼也"的古训。拿堪称大官的总理总统来说吧，人家也很有礼貌地对待给他们写信的平头老百姓，我想主要是因为头脑里确实有一些民主意识，知道自己是端的纳税人的饭碗，自己那个官是老百姓给选出来的。

德国人还有一个讨世人喜欢的品格，就是诚恳、正直。生活中日常的小例子不举了，单说大节方面。

谁会不记得德国前总理勃兰特在波兰华沙的犹太人墓前下跪，向"二战"中的法西斯受害者虔诚忏悔的情景呢？他以后的总理和总统，也一个一个同样真诚地悔过，在华沙，在特拉维夫，世人能不因此感动，能不因此谅解一个误入歧途的民族吗？

2000年12月中旬，德国政府和经济界在柏林签订协定，同意赔付给东欧的原纳粹劳工100亿马克；而自1949年以来，德国方面已主动为补偿纳粹受害者筹措了600亿马克，并答应将来还要继续努力。

还有，在首都柏林的黄金地段，也即勃兰登堡门的附近，正要动工新建一片由美国建筑师设计的纪念地，地底下将有一个大型资料馆，以纪念第三帝国时期蒙难的犹太人。

也许另一件事我们中国人印象更深：美国导弹无端攻击我驻贝尔格莱德使馆，造成重大人员伤亡和财产损失，来当面道歉的却是德国总理施罗德。尽管当时德国是北约轮值主席，他是不是非得背这个黑锅，出这趟苦差呢？我们很高兴，一脸诚恳的德国总理似乎并未遭到为难，厚道的主人领了他的情，也明白账该找谁算。

德国人的诚恳，和他们的诗歌、哲学、《格林童话》、奔驰车、警犬、慕尼黑啤酒一样，在中国应该讲已得到公认，已成为共识，不然为什么影视里的老德几乎没一个不是些好人呢？近几年又出了一位拉贝先生，一位魏特琳女士，德国人的好越发突出。

当代德国人的所有优秀的表现和品格，友善和乐于助人也罢，文明和富有教养也罢，诚恳和正直也罢，仔细想想，也蕴涵和寓意在前文列举那八个代表德意志精神的形象中。只不过随着时代的变迁，其表现与过去不尽一样就是了。

当然，德国和德国人绝非什么都好，在他们那儿不是还有新纳粹吗？还有在街边乞讨的好逸恶劳之徒，还有抢劫银行的江洋大盗，还有形形色色的罪犯和社会渣滓吗？

甚至正常的德国人，也有一些毛病，诸如一般都比较古板和认死理，而知识分子不少则比较傲慢，对包括咱们炎黄子孙在内的外国人，骨子里大多有些瞧不起。为什么瞧不起？原因很复杂，就不细说。只是不幸也被人瞧不起的我们，是不是最好还是反省反省自己，向人学习，弃旧图新，奋发图强，以自己的表现、风貌、气度和成就——像我们的谢军、孙雯和奥运健儿那样——让人家没理由、没办法瞧不起呢！

德国人还有一个大毛病，一个照我看来与傲慢不无联系，然而影响却更恶劣的缺点，那就是保守性和封闭性。与提倡多元文化和开放社会的美国、加拿大和澳大利亚比起来，德国的这个缺点尤显突出。在德国生活、工作的外国人都知道，要真正融入其主流社会是非常困难的。几十年来，特别是在基民盟等右翼保守政党当权的时期，国籍法和移民法带有很强的封闭性，外国人要入籍和定居比在美、加等国难得多得多。就算入了籍，事业发展也会受到种种限制。结果，使许多拿了学位的外国学生都去美国谋出路，把本应得到的回报拱手让给人家，自己在计算机和微电子等不少领域却人才匮乏。前年社民党和红绿联盟竞选胜利，执政后才修改了国籍法，同时决定发放给高科技领域的外国人才几万张绿卡，提供相应数量的工作岗位，以改变本国在国际高科技竞争中的落后状态。

德国人的这种封闭心态和保守性根深蒂固，影响更是多而严重。举其要者，今天新纳粹和极右势力的排外借口之一，就是所谓外国移民多了不利于保持德意志民族的特性；当年希特勒法西斯对犹太人实行种族灭绝的主要托词，就是要维护所谓雅利安优秀人种的纯洁。它们与一般人的傲慢和某些合法政党的民族主义倾向，性质虽然不同，根源却是一个。相信曾经诞生过歌德、贝多芬、马克思和爱因斯坦等世界天才的德意志民族会很好地总结教训，在新的世纪里创造新的辉煌，为人类做出新的贡献。

回顾历史，展望未来，我衷心祝愿自己与之结下了不解之缘的德意志民族，能生活得更理性，更健康，更幸福！自己"偏爱"的、视为精神家园的德国，能更开放，更人道，更美丽！